UNION GÉNÉRALE D'ÉDITIONS
8, rue Garancière - PARIS VIe

Du même auteur
dans la même série

LE CAS ÉTRANGE DU Dr. JEKYLL ET DE Mr. HYDE

PAR

ROBERT-LOUIS STEVENSON

suivi d'histoires non moins étranges
réunies et postfacées par Francis LACASSIN
Introduction de Pierre MAC ORLAN
Traduit de l'anglais par Théo VARLET

10|18

Série « l'Aventure Insensée »
dirigée par Francis LACASSIN

ISBN 2-264-00034-1

ROBERT-LOUIS STEVENSON

vu

par Pierre MAC ORLAN

I

Cet écrivain écossais, d'une bonté exemplaire et d'un génie inquiétant, n'est pas de ceux que l'on peut lire sans connaître la nostalgie des grandes aventures tombées en désuétude.

Les lecteurs sensibles n'échappent pas à l'indéfinissable attrait de ses romans, dont les personnages principaux sont toujours des individus d'exception. L'écrivain les fait d'ailleurs vivre à la manière de tous les hommes qui, logiquement, comptent sur leur force pour pénétrer l'avenir, comme on chasse en plaine, droit devant soi.

La maîtrise de Robert-Louis Stevenson, qui en fait le plus émouvant des romanciers d'aventures, est dans la création du milieu, de l'atmosphère où ses personnages accomplissent les gestes simples de l'humanité : boire, manger, dormir, aimer et tuer.

En ouvrant un livre de Stevenson, dès les premières pages, le lecteur perd sa personnalité, et quelques-uns se sont laissés prendre à la violence sournoise des parfums qu'ils renferment. Ces parfums combinés permettent soit de vivre la vie des gentilshommes de fortune, soit de regretter son destin sur la plage ensoleillée de Papeete, devant un petit vapeur portant le pavillon jaune à son unique mât.

Pour des jeunes gens et des hommes mûrs, tourmentés par l'inquiétude des existences imaginaires, Robert-Louis Stevenson tient les clefs qui ouvrent toutes les portes du royaume de l'Aventure.

Robert-Louis Stevenson vécut lui-même en errant. D'Edimbourg à Barbizon et de Barbizon à Samoa, il chercha la Vérité, comme le lama de Peschawar la cherchait sur la route de Bénarès.

Cet homme d'une honnêteté anormale et d'une bonté quotidienne chérissait les chevaliers de fortune et les enfants perdus de toutes les classes sociales.

A son premier voyage en Californie, il enseigna à lire aux enfants du pays, ce que l'on peut considérer comme une disgrâce si l'on imagine l'excessive sensibilité de l'écrivain écossais.

Puis la fortune lui fut propice. Il épousa une femme remarquable et, avec elle, parcourut une partie des grandes mers du monde sur un schooner, le *Casco*. En 1880, il visita les Marquises, les îles Hawaii, l'archipel Gilbert, Tahiti et Samoa. Il connut Papeete la Merveilleuse, et la reine Moé, plus douce que toutes les douces filles du Pacifique.

Par la suite, après avoir séjourné à Sydney, malade, il revint à Samoa et y vécut avec sa femme.

Les indigènes l'appelaient le Conteur d'histoires et sa compagne : Belle-comme-un-nuage qui-vole. C'est à Apia, au milieu des palmes décoratives que peignit Gauguin, que le romancier mourut, le 3 décembre 1894.

Un Samoan, qui aimait Stevenson, s'accroupit auprès du corps, ct comme l'ami de Gauguin sur le cadavre du grand peintre; il prononça, à la mode du pays, les paroles essentielles : « Maintenant, il n'y a plus d'homme. »

Robert-Louis Stevenson fut enterré à la place qu'il avait choisie. Il avait composé lui-même son épitaphe :

Il est chez lui, le marin,
chez lui au retour de la mer,
Il est chez lui,
le chasseur au retour de la colline.

Chez lui, dans l'île heureuse, loin de la vieille Europe qu'il ne regrettait guère, la vieille Europe aux bouges civilisés, tapis dans toutes les rues qui conduisent au port.

(1919)

II

Deux démons se sont toujours penchés sur le berceau de l'Aventure : la peur et l'ennui. Ces deux mots sont puissants car les images qui les animent sont innombrables. Elles possèdent le pouvoir de se transformer sans rien perdre de leur autorité : ce sont des images d'une perfidie franche, si l'on peut dire, car elles ne dissimulent rien de ce qui doit se mouvoir dans les décors de l'inquiétude et de la sensualité considérée comme un voyage d'exploration vers le mystère social.

Ces deux démons, ces deux larves plus exactement, offrent une forme congrue dans le livre de Robert-Louis Stevenson. L'un s'appelle

Jekyll, démon, sans doute, de la pureté médiocre et monotone, et Edouard Hyde, honteux produits des obsessions congénitales et des excitations de l'enseignement supérieur. Tout est clair : d'un côté le pain blanc qui sent la colombe et de l'autre la mauvaise drogue que l'on boit en se pinçant le nez.

En jumelant ces deux êtres de laboratoire, Robert-Louis Stevenson a créé la peur, la peur qui est toujours présente dans l'aventure de Jekyll, dans celle de Long John, l'homme au visage comme un jambon, dans celle de Ben Gunn, dans l'attitude courageuse de Mac Millar devant le maître de Ballantrae, dans les paysages merveilleusement intelligents, écossais ou exotiques du grand conteur singulièrement immobile devant les aventures qui le tourmentent. Il n'épuise pas la force qu'il utilisa dans ces livres pour sauver sa peau à la manière de ses personnages. Il était double, mais son double actif était choisi par le destin dans le groupe des hommes anonymes conduits par l'aventure presque toujours socialc, soit par vocation, soit par vanité.

Il est difficile de s'entendre sur le mot peur, sur sa valeur physique et sentimentale. Sa puissance se tient dans cette obscurité impénétrable, bonne conductrice de toutes les littératures et de toutes les méditations de minuit.

Il y a la peur humaine, animale et végétale et, dans le rayonnement de la peur, des mots créateurs d'images qui appartiennent plus à l'art littéraire qu'à la réalité.

La peur des arbres est visible avant l'orage : c'est une immobilité indescriptible, étrange et solennelle.

La peur des bêtes est secrète. Elle se propage sur toutes les ondes connues : longues, courtes, petites et mortes.

La peur des hommes, seule, est féconde. C'est une matière riche, universelle dont l'exploitation est relativement facile. C'est une histoire qui commence avec le talent de conteuse de la nourrice et s'achève dans la mort, toujours révélée par un décor inadmissible.

La présence de la peur, exploitée comme un thème littéraire, se rencontre dans la plupart des romans et des livres d'essais sur l'homme.

La vie imaginaire des hommes est aussi vraisemblable que leur vie sociale dans ses rapports positifs avec les autres hommes. Tous possèdent deux existences parallèles dont l'équilibre est souhaitable. La peur naît souvent du déséquilibre entre ces deux existences. C'est une intoxication sournoise de la pensée littéraire qu'on pourrait peut-être guérir par ces mots : on ne meurt qu'une fois.

Je sais bien que ce n'est pas une consolation; mais je ne crois pas qu'on ait trouvé mieux afin de calmer cette fièvre de minuit ou du petit jour.

La peur domine tous les temps. Elle change de forme ou de qualité selon la richesse ou la pauvreté de ses sources. Le romantisme : celui du Moine de Lewis, d'Anne Radcliffe, d'Hoffman, d'Achum d'Arnim et des romantiques français, est une création très arbitraire d'une peur artificielle.

Quand les avions de bombardement ne menacent pas les villes éteintes, on fait venir le Diable, ce créancier terrifiant, grand maître des bûchers de justice et des mauvaises affaires commerciales. Cette peur n'est opportune que dans le calme des belles nuits sans histoires des maisons bien closes protégées par un certain goût pour la sagesse publique.

Elle ne vaut rien en période de guerre, de peste, ou de famine. Les quatre cavaliers de l'Apocalypse sont des personnages humains. Pour cette raison, ils peuvent paraître plus épouvantables que le Démon, vu, habillé et surnommé diversement par les plus célèbres exégètes du Tribunal du Sang.

Nous ne vivons pas en des temps où le Diable romantique peut recruter sa clientèle d'intoxiqués par la peur. Encore ne saurait-on l'affirmer. La crédulité publique dans le pittoresque des pronostications est immense. Cependant, malgré un regain d'affection pour les vieilles sciences magiques, l'homme nous apparaît, provisoirement sans doute, comme la cause la plus parfaite de la peur qui assombrit les méditations de certains.

A trop tirer sur les ficelles de ses procédés, la peur risque de perdre toute sa puissance créatrice. Pour demeurer une source de force démoralisante, elle doit demeurer mystérieuse. La principale carte de son jeu est ce qu'on appelle l'appréhension, celle du Dr Jekyll sur le point de ne plus retrouver sa dignité.

La peur est une attente monstrueusement inexplicable. Elle pervertit l'usage des cinq sens : les peureux ont des oreilles en forme de pavillons de phonographe et les yeux saillants comme ces boules de verre qui servent de presse-papier. Ils sont sensibles comme un vase de cristal qui vibre au moindre attouchement. Leur état saugrenu confine aux manifestations les plus décoratives de l'extase. Et ils se droguent dans leur librairie ou au cinéma, car le cinéma devient une sorte de lecture adaptée aux besoins de ce temps.

Malgré l'éducation d'un public quotidiennement surexcité, la littérature contemporaine ne me paraît pas refléter cet état d'esprit, bien que tous les livres qui se préoccupent de l'inquiétude sociale en contiennent des traces. Le lecteur ne semble pas chercher sa distraction dans la description sournoise ou brutale des menaces qui l'investissent.

Les hommes subissent le goût des causes sans trop se préoccuper des effets. C'est d'ailleurs une question d'âge. Je pense aux lithographies de Gus Bofa sur la peur, aux gravures de Goya et aux eaux-fortes de Jean Traynier, parce que ces artistes me paraissent les plus lucides dans la découverte des éléments qui la révèlent. L'un et l'autre en connaissent toutes les ruses, dont l'homme, d'ailleurs, est l'inventeur. Plus tard, elles lui retombent sur le nez, comme on dit. Et c'est bien fait. La peur, c'est l'homme qui se contemple à l'improviste dans un miroir légèrement déformant. C'est la vague connaissance des racontars, des imprudences littéraires, des médisances burlesques, des appréciations du voisinage.

La peur est effroyable parce qu'elle est simple et vulgaire. Elle naît souvent d'un sourire dont l'expression est incompréhensible. Pour s'apercevoir de sa présence, un long travail est nécessaire. Ce travail est rebutant. C'est ce qui explique pourquoi la plupart des hommes se croient en sécurité.

La sécurité n'habite point en divinité protectrice les livres de Stevenson et ceux de Marcel Schwob qui en subissait le prurit de la peur, un prurit ardent, effroyable, un peu délicieux à l'origine. Cette larve familière de la solitude se glisse entre les pages de Cœur Double du Roi au Masque d'or. Elle précède perfidement l'arrivée des grandes maladies homicides, la guerre et les transformations infinies de la peste.

Stevenson, comme beaucoup d'hommes, attiré par les appels sournois de la mort violente, était un homme doux, indulgent, d'une conformation sociale excellente. Que le monde n'est-il peuplé de tels hommes, les forces dangereuses de la condition humaine ne dépasseraient pas les limites d'une sorte de confession publique nettement disciplinée par l'art littéraire.

Les coquins exceptionnels influencent souvent la vie secrète des honnêtes gens. Charlotte et Emily Brontë furent profondément séduites, à leur insu, par le « mauvais garçon » que fut leur frère. On peut dire qu'il fut à l'origine de leurs livres d'une honnêteté si absolue et si belle. Stevenson fut un écrivain moins innocent, moins ignorant des forces secrètes qui coloraient ses merveilleux dons de conteur. L'aventure du docteur Jekyll est en quelque sorte morale. La création de Hyde est une libération, mais une libération dangereuse pour les voisins.

Le monstre créé ainsi avec des pièces de rebut est plus humain et par conséquent plus terrifiant que le monstrueux Frankenstein qui ne fait peur à personne. Quelle que soit la puissance des larves qui commandent parfois la vie intérieure d'un homme, il sera difficile à ce dernier de créer le paysage quotidien qui lui permettra d'apercevoir Frankenstein attentif à la lisière d'un bois. Cette brute absolue rejoint les accessoires mythologiques dans les collections de symboles inoffensifs.

Nous sommes loin de ce robot de mythe en pénétrant dans l'existence de ce Hyde construit humainement, né d'un homme vivant, estropié logiquement, préfiguration de Jack l'Eventreur, de Hartman le boucher de Hanovre, de Landru et d'autres Edouard Hyde, né d'une dissociation de la personnalité d'un homme quelconque.

En suivant la silhouette burlesque et dangereuse jusqu'à la porte de sa maison qui devient un très efficace élément de la peur, nous pénétrons dans le domaine de la métaphysique criminelle.

Une porte soigneusement décrite, une lueur isolée dans la masse grise d'un immeuble sans âme et Hyde, comme une larve, s'attache aux pas des témoins nocturnes, gémit derrière les policemen debout dans le brouillard, noue la peur comme une écharpe crasseuse, autour du cou des filles attardées.

Hyde? C'est l'évocation, sans erreur, des pas trop sonores dans une rue vidée de sa substance diurne, c'est le frôlement de l'assassin furtif, l'abominable cri des victimes traditionnelles des nuits classiques de l'histoire anecdotique des meurtriers, la chronique de Crapaud-dans-son-trou, cette création ricaneuse de Thomas de Quincey.

Quand les vieilles peurs traditionnelles de l'espèce humaine s'identifient avec l'ombre d'un personnage quelconque, celui-ci peut bomber le dos et raser les murailles sans se retourner. Dans toutes les villes du monde, il existe des rues où l'on peut entendre Jekyll et ses petites galopades de rats; ces rues sont indiquées au public. Toutes les polices en surveillent l'ensemble. Il existe aussi, à la porte de tous les quartiers réservés, un vestiaire où chacun accroche son honorable peau avant d'entrer. L'utilité de ces dépôts est incontestable : ils peuvent se comparer à ce que les médecins désignent sous le nom d'abcès de fixation. Les Edouard Hyde y viennent attirés par leurs instincts élémentaires. On peut les surveiller dans les rues qui, toutes, aboutissent à une souricière. Le jour les libère d'une nuit trop lourde. A la sortie, Hyde retrouve au vestiaire la dépouille de Jekyll. Les mesures trop chirurgicales ne sont pas à recommander, car, souvent, il faut craindre qu'en supprimant Hyde, le monstre boitillant, on supprime Jekyll, l'excellent Jekyll qui aime les hommes et tâche quotidiennement à le prouver.

Cette fable brutale, d'un dessin assez net, peut devenir un thème de méditation naturellement angoissante. Il était bien dans la nature de Robert-Louis Stevenson de l'ordonner et de l'écrire. Ce n'est pas un conte pour les mauvais garçons ou pour les obsédés, c'est un peu de notre vie quotidienne mêlée avec art aux décors indescriptibles des grandes peurs collectives ou solitaires.

(Août 1946.)

Reproduit avec l'aimable autorisation des « Amis de Pierre Mac Orlan ».

LE CAS ÉTRANGE
DU Dr JEKYLL ET DE M. HYDE

(The Strange Case of D. Jekyll and M. Hyde)

I

A PROPOS D'UNE PORTE

M. Utterson le notaire était un homme d'une mine renfrognée, qui ne s'éclairait jamais d'un sourire; il était d'une conversation froide, chiche et embarrassée; peu porté au sentiment; et pourtant cet homme grand, maigre, décrépit et triste, plaisait à sa façon. Dans les réunions amicales, et quand le vin était à son goût, quelque chose d'éminemment bienveillant jaillissait de son regard; quelque chose qui à la vérité ne se faisait jamais jour en paroles, mais qui s'exprimait non seulement par ce muet symbole de la physionomie d'après-dîner, mais plus fréquemment et avec plus de force par les actes de sa vie. Austère envers lui-même, il buvait du gin quand il était seul pour réfréner son goût des bons crus; et bien qu'il aimât le théâtre, il n'y avait pas mis les pieds depuis vingt ans. Mais il avait pour les autres une indulgence à toute épreuve; et il s'émerveillait parfois, presque avec envie, de l'intensité de désir réclamée par leurs dérèglements; et en dernier ressort, inclinait à les secourir plutôt qu'à les blâmer. « Je penche vers l'hérésie des caïnites, lui arrivait-il de dire pédamment. Je laisse mes frères aller au diable à leur propre façon. » En vertu de cette originalité, c'était fréquemment son lot d'être la dernière relation avouable et la dernière bonne influence dans la vie d'hommes en voie de perdition. Et à l'égard de ceux-là, aussi longtemps qu'ils fréquentaient son logis, il ne montrait jamais l'ombre d'une modification dans sa manière d'être.

Sans doute qûe cet héroïsme ne coûtait guère à M. Utterson; car il était aussi peu démonstratif que possible, et ses amitiés mêmes semblaient fondées pareillement sur une bienveillance universelle. C'est une preuve de modestie que de recevoir tout formé, des mains du hasard, le cercle de ses amitiés. Telle était la méthode du notaire. Il avait pour amis les gens de sa parenté ou ceux qu'il connaissait depuis le plus longtemps; ses liaisons, comme le lierre, devaient leur croissance au temps, et ne réclamaient de leur objet aucune qualité spéciale. De là, sans doute, le lien qui l'unissait à M. Richard Enfield son parent éloigné, un vrai Londonien honorablement connu. C'était pour la plupart des gens une énigme de se demander quel attrait ces deux-là pouvaient voir l'un en l'autre, ou quel intérêt commun ils avaient pu se découvrir. Au dire de ceux qui les rencontraient faisant leur promenade dominicale, ils n'échangeaient pas un mot, avaient l'air de s'ennuyer prodigieusement, et accueillaient avec un soulagement visible la rencontre d'un ami. Malgré cela, tous deux faisaient le plus grand cas de ces sorties, qu'ils estimaient le plus beau fleuron de chaque semaine, et pour en jouir avec régularité il leur arrivait, non seulement de renoncer à d'autres occasions de plaisir, mais même de rester sourds à l'appel des affaires.

Ce fut au cours d'une de ces randonnées que le hasard les conduisit dans une petite rue détournée d'un quartier ouvrier de Londres. C'était ce qui s'appelle une petite rue tranquille, bien qu'elle charriât en semaine un trafic intense. Ses habitants, qui semblaient tous à leur aise, cultivaient à l'envi l'espoir de s'enrichir encore, et étalaient en embellissements le superflu de leurs gains; de sorte que les devantures des boutiques, telles deux rangées d'accortes marchandes, offraient le long de cette artère un aspect engageant. Même le dimanche, alors qu'elle voilait ses plus florissants appas et demeurait comparativement vide de circulation, cette rue faisait avec son terne voisinage un contraste brillant, comme un feu dans une forêt; et par ses volets repeints de frais, ses cuivres bien fourbis, sa propreté générale et son air de gaieté, elle attirait et charmait aussitôt le regard du passant.

A deux portes d'un coin, sur la gauche en allant vers l'est, l'entrée d'une cour interrompait l'alignement, et à cet endroit même, la masse rébarbative d'un bâtiment projetait en saillie son pignon sur la rue. Haut d'un étage, sans fenêtres, il n'offrait rien qu'une porte au rez-de-chaussée, et à l'étage la façade aveugle d'un mur décrépit. Il présentait dans tous ses détails les symptômes d'une négligence sordide et prolongée. La porte, dépourvue de sonnette ou de heurtoir, était écaillée et décolorée. Les vagabonds gîtaient dans l'embrasure et frottaient des allumettes sur les panneaux; les enfants tenaient boutique sur le seuil; un écolier avait essayé son canif sur les moulures; et depuis près d'une génération, personne n'était venu chasser ces indiscrets visiteurs ni réparer leurs déprédations.

M. Enfield et le notaire passaient de l'autre côté de la petite rue; mais quand ils arrivèrent, à hauteur de l'entrée, le premier leva sa canne et la désigna :

— Avez-vous déjà remarqué cette porte? demanda-t-il; et quand son compagnon lui eut répondu par l'affirmative : Elle se rattache dans mon souvenir, ajouta-t-il, à une très singulière histoire.

— Vraiment? fit M. Utterson, d'une voix légèrement altérée. Et quelle était-elle?

— Eh bien, voici la chose, répliqua M. Enfield. C'était vers trois heures du matin, par une sombre nuit d'hiver. Je m'en retournais chez moi, d'un endroit au bout du monde, et mon chemin traversait une partie de la ville où l'on ne rencontrait absolument que des réverbères. Les rues se succédaient, et tout le monde dormait... les rues se succédaient, toutes illuminées comme pour une procession et toutes aussi désertes qu'une église... si bien que finalement j'en arrivai à cet état d'esprit du monsieur qui dresse l'oreille de plus en plus et commence d'aspirer à l'apparition d'un agent de police. Tout à coup je vis deux silhouettes, d'une part un petit homme qui d'un bon pas trottinait vers l'est, et de l'autre une fillette de peut-être huit ou dix ans qui s'en venait par une rue transversale en courant de toutes ses forces. Eh bien, monsieur, arrivés au coin, tous deux se jetèrent l'un contre l'autre, ce qui était assez naturel; mais ensuite advint l'horrible de la chose, car l'homme foula froidement aux pieds le corps de la fillette et s'éloigna, la laissant sur le pavé, hurlante. Cela n'a l'air de rien à entendre raconter, mais c'était diabolique à voir. Ce n'était plus un homme que j'avais devant moi, c'était je ne sais quel monstre satanique et impitoyable [1]. J'appelai à l'aide, me mis à courir, saisis au collet notre citoyen, et le ramenai auprès de la fillette hurlante qu'entourait déjà un petit rassemblement. Il garda un parfait sang-froid et ne tenta aucune résistance, mais me décocha un regard si atroce que je me sentis inondé d'une sueur froide. Les gens qui avaient surgi étaient les parents mêmes de la petite; et presque aussitôt on vit paraître le docteur, chez qui elle avait été envoyée. En somme, la fillette, au dire du morticole [2], avait eu plus de peur que de mal; et on eût pu croire que les choses en resteraient là. Mais il se produisit un phénomène singulier. J'avais pris en aversion à première vue notre citoyen. Les parents de la petite aussi, comme il était trop naturel. Mais ce qui me frappa ce fut la conduite du docteur. C'était le classique praticien routinier, d'âge et de caractère indéterminés, doué d'un fort accent d'Edimbourg, et sentimental à peu près autant qu'une cornemuse. Eh bien, monsieur, il en fut de lui comme de nous autres tous : à chaque fois qu'il jetait les yeux sur mon prisonnier, je voyais le morticole se crisper et pâlir d'une envie de le tuer. Je devinai sa pensée, de même qu'il devina la mienne, et comme on ne tue pas ainsi les gens, nous fîmes ce qui en approchait le plus. Nous déclarâmes à l'individu qu'il ne dépendait que de nous de provoquer avec cet accident un scandale tel que son nom serait abominé d'un bout à l'autre de Londres. S'il avait des amis ou de la réputation, nous nous chargions de les lui faire perdre. Et pendant tout le temps que nous fûmes à le retourner sur le gril, nous avions fort à faire pour écarter de lui les femmes, qui étaient comme des harpies en fureur. Jamais je n'ai vu pareille réunion de faces haineuses. Au milieu d'elles se tenait l'individu, affectant un sang-froid sinistre et ricaneur; il avait peur aussi, je le voyais bien, mais il montrait bonne contenance, monsieur, comme un véritable démon. Il nous dit : « Si vous tenez à faire un drame [3] de cet incident, je suis évidemment à votre merci. Tout gentleman ne demande qu'à éviter le scandale. Fixez votre chiffre. » Eh bien, nous le taxâmes à cent livres, destinées aux parents de la fillette. D'évidence il était tenté de se rebiffer, mais nous avions tous un air qui promettait du vilain, et il finit par céder. Il lui fallut alors se procurer l'argent; et où croyez-vous qu'il nous conduisit? Tout simplement à cet endroit où il y a la porte. Il tira de sa poche une clef, entra, et revint bientôt, muni de quelque dix livres en or et d'un chèque pour le surplus, sur la banque Coutts, libellé payable au porteur et signé d'un nom que je ne puis vous dire, bien qu'il constitue l'un des points essentiels de mon histoire; mais c'était un nom honorablement connu et souvent imprimé. Le chiffre était salé, mais la signature valait pour plus que cela, à condition toutefois qu'elle fût authentique. Je pris la liberté de faire observer à notre citoyen que tout son procédé me paraissait peu vraisemblable, et que, dans la vie réelle, on ne pénètre pas à quatre heures du matin par une porte de cave pour en ressortir avec un chèque d'autrui valant près de cent livres. Mais d'un ton tout à fait dégagé et railleur, il me répondit : « Soyez sans crainte, je ne vous quitterai pas jusqu'à l'ouverture de la banque et je toucherai le chèque moi-même. » Nous nous en allâmes donc tous, le docteur, le père de l'enfant, notre homme et moi, passer le reste de la nuit dans mon appartement; et le matin venu, après avoir déjeuné, nous nous rendîmes en chœur à la banque. Je présentai le chèque moi-même, en disant que j'avais toutes raisons de le croire faux. Pas du tout. Le chèque était régulier.

M. Utterson émit un clappement de langue désapprobateur.

— Je vois que vous pensez comme moi, reprit M. Enfield. Oui, c'est une fâcheuse histoire. Car notre homme était un individu avec qui nul ne voudrait avoir rien de commun, un vraiment sinistre individu, et la personne au contraire qui tira le chèque est la fleur même des convenances, une célébrité en outre, et (qui pis est) l'un de ces citoyens qui font, comme ils disent, le bien. Chantage, je suppose, un honnête homme qui paye sans y regarder pour quelque fredaine de jeunesse. Quoique cette hypothèse même, voyez-vous, soit loin de tout expliquer, ajouta-t-il.

Et sur ces mots il tomba dans une profonde rêverie.

Il en fut tiré par M. Utterson, qui lui demandait assez brusquement :

— Et vous ne savez pas si le tireur du chèque habite là?

— Un endroit bien approprié, n'est-ce pas? répliqua M. Enfield. Mais j'ai eu l'occasion de noter son adresse : il habite sur une place quelconque.

— Et vous n'avez jamais pris de renseignements... sur cet endroit où il y a la porte? reprit M. Utterson.

— Non, monsieur; j'ai eu un scrupule. Je répugne beaucoup à poser des questions; c'est là un genre qui rappelle trop le jour du Jugement. On lance une question, et c'est comme si on lançait une pierre. On est tranquillement assis au haut d'une montagne; et la pierre déroule, qui en entraîne d'autres; et pour finir, un sympathique vieillard (le dernier auquel on aurait pensé) reçoit l'avalanche sur le crâne au beau milieu de son jardin privé, et ses parents n'ont plus qu'à changer de nom. Non, monsieur, je m'en suis fait une règle : plus une histoire sent le louche, moins je m'informe.

— Une très bonne règle, en effet, répliqua le notaire.

— Mais j'ai examiné l'endroit par moi-même, continua M. Enfield. On dirait à peine une habitation. Il n'y a pas d'autre porte, et personne n'entre ni ne sort par celle-ci, sauf, à de longs intervalles, le citoyen de mon aventure. Il y a trois fenêtres donnant sur la cour au premier étage, et pas une au rez-de-chaussée; jamais ces fenêtres ne s'ouvrent, mais leurs carreaux sont nettoyés. Et puis il y a une cheminée qui fume en général; donc quelqu'un doit habiter là. Et encore ce n'est pas absolument certain, car les immeubles s'enchevêtrent si bien autour de cette cour qu'il est difficile de dire où l'un finit et où l'autre commence.

Les deux amis firent de nouveau quelques pas en silence; puis :

— Enfield, déclara M. Utterson, c'est une bonne règle que vous avez adoptée.

— Je le crois en effet, répliqua Enfield.

— Mais malgré cela, poursuivit le notaire, il y a une chose que je veux vous demander; c'est le nom de l'homme qui a foulé aux pieds l'enfant.

— Ma foi, répondit Enfield, je ne vois pas quel mal cela pourrait faire de vous le dire. Cet homme se nommait Hyde.

— Hum, fit M. Utterson. Et quel est son aspect physique?

— Il n'est pas facile à décrire. Il y a dans son extérieur quelque chose de faux; quelque chose de désagréable, d'absolument odieux. Je n'ai jamais vu personne qui me fût aussi antipathique; et cependant je sais à peine pourquoi. Il doit être contrefait de quelque part; il donne tout à fait l'impression d'avoir une difformité; mais je n'en saurais préciser le siège. Cet homme a un air extraordinaire, et malgré cela je ne peux réellement indiquer en lui quelque chose qui sorte de la normale. Non, monsieur, j'y renonce; je suis incapable de le décrire. Et ce n'est pas faute de mémoire; car, en vérité, je me le représente comme s'il était là.

M. Utterson fit de nouveau quelques pas en silence et visiblement sous le poids d'une préoccupation. Il demanda enfin :

— Vous êtes sûr qu'il s'est servi d'une clef?

— Mon cher monsieur... commença Enfield, au comble de la surprise.

— Oui je sais, dit Utterson, je sais que ma question doit vous sembler bizarre. Mais de fait, si je ne vous demande pas le nom de l'autre personnage, c'est parce que je le connais déjà. Votre histoire, croyez-le bien, Richard, est allée à bonne adresse. Si vous avez été inexact en quelque détail, vous ferez mieux de le rectifier.

— Il me semble que vous auriez pu me prévenir, répliqua l'autre avec une pointe d'humeur. Mais j'ai été d'une exactitude pédantesque, comme vous dites. L'individu avait une clef, et qui plus est, il l'a encore. Je l'ai vu s'en servir, il n'y a pas huit jours.

M. Utterson poussa un profond soupir, mais s'abstint de tout commentaire; et bientôt son cadet reprit :

— Voilà une nouvelle leçon qui m'apprendra à me taire. Je rougis d'avoir eu la langue si longue. Convenons, voulez-vous, de ne plus jamais reparler de cette histoire.

— Bien volontiers, répondit le notaire. Voici ma main, Richard; c'est promis.

NOTES

1. *Juggernaut*, ou, en français, Jaggernat. Allusion littéraire à l'idole de Krishna, huitième avatar de Vichnou; les fanatiques hindous se jetaient autrefois sous les roues du char qui la portait annuellement en procession. *(Note du Traducteur.)*

2. *Sawbones :* le scieur d'os, pour le chirurgien. Mot de Dickens. *(N.d.T.)*

3. Jeu de mots. *Make capital out of* veut dire aussi : tirer profit de. *(N.d.T.)*

II

EN QUÊTE DE M. HYDE

Ce soir-là, M. Utterson regagna mélancoliquement son logis de célibataire et se mit à table sans appétit. Il avait l'habitude, le dimanche, après son repas, de s'asseoir au coin du feu, avec un aride volume de théologie sur son pupitre à lecture, jusqu'à l'heure où minuit sonnait à l'horloge de l'église voisine, après quoi il allait sagement se mettre au lit, satisfait de sa journée. Mais ce soir-là, sitôt la table desservie, il prit un flambeau et passa dans son cabinet de travail. Là, il ouvrit son coffre-fort, retira du compartiment le plus secret un dossier portant sur sa chemise la mension : « Testament du Dr Jekyll », et se mit à son bureau, les sourcils froncés, pour en étudier le contenu. Le testament était olographe, car M. Utterson, bien qu'il en acceptât la garde à présent que c'était fait, avait refusé de coopérer le moins du monde à sa rédaction. Il stipulait non seulement que, en cas de décès de Henry Jekyll, docteur en médecine, docteur en droit civil, docteur légiste, membre de la Société Royale, etc., tous ses biens devaient passer en la possession de son « ami et bienfaiteur Edward Hyde »; mais en outre que, dans le cas où ledit Dr Jekyll viendrait à « disparaître ou faire une absence inexpliquée d'une durée excédant trois mois pleins », ledit Edward Hyde serait sans plus de délai substitué à Henry Jekyll, étant libre de toute charge ou obligation autre que le paiement de quelques petits legs aux membres de la domesticité du docteur. Ce document faisait depuis longtemps le désespoir du notaire. Il s'en affligeait aussi bien comme notaire que comme partisan des côtés sains et traditionnels de l'existence, pour qui le fantaisiste égalait l'inconvenant. Jusque-là c'était son ignorance au sujet de M. Hyde qui suscitait son indignation : désormais, par un brusque revirement, ce fut ce qu'il en savait. Cela n'avait déjà pas bonne allure lorsque ce nom n'était pour lui qu'un nom vide de sens. Cela devenait pire depuis qu'il s'était paré de fâcheux attributs; et hors des brumes onduleuses et inconsistantes qui avaient si longtemps offusqué son regard, le notaire vit surgir la brusque et nette apparition d'un démon.

« J'ai cru que c'était de la folie », se dit-il, en replaçant le malencontreux papier dans le coffre-fort, « mais à cette heure je commence à craindre que ce ne soit de l'opprobre. »

Là-dessus il souffla sa bougie, endossa un pardessus, et se mit en route dans la direction de Cavendish square, cette citadelle de la médecine, où son ami, le fameux Dr Lanyon, avait son habitation et recevait la foule de ses malades.

Si quelqu'un est au courant, songeait-il, ce doit être Lanyon.

Le majestueux maître d'hôtel le reconnut et le fit entrer : sans subir aucun délai d'attente, il fut introduit directement dans la salle à manger où le Dr Lanyon, qui dînait seul, en était aux liqueurs. C'était un gentleman cordial, plein de santé, actif, rubicond, avec une mèche de cheveux prématurément blanchie et des allures exubérantes et décidées. A la vue de M. Utterson, il se leva d'un bond et s'avança au-devant de lui, les deux mains tendues. Cette affabilité, qui était dans les habitudes du personnage, avait l'air un peu théâtrale; mais elle procédait de sentiments réels. Car tous deux étaient de vieux amis, d'anciens camarades de classe et d'université, pleins l'un et l'autre de la meilleure opinion réciproque, et, ce qui ne s'ensuit pas toujours, ils se plaisaient tout à fait dans leur mutuelle société.

Après quelques phrases sur la pluie et le beau temps, le notaire en vint au sujet qui lui préoccupait si fâcheusement l'esprit.

— Il me semble, Lanyon, dit-il, que nous devons être, vous et moi, les deux plus vieux amis du Dr Jekyll?

— Je préférerais que ces amis fussent plus jeunes! plaisanta le Dr Lanyon. Admettons-le cependant. Mais qu'importe? Je le vois si peu à présent.

— En vérité? fit Utterson. Je vous croyais très liés par des recherches communes?

— Autrefois, répliqua l'autre. Mais voici plus de dix ans que Henry Jekyll est devenu trop fantaisiste pour moi. Il a commencé à tourner mal, en esprit s'entend; et j'ai beau toujours m'intéresser à lui en souvenir du passé comme on dit, je le vois et l'ai vu diantrement peu depuis lors. De pareilles billevesées scientifiques, ajouta le docteur, devenu soudain rouge pourpre, auraient suffi à brouiller Damon et Pythias.

Cette petite bouffée d'humeur apporta comme un baume à M. Utterson. « Ils n'ont fait que différer sur un point de science », songea-t-il; et comme il était dénué de passion scientifique (sauf en matière notariale), il ajouta même : « Si ce n'est que cela! » Puis ayant laissé quelques secondes à son ami pour reprendre son calme, il aborda la question qui faisait le but de sa visite, en demandant :

— Avez-vous jamais rencontré un sien protégé, un nommé Hyde?

— Hyde? répéta Lanyon. Non. Jamais entendu parler de lui. Ce n'est pas de mon temps.

Telle fut la somme de renseignements que le notaire remporta avec lui dans son grand lit obscur où il resta à se retourner sans répit jusque bien avant dans la nuit. Ce ne fut guère une nuit de repos pour son esprit qui travaillait, perdu en pleines ténèbres et assiégé de questions.

Six heures sonnèrent au clocher de l'église qui se trouvait si commodément proche du logis de M. Utterson, et il creusait toujours le problème. Au début celui-ci ne l'avait touché que par son côté intellectuel; mais à présent son imagination était, elle aussi, occupée ou pour mieux dire asservie; et tandis qu'il restait à se retourner dans les opaques ténèbres de la nuit et de sa chambre aux rideaux clos, le récit de M. Enfield repassait devant sa mémoire en un déroulement de tableaux lucides. Il croyait voir l'immense champ de réverbères d'une ville nocturne; puis un personnage qui s'avançait à pas rapides; puis une fillette qui sortait en courant de chez le docteur, et puis tous les deux se rencontraient, et le monstre inhumain foulait aux pieds l'enfant et s'éloignait sans prendre garde à ses cris. Ou encore il voyait dans une somptueuse maison une chambre où son ami était en train de dormir, rêvant et souriant à ses rêves; et alors la porte de cette chambre s'ouvrait, les rideaux du lit s'écartaient violemment, le dormeur se réveillait, et patatras! il découvrait à son chevet un être qui avait sur lui tout pouvoir, et même en cette heure où tout reposait il lui fallait se lever et faire comme on le lui ordonnait. Le personnage sous ces deux aspects hanta toute la nuit le notaire; et si par instants celui-ci s'endormait, ce n'était que pour le voir se glisser plus furtif dans des maisons endormies, ou s'avancer d'une vitesse de plus en plus accélérée, jusqu'à en devenir vertigineuse, parmi de toujours plus vastes labyrinthes de villes éclairées de reverbères, et à chaque coin de rue écraser une fillette et la laisser là hurlante. Et toujours ce personnage manquait d'un visage auquel il pût le reconnaître; même dans ses rêves, il manquait de visage, ou bien celui-ci était un leurre qui s'évanouissait sous son regard...

Ce fut de la sorte que naquit et grandit peu à

peu dans l'esprit du notaire une curiosité singulièrement forte, quasi désordonnée, de contempler les traits du véritable M. Hyde. Il lui aurait suffi, croyait-il, de jeter les yeux sur lui une seule fois pour que le mystère s'éclaircît, voire même se dissipât tout à fait, selon la coutume des choses mystérieuses quand on les examine bien. Il comprendrait alors la raison d'être de l'étrange prédilection de son ami, ou (si l'on préfère) de sa sujétion, non moins que des stupéfiantes clauses du testament. Et en tout cas ce serait là un visage qui mériterait d'être vu; le visage d'un homme dont les entrailles étaient inaccessibles à la pitié; un visage auquel il suffisait de se montrer pour susciter dans l'âme du flegmatique Enfield un sentiment de haine tenace.

A partir de ce jour, M. Utterson fréquenta assidûment la porte située dans la lointaine petite rue de boutiques. Le matin avant les heures de bureau, le soir sous les regards de la brumeuse lune citadine, par tous les éclairages et à toutes les heures de solitude ou de foule, le notaire se trouvait à son poste de prédilection.

« Puisqu'il est M. Hyde, se disait-il, je serai M. Seek [1]. »

Sa patience fut enfin récompensée. C'était par une belle nuit sèche; il y avait de la gelée dans l'air; les rues étaient nettes comme le parquet d'une salle de bal; les réverbères, que ne faisait vaciller aucun souffle, dessinaient leurs schémas réguliers de lumière et d'ombre. A dix heures, quand les boutiques se fermaient, la petite rue devenait très déserte et, en dépit du sourd grondement de Londres qui s'élevait de tout à l'entour, très silencieuse. Les plus petits sons portaient au loin : les bruits domestiques provenant des maisons s'entendaient nettement d'un côté à l'autre de la chaussée; et le bruit de leur marche précédait de beaucoup les passants. Il y avait quelques minutes que M. Utterson était à son poste, lorsqu'il perçut un pas insolite et léger qui se rapprochait. Au cours de ses reconnaissances nocturnes, il s'était habitué depuis longtemps à l'effet bizarre que produit le pas d'un promeneur solitaire qui est encore à une grande distance, lorsqu'il devient tout à coup distinct parmi la vaste rumeur et les voix de la ville. Mais son attention n'avait jamais encore été mise en arrêt de façon aussi aiguë et décisive; et ce fut avec un vif et superstitieux pressentiment de toucher au but qu'il se dissimula dans l'entrée de la cour.

Les pas se rapprochaient rapidement, et ils redoublèrent tout à coup de sonorité lorsqu'ils débouchèrent dans la rue. Le notaire, avançant la tête hors de l'entrée, fut bientôt édifié sur le genre d'individu auquel il avait affaire. C'était un petit homme très simplement vêtu, et son aspect, même à distance, souleva chez le guetteur une violente antipathie. Il marcha droit vers la porte, coupant en travers de la chaussée pour gagner du temps; et chemin faisant il tira une clef de sa poche comme s'il arrivait chez lui.

M. Utterson sortit de sa cachette et quand l'autre fut à sa hauteur il lui toucha l'épaule.

— Monsieur Hyde, je pense?

M. Hyde se recula, en aspirant l'air avec force. Mais sa crainte ne dura pas; et, sans toutefois regarder le notaire en face, il lui répondit avec assez de sang-froid :

— C'est bien mon nom. Que me voulez-vous?

— Je vois que vous allez entrer, répliqua lc notaire. Je suis un vieil ami du Dr Jekyll... M. Utterson, de Gaunt Street... il doit vous avoir parlé de moi; et en nous rencontrant si à point, j'ai cru que vous pourriez m'introduire auprès de lui.

— Vous ne trouverez pas le Dr Jekyll; il est sorti, répliqua M. Hyde, en soufflant dans sa clef.. Puis avec brusquerie, mais toujours sans lever les yeux, il ajouta : D'où me connaissez-vous?

— Je vous demanderai d'abord, répliqua M. Utterson, de me faire un plaisir.

— Volontiers, répondit l'autre... De quoi s'agit-il?

— Voulez-vous me laisser voir votre visage? demanda le notaire.

M. Hyde parut hésiter; puis, comme s'il prenait une brusque résolution, il releva la tête d'un air de défi; et tous deux restèrent quelques secondes à se dévisager fixement.

— A présent, je vous reconnaîtrai, fit M. Utterson. Cela peut devenir utile.

— Oui, répliqua M. Hyde, il vaut autant que nous nous soyons rencontrés; mais à ce propos, il est bon que vous sachiez mon adresse.

Et il lui donna un numéro et un nom de rue dans Soho.

« Grand Dieu! pensa M. Utterson, se peut-il que lui aussi ait songé au testament? »

Mais il garda sa réflexion pour lui-même et se borna à émettre un vague remerciement au sujet de l'adresse.

— Et maintenant, fit l'autre, répondez-moi : d'où me connaissez-vous?

— On m'a fait votre portrait.

— Qui cela?

— Nous avons des amis communs, répondit M. Utterson.

— Des amis communs, répéta M. Hyde, d'une voix rauque. Citez-en.

— Jekyll, par exemple, dit le notaire.

— Jamais il ne vous a parlé de moi! s'écria M. Hyde, dans un accès de colère. Je ne vous croyais pas capable de mentir.

— Tout doux, fit M. Utterson, vous vous oubliez.

L'autre poussa tout haut un ricanement sauvage; et en un instant, avec une promptitude extraordinaire, il ouvrit la porte et disparut dans la maison.

Le notaire resta d'abord où M. Hyde l'avait laissé, livré au plus grand trouble. Puis avec lenteur il se mit à remonter la rue, s'arrêtant quasi à chaque pas et portant la main à son front, comme s'il était en proie à une vive préoccupation d'esprit. Le problème qu'il cxaminait ainsi, tout en marchant, appartenait à une catégorie presque insoluble. M. Hyde était blême et rabougri, il donnait sans aucune difformité visible l'impression d'être contrefait, il avait un sourire déplaisant, il s'était comporté envers le notaire avec un mélange quasi féroce de timidité et d'audace, et il parlait d'une voix sourde, sibilante et à demi cassée; tout cela militait contre lui; mais tout cet ensemble réuni ne suffisait pas à expliquer la répugnance jusque-là inconnue, le dégoût et la crainte avec lesquels M. Utterson le regardait. « Il doit y avoir autre chose, se dit ce gentleman, perplexe. Il y a certainement autre chose, mais je n'arrive pas à mettre le doigt dessus. Dieu me pardonne, cet homme n'a pour ainsi dire pas l'air d'être un civilisé. Tiendrait-il du troglodyte? ou serait-ce la vieille histoire du Dr Fell, ou bien est-ce le simple reflet d'une vilaine âme qui transparaît ainsi à travers son revêtement d'argile et le transfigure? Cette dernière hypothèse, je crois... Ah! mon pauvre vieux Harry [2] Jekyll, si jamais j'ai lu sur un visage la griffe de Satan, c'est bien sur celui de votre nouvel ami! »

Passé le coin en venant de la petite rue, il y avait une place carrée entourée d'anciennes et belles maisons, à cette heure déchues pour la plupart de leur splendeur passée et louées par étages et appartements à des gens de toutes sortes et de toutes conditions : graveurs de plans, architectes, louches agents d'affaires et directeurs de vagues entreprises. Une maison, toutefois, la deuxième à partir du coin, appartenait toujours à un seul occupant; et à la porte de celle-ci, qui offrait un grand air de richesse et de confort, bien qu'à l'exception de l'imposte elle fût alors plongée dans les ténèbres, M. Utterson s'arrêta et heurta. Un domestique âgé, en livrée, vint ouvrir.

— Est-ce que le docteur est chez lui, Poole? demanda le notaire.

— Je vais voir, monsieur Utterson, répondit Poole, tout en introduisant le visiteur dans un grand et confortable vestibule au plafond bas, pavé de carreaux céramiques, chauffé (telle une maison de campagne) par la flamme claire d'un âtre ouvert, et meublé de précieux buffets de chêne.

— Préférez-vous attendre ici au coin du feu, monsieur, ou voulez-vous que je vous fasse de la lumière dans la salle à manger?

— Inutile, j'attendrai ici, répliqua le notaire.

Et s'approchant du garde-feu élevé, il s'y accouda. Ce vestibule, où il resta bientôt seul était une vanité mignonne de son ami le docteur; et Utterson lui-même ne manquait pas d'en parler commc dc la pièce la plus agréable de tout Londres. Mais ce soir, un frisson lui parcourait les moelles; le visage de Hyde hantait péniblement son souvenir; il éprouvait (chose insolite pour lui) la satiété et le dégoût de la vie; et du fond de sa dépression mentale, les reflets dansants de la flamme sur le poli des buffets et les sursauts inquiétants de l'ombre au plafond, prenaient un caractère lugubre. Il eut honte de se sentir soulagé lorsque Poole revint enfin lui annoncer que le Dr Jekyll était sorti.

— Dites, Poole, fit-il, j'ai vu M. Hyde entrer par la porte de l'ancienne salle de dissection. Est-ce correct, lorsque le Dr Jekyll est absent?

— Tout à fait correct, monsieur Utterson, répondit le domestique, M. Hyde a la clef.

— Il me semble que votre maître met beaucoup de confiance en ce jeune homme, Poole, reprit l'autre d'un air pensif.

— Oui, monsieur, beaucoup en effet, répondit Poole. Nous avons tous reçu l'ordre de lui obéir.

— Je ne pense pas avoir jamais rencontré M. Hyde? interrogea Utterson.

— Oh, mon Dieu, non, monsieur. Il ne dîne jamais ici, répliqua le maître d'hôtel. Et même nous ne le voyons guère de ce côté-ci de la maison; il entre et sort la plupart du temps par le laboratoire.

— Allons, bonne nuit, Poole.

— Bonne nuit, monsieur Utterson.

Et le notaire s'en retourna chez lui, le cœur tout serré.

« Ce pauvre Harry Jekyll, songeait-il, j'ai bien peur qu'il ne se soit mis dans de mauvais draps! Il a eu une jeunesse un peu orageuse; cela ne date pas d'hier, il est vrai; mais la justice de Dieu ne connaît ni règle ni limites. Hé oui, ce doit être cela : le revenant d'un vieux péché, le cancer d'une honte secrète, le châtiment qui vient, *pede claudo,* des années après que la faute est sortie de la mémoire et que l'amour-propre s'en est absous. »

Et le notaire, troublé par cette considération, médita un instant sur son propre passé, fouillant tous les recoins de sa mémoire, dans la crainte d'en voir surgir à la lumière, comme d'une boîte à surprises, une vieille iniquité. Son passé était certes bien innocent; peu de gens pouvaient lire avec moins d'appréhension les feuillets de leur vie; et pourtant il fut d'abord accablé de honte par toutes les mauvaises actions qu'il avait commises, puis soulevé d'une douce et timide reconnaissance par toutes celles qu'il avait évitées après avoir failli de bien près les commettre. Et ramené ainsi à son sujet primitif, il conçut une lueur d'espérance.

« Ce maître Hyde, si on le connaissait mieux, songeait-il, doit avoir ses secrets particuliers : de noirs secrets, dirait-on à le voir; des secrets à côté desquels les pires du pauvre Jekyll sembleraient purs comme le jour. Les choses ne peuvent durer ainsi. Cela me glace de penser que cet être-là s'insinue comme un voleur au chevet de Harry : pauvre Harry, quel réveil pour lui! Et quel danger; car si ce Hyde soupçonne l'existence du testament, il peut devenir impatient d'hériter. Oui, il faut que je pousse à la roue... si toutefois Jekyll me laisse faire, ajouta-t-il, si Jekyll veut bien me laisser faire. »

Car une fois de plus il revoyait en esprit, nettes comme sur un écran lumineux, les singulières clauses du testament.

NOTES

1. Jeu de mots. *To hide* = se cacher; *to seek* = chercher. *(N.d.T.)*

2. *Harry* est le diminutif familier de *Henry*. *(N.d.T.)*

III

LA PARFAITE TRANQUILLITÉ DU Dr JEKYLL

Quinze jours s'étaient écoulés lorsque, par le plus heureux des hasards, le docteur offrit un de ces agréables dîners dont il était coutumier à cinq ou six vieux camarades, tous hommes intelligents et distingués, et tous amateurs de bons vins. M. Utterson, qui y assistait, fit en sorte de rester après le départ des autres convives. La chose, loin d'avoir quelque chose de nouveau, s'était produite maintes et maintes fois. Quand on aimait Utterson, on l'aimait bien. Les amphytrions se plaisaient à retenir l'aride notaire, alors que les gens d'un caractère jovial et expansif avaient déjà le pied sur le seuil; ils se plaisaient à rester encore quelque peu avec ce discret compagnon, afin de se réaccoutumer à la solitude, et de laisser leur esprit se détendre, après une excessive dépense de gaieté, dans le précieux silence de leur hôte. A cette règle, le Dr Jekyll ne faisait pas exception; et si vous aviez vu alors, installé de l'autre côté du feu, ce quinquagénaire robuste et bien bâti, dont le visage serein offrait, avec peut-être un rien de dissimulation, tous les signes de l'intelligence et de la bonté, vous auriez compris à sa seule attitude qu'il professait envers M. Utterson une sincère et chaude sympathie.

— J'ai éprouvé le besoin de vous parler, Jekyll, commença le notaire. Vous vous rappelez votre testament?

Un observateur attentif eût pu discerner que l'on goûtait peu ce sujet; mais le docteur affecta de le prendre sur un ton dégagé.

— Mon cher Utterson, répondit-il, vous n'avez pas de chance avec votre client. Je n'ai jamais vu personne aussi tourmenté que vous l'êtes par mon testament; sauf peut-être ce pédant invétéré de Lanyon, par ce qu'il appelle mes hérésies scientifiques. Oui, oui, entendu, c'est un brave garçon... inutile de prendre cet air sévère... un excellent garçon, et j'ai toujours l'intention de le revoir, mais cela ne l'empêche pas d'être un pédant invétéré; un pédant ignare et prétentieux. Jamais personne ne m'a autant déçu que Lanyon.

— Vous savez que je n'ai jamais approuvé la chose, poursuivit l'impitoyable Utterson, refusant de le suivre sur ce nouveau terrain.

— Mon testament? Mais oui, bien entendu, je le sais, fit le docteur, un peu sèchement. Vous me l'avez déjà dit.

— Eh bien, je vous le redis encore, continua le notaire. J'ai appris quelque chose concernant le jeune Hyde.

La face épanouie du Dr Jekyll se décolora jusqu'aux lèvres, et ses yeux s'assombrirent. Il déclara :

— Je ne désire pas en entendre davantage. Il me semble que nous avions convenu de ne plus parler de ce sujet.

— Ce que j'ai appris est abominable, insista Utterson.

— Cela ne peut rien y changer. Vous ne comprenez pas ma situation, répliqua le docteur, avec une certaine incohérence. Je suis dans une situation pénible, Utterson; ma situation est exceptionnelle, tout à fait exceptionnelle. C'est une de ces choses auxquelles on ne peut remédier par des paroles.

— Jekyll, reprit Utterson, vous me connaissez : je suis quelqu'un en qui on peut avoir confiance. Avouez-moi cela sous le sceau du secret; je me fais fort de vous en tirer.

— Mon bon Utterson, repartit le docteur, c'est très aimable de votre part; c'est tout à fait aimable, et je ne trouve pas de mots pour vous remercier. J'ai en vous la foi la plus entière; je me confierais à vous plutôt qu'à n'importe qui, voire à moi-même, s'il me restait le choix; mais croyez-moi, ce n'est pas ce que vous imaginez; ce n'est pas aussi grave; et pour vous mettre un peu l'esprit en repos, je vous dirai une chose : dès l'instant où il me plaira de le faire je puis me débarrasser de M. Hyde. Là-dessus je vous serre la main, et merci encore et encore... Plus rien qu'un dernier mot, Utterson, dont vous ne vous formaliserez pas, j'en suis sûr; c'est là une affaire privée, et je vous conjure de la laisser en repos.

Utterson, le regard perdu dans les flammes, resta songeur une minute.

— Je suis convaincu que vous avez parfaitement raison, finit-il par dire, tout en se levant de son siège.

— Allons, reprit le docteur, puisque nous avons abordé ce sujet, et pour la dernière fois j'espère, voici un point que je tiendrais à vous faire comprendre. Je porte en effet le plus vif intérêt à ce pauvre Hyde. Je sais que vous l'avez vu; il me l'a dit; et je crains qu'il ne se soit montré grossier. Mais je vous assure que je porte un grand, un très grand intérêt à ce jeune homme; et si je viens à disparaître, Utterson, je désire que vous me promettiez de le soutenir et de sauvegarder ses intérêts. Vous n'y manqueriez pas, si vous saviez tout; et cela me soulagerait d'un grand poids si vous vouliez bien me le promettre.

— Je ne puis vous garantir que je l'aimerai jamais, repartit le notaire.

— Je ne vous demande pas cela, insista Jekyll, en posant la main sur le bras de l'autre; je ne vous demande rien que de légitime; je vous demande uniquement de l'aider en mémoire de moi, lorsque je ne serai plus là.

Utterson ne put refréner un soupir.

— Soit, fit-il, je vous le promets.

IV

L'ASSASSINAT DE SIR DANVERS CAREW

Un an plus tard environ, au mois d'octobre 18.., un crime d'une férocité inouïe, et que rendait encore plus remarquable le rang élevé de la victime, vint mettre Londres en émoi. Les détails connus étaient brefs mais stupéfiants. Une domestique qui se trouvait seule dans une maison assez voisine de la Tamise était montée se coucher vers onze heures. Malgré le brouillard qui vers le matin s'abattit sur la ville, le ciel resta pur la plus grande partie de la nuit, et la pleine lune éclairait brillamment la rue sur laquelle donnait la fenêtre de la fille. Celle-ci, qui était sans doute en dispositions romanesques, s'assit sur sa malle qui se trouvait placée juste devant la fenêtre, et se perdit dans une profonde rêverie. Jamais (comme elle le dit, avec des flots de larmes, en racontant la scène), jamais elle ne s'était sentie plus en paix avec l'humanité, jamais elle n'avait cru davantage à la bonté du monde. Or, tandis qu'elle était là assise elle vit venir du bout de la rue un vieux et respectable gentleman à cheveux blancs; et allant à sa rencontre, un autre gentleman tout petit, qui d'abord attira moins son attention. Lorsqu'ils furent à portée de s'adresser la parole (ce qui se produisit juste au-dessous de la fenêtre par où regardait la fille) le plus vieux salua l'autre, et l'aborda avec la plus exquise politesse. L'objet de sa requête ne devait pas avoir grande importance; d'après son geste, à un moment, on eût dit qu'il se bornait à demander son chemin; mais tandis qu'il parlait la lune éclaira son visage, et la fille prit plaisir à le considérer, tant il respirait une aménité de caractère naïve et désuète, relevée toutefois d'une certaine hauteur, provenant, eût-on dit, d'une légitime fierté, Puis elle accorda un regard à l'autre, et eut l'étonnement de reconnaître en lui un certain M. Hyde, qui avait une fois rendu visite à son maître et pour qui elle avait conçu de l'antipathie. Il tenait à la main une lourde canne, avec laquelle il jouait, mais il ne répondait mot, et semblait écouter avec une impatience mal contenue. Et puis tout d'un coup il éclata d'une rage folle, frappant du pied, brandissant sa canne, et bref, au dire de la fille, se comportant comme un fou.

Le vieux gentleman, d'un air tout à fait surpris et un peu offensé, fit un pas en arrière; sur quoi M. Hyde perdit toute retenue, et le frappant de son gourdin l'étendit pat terre. Et à l'instant même, avec une fureur simiesque, il se mit à fouler aux pieds sa victime, et à l'accabler d'une grêle de coups telle qu'on entendait les os craquer et que le corps rebondissait sur les pavés. Frappée d'horreur à ce spectacle, la fille perdit connaissance.

Il était deux heures lorsqu'elle revint à elle et alla prévenir la police. L'assassin avait depuis longtemps disparu, mais au milieu de la chaussée gisait sa victime, incroyablement abîmée. Le bâton, instrument du forfait, bien qu'il fût d'un bois rare, très dense et compact, s'était cassé en deux sous la violence de cette rage insensée; et un bout hérissé d'éclats en avait roulé jusque dans le ruisseau voisin... tandis que l'autre, sans doute, était resté aux mains du criminel. On retrouva sur la victime une bourse et une montre en or; mais ni cartes de visite ni papiers, à l'exception d'une enveloppe cachetée et timbrée, que le vieillard s'en allait probablement mettre à la poste et qui portait le nom et l'adresse de M. Utterson.

Cette lettre fut remise dans la matinée au notaire comme il était encore couché. A peine eut-il jeté les yeux sur elle, et entendu raconter l'événement, qu'il prit un air solennel et dit :

— Je ne puis me prononcer tant que je n'aurai pas vu le corps; mais c'est peut-être très sérieux. Ayez l'obligeance de me laisser le temps de m'habiller.

Et, sans quitter sa contenance grave, il expédia son déjeuner en hâte et se fit mener au poste de police, où l'on avait transporté le cadavre. A peine entré dans la cellule, il hocha la tête affirmativement.

— Oui, dit-il, je le reconnais. J'ai le regret de vous apprendre que c'est là le corps de sir Danvers Carew.

— Bon Dieu, monsieur, s'écria le commissaire, est-il possible?

Et tout aussitôt ses yeux brillèrent d'ambition professionnelle. Il reprit :

— Ceci va faire un bruit énorme. Et peut-être pouvez-vous m'aider à retrouver le coupable.

Il raconta brièvement ce que la fille avait vu, et exhiba la canne brisée.

Au nom de Hyde, M. Utterson avait déjà dressé l'oreille, mais à l'aspect de la canne, il ne put douter davantage : toute brisée et abîmée qu'elle était, il la reconnaissait pour celle dont lui-même avait fait cadeau à Henry Jekyll, des années auparavant. Il demanda :

— Ce M. Hyde est-il quelqu'un de petite taille?

— Il est remarquablement petit et a l'air remarquablement mauvais, telles sont les expressions de la fille, répondit le commissaire.

M. Utterson réflechit; après quoi, relevant la tête :

— Si vous voulez venir avec moi dans mon cab, je me fais fort de vous mener à son domicile.

Il était alors environ neuf heures du matin, et c'était le premier brouillard de la saison. Un vaste dais d'une teinte marron recouvrait le ciel, mais le vent ne cessait de harceler et de mettre en déroute ces bataillons de vapeurs. A mesure que le cab passait d'une rue dans l'autre, M. Utterson voyait se succéder un nombre étonnant de teintes et d'intensités crépusculaires : ici il faisait noir comme à la fin de la soirée; là c'était l'enveloppement d'un roux dense et livide, pareil à une étrange lueur d'incendie; et ailleurs, pour un instant, le brouillard cessait tout à fait, et par une hagarde trouée le jour perçait entre les nuées floconneuses. Vu sous ces aspects changeants, le triste quartier de Soho, avec ses rues boueuses, ses passants mal vêtus, et ses réverbères qu'on n'avait pas éteints ou qu'on avait rallumés pour combattre ce lugubre retour offensif des ténèbres, apparaissait, aux yeux du notaire, comme emprunté à une ville de cauchemar. Ses réflexions, en outre, étaient de la plus sombre couleur, et lorsqu'il jetait les yeux sur son compagnon de voiture, il se sentait effleuré par cette terreur de la justice et de ses représentants, qui vient assaillir parfois jusqu'aux plus honnêtes.

Comme le cab s'arrêtait à l'adresse indiquée, le brouillard s'éclaircit un peu et lui laissa voir une rue sale, un grand bar populaire, un restaurant français de bas étage, une de ces boutiques où l'on vend des livraisons à deux sous et des salades à quatre, des tas d'enfants haillonneux grouillant sur les seuils, et des quantités de femmes de toutes les nationalités qui s'en allaient leur clef à la main, absorber le petit verre matinal. Presque au même instant le brouillard enveloppa de nouveau cette région d'une ombre épaisse et lui déroba la vue de ce peu recommandable entourage. Ici habitait le familier de Henry Jekyll, un homme qui devait hériter d'un quart de million de livres sterling.

Une vieille à face d'ivoire et à cheveux d'argent vint ouvrir. Elle avait un visage méchant, masqué d'hypocrisie; mais elle se tenait à merveille. On était bien, en effet, chez M. Hyde, mais il se trouvait absent : il était rentré fort tard dans la nuit, mais était ressorti au bout d'une heure à peine; ce qui n'avait rien de surprenant, car ses habitudes étaient fort irrégulières, et il s'absentait souvent : ainsi, il y avait hier près de deux mois qu'elle ne l'avait vu.

— Eh bien alors, dit le notaire, faites nous voir ses appartements; et, comme la vieille s'y refusait, il ajouta : Autant vous dire tout de suite qui est ce monsieur qui m'accompagne : c'est M. l'inspecteur Newcomen, de la Sûreté générale.

Un éclair de hideuse joie illumina le visage de la femme.

— Ah! s'écria-t-elle, il a des ennuis! Qu'est-ce qu'il a donc fait?

M. Utterson échangea un regard avec l'inspecteur.

— Il n'a pas l'air des plus populaires, fit observer ce dernier. Et maintenant, ma brave femme, laissez-nous donc, ce monsieur et moi, jeter un coup d'œil à l'intérieur.

Dans toute l'étendue de la maison, où la vieille se trouvait absolument seule, M. Hyde ne s'était servi que de deux pièces, mais il les avait aménagées avec luxe et bon goût. Un réduit était garni de vins; la vaisselle était d'argent, le linge fin; on voyait au mur un tableau de maître, cadeau (supposa Utterson) de Henry Jekyll, qui était assez bon connaisseur; et les tapis étaient moelleux et de tons discrets. A cette heure cependant, l'aspect des pièces révélait aussitôt qu'on venait d'y fourrager depuis peu et en toute hâte : des vêtements, les poches retournées, jonchaient le parquet; des tiroirs à serrure restaient béants; et la cheminée contenait un amas de cendres grisâtres, comme si on y avait brûlé une grande quantité de papiers. En remuant ce tas l'inspecteur découvrit, épargné par le feu, le talon d'un carnet de chèques vierge; l'autre moitié de la canne se retrouva derrière la porte; et comme ceci confirmait définitivement ses soupçons, le fonctionnaire se déclara enchanté. Une visite à la banque, où l'on trouva le compte de l'assassin crédité de plusieurs milliers de livres, mit le comble à sa satisfaction.

— Vous pouvez m'en croire, monsieur, affirma-t-il à M. Utterson, je le tiens. Il faut qu'il ait perdu la tête, sans quoi il n'eût jamais laissé derrière lui cette canne, ni surtout détruit ce carnet de chèques. L'argent, voyons, c'est la vie même pour lui. Nous n'avons plus rien d'autre à faire que de l'attendre à la banque, et de publier son signalement.

Ceci, toutefois, n'alla pas sans difficultés; car peu de gens connaissaient M. Hyde : le maître même de la servante ne l'avait vu que deux fois; sa famille demeurait introuvable; il ne s'était jamais fait photographier; et les rares personnes en état de le décrire différaient considérablement, selon la coutume des observateurs vulgaires. Ils ne s'accordaient que sur un point, à savoir : l'impression obsédante de difformité indéfinissable qu'on ressentait à la vue du fugitif.

V

L'INCIDENT DE LA LETTRE

Il était tard dans l'après-midi lorsque M. Utterson se présenta à la porte du Dr Jekyll, où il fut reçu aussitôt par Poole, qui l'emmena, par les cuisines et en traversant une cour qui avait été autrefois un jardin, jusqu'au corps de logis qu'on appelait indifféremment le laboratoire ou la salle de dissection. Le docteur avait racheté la maison aux héritiers d'un chirurgien fameux; et comme lui-même s'occupait plutôt de chimie que d'anatomie, il avait changé la destination du bâtiment situé au fond du jardin. Le notaire était reçu pour la première fois dans cette partie de l'habitation de son ami. Il considérait avec curiosité ces murailles décrépies et dépourvues de fenêtres; et ce furent des regards fâcheusement dépaysés qu'il promena autour de lui, lorsqu'il traversa l'amphithéâtre, jadis empli d'une foule d'étudiants attentifs et à cette heure vide et silencieux, avec ses tables surchargées d'instruments de chimie, son carreau encombré de touries et jonché de paille d'emballage sous le jour appauvri que laissait filtrer la coupole embrumée. A l'autre extrémité, des marches d'escalier aboutissaient à une porte revêtue de serge rouge, par où M. Utterson fut enfin admis dans le cabinet du docteur. C'était une vaste pièce, garnie tout autour d'étagères vitrées, et meublée principalement d'une glace « psyché » et d'une table de travail, et ayant vue sur la cour par trois fenêtres poussiéreuses et grillées de fer. Le feu brûlait dans l'âtre; une lampe allumée était disposée sur le rebord de la cheminée; car même dans les intérieurs le brouillard commençait à s'épaissir; et là, réfugié tout contre la flamme, était assis le Dr Jekyll, qui semblait très malade. Sans se lever pour venir à la rencontre de son visiteur, il lui tendit une main glacée et lui souhaita la bienvenue d'une voix altérée.

— Et alors, lui dit M. Utterson, dès que Poole se fut retiré, vous avez appris les nouvelles?

Le docteur frissonna. Il répondit :

— On les criait sur la place; je les ai entendues de ma salle à manger.

— Un mot, dit le notaire. Carew était mon client, mais vous l'êtes aussi, et je tiens à savoir ce que je fais. Vous n'avez pas été assez fou pour cacher ce garçon?

— Utterson, je prends Dieu à témoin, s'écria le docteur, oui je prends Dieu à témoin que je ne le reverrai de ma vie. Je vous donne ma parole d'honneur que tout est fini dans ce monde entre lui et moi. C'est absolument fini. Et d'ailleurs, il n'a pas besoin de mon aide; vous ne le connaissez pas comme je le connais; il est à l'abri, il est tout à fait à l'abri, notez bien mes paroles, on n'aura plus jamais de ses nouvelles.

Le notaire l'écoutait d'un air soucieux : l'attitude fiévreuse de son ami lui déplaisait. Il répliqua :

— Vous semblez joliment sûr de lui, et dans votre intérêt je souhaite que vous ne vous trompiez pas. Si le procès avait lieu, votre nom y serait peut-être prononcé.

— Je suis tout à fait sûr de lui, reprit Jekyll; ma certitude repose sur des motifs qu'il m'est interdit de révéler à quiconque. Mais il y a un point sur lequel vous pouvez me conseiller. J'ai... j'ai reçu une lettre; et je me demande si je dois la communiquer à la police. Je m'en remettrais volontiers à vous, Utterson; vous jugeriez sainement, j'en suis convaincu; j'ai en vous la plus entière confiance.

— Vous craignez, j'imagine, que cette lettre ne puisse aider à le faire retrouver? interrogea le notaire.

— Non répondit l'autre. Je ne puis dire que je me soucie du sort de Hyde; tout est fini entre lui et moi. Je songeais à ma réputation personnelle, que cette odieuse histoire a quelque peu mise en péril.

Utterson médita quelques instants : l'égoïsme de son ami le surprenait, tout en le rassurant.

— Eh bien, soit, conclut-il enfin, faites-moi voir cette lettre.

Elle était libellée d'une singulière écriture droite, et signée « Edward Hyde. » Elle déclarait, en termes assez laconiques, que le bienfaiteur du susdit Hyde, le Dr Jekyll, dont il avait longtemps si mal reconnu les mille bienfaits, ne devait éprouver aucune inquiétude au sujet de son salut, car il disposait de moyens d'évasion en lesquels il mettait une entière confiance. Cette lettre plut assez au notaire; elle jetait sur cette liaison un jour plus favorable qu'il ne l'avait cru; et il se reprocha quelques-unes de ses suppositions passées.

— Avez-vous l'enveloppe? demanda-t-il.

— Je l'ai brûlée, répondit Jekyll, avant de songer à ce que je faisais. Mais elle ne portait pas de cachet postal. On a remis la lettre de la main à la main.

— Puis-je garder ce papier jusqu'à demain? demanda Utterson. La nuit porte conseil.

— Je vous laisse entièrement juge de ma conduite, repartit l'autre. J'ai perdu toute confiance en moi.

— Eh bien, je réfléchirai, conclut le notaire. Et maintenant un dernier mot : c'est Hyde qui vous a dicté les termes de votre testament ayant trait à votre disparition possible?

Un accès de faiblesse parut envahir le docteur : il serra les dents et fit un signe affirmatif.

— J'en étais sûr, dit Utterson. Il comptait vous assassiner. Vous l'avez échappé belle.

— Bien mieux que cela, répliqua le docteur avec gravité. J'ai reçu une leçon... Ô Dieu, Utterson, quelle leçon j'ai reçue!...

Et il resta un moment la face cachée entre ses mains.

Avant de quitter la maison, le notaire s'arrêta pour échanger quelques mots avec Poole.

— A propos, lui dit-il, on a apporté une lettre aujourd'hui. Quelle figure avait le messager?

Mais Poole fut catégorique : le facteur seul avait apporté quelque chose; « et il n'a remis que des imprimés », ajouta-t-il.

A cette nouvelle, le visiteur, en s'éloignant, sentit renaître ses craintes. D'évidence, la lettre était arrivée par la porte du laboratoire; peut-être même avait-elle été écrite dans le cabinet; et dans ce dernier cas, il fallait en juger différemment, et ne s'en servir qu'avec beaucoup de circonspection. Les vendeurs de journaux, sur son chemin, s'égosillaient au long des trottoirs : « Édition spéciale! Abominable assassinat d'un membre du Parlement! » C'était là pour lui l'oraison funèbre d'un client et ami; et il ne pouvait s'empêcher d'appréhender plus ou moins que la bonne renommée d'un autre encore ne fût entraînée dans le tourbillon du scandale. En tout cas, la décision qu'il avait à prendre était scabreuse; et en dépit de son assurance habituelle, il en vint peu à peu à désirer un conseil. Il ne pouvait être question de l'obtenir directement; mais peut-être, se disait-il, arriverait-on à le soutirer par un détour habile.

Quelques minutes plus tard, il était chez lui, installé d'un côté de la cheminée, dont M. Guest, son principal clerc, occupait l'autre. A mi-chemin entre les deux, à une distance du feu judicieusement calculée, se dressait une bouteille d'un certain vieux vin qui avait longtemps séjourné à l'abri du soleil dans les caves de la maison. Le brouillard planait encore, noyant la ville, où les réverbères scintillaient comme des rubis; et parmi l'asphyxiante opacité de ces nuages tombés du ciel, le cortège sans cesse renouvelé de la vie urbaine se déroulait parmi les grandes artères avec le bruit d'un vent véhément. Mais la lueur du feu égayait la chambre. Dans la bouteille les acides du vin s'étaient depuis longtemps résolus; la pourpre impériale s'était atténuée avec l'âge, comme s'enrichit la tonalité d'un vitrail; et la splendeur des chaleureuses après-midi d'automne sur les pentes des vignobles n'attendait plus que d'être libérée pour disperser les brouillards londoniens. Graduellement le notaire s'amollit. Il n'y avait personne envers qui il gardât moins de secrets que M. Guest et il n'était même pas toujours sûr d'en garder autant qu'il le désirait. Guest avait fréquemment été chez le docteur pour affaires; il connaissait Poole; il ne pouvait pas être sans avoir appris les accointances de M. Hyde dans la maison; il avait dû en tirer ses conclusions; ne valait-il donc pas mieux lui faire voir une lettre qui mettait ce mystère au point? et cela d'autant plus que Guest, en sa qualité de grand amateur et expert en graphologie, considérerait la démarche comme naturelle et flatteuse? Le clerc, en outre, était de bon conseil; il n'irait pas lire un document aussi singulier sans lâcher une remarque; et d'après cette remarque M. Utterson pourrait diriger sa conduite ultérieure.

— Bien triste histoire, cet assassinat de sir Danvers, prononça le notaire.

— Oui, monsieur, en effet. Elle a considérablement ému l'opinion publique, répliqua Guest. Le criminel, évidemment, était fou.

— J'aimerais savoir votre avis là-dessus, reprit Utterson. J'ai ici un document de son écriture; soit dit entre nous, car je ne sais pas encore ce que je vais en faire; c'est à tout prendre une vilaine histoire. Mais voici la chose; tout à fait dans vos cordes : un autographe d'assassin.

Le regard de Guest s'alluma, et il s'attabla aussitôt pour examiner le papier avec avidité.

— Non, monsieur, dit-il, ce n'est pas d'un fou; mais c'est une écriture contrefaite.

— Comme son auteur, alors, car lui aussi est très contrefait.

A ce moment précis, le domestique entra, porteur d'un billet.

— Est-ce du Dr Jekyll, monsieur? interrogea le clerc. Il m'a semblé reconnaître son écriture. Quelque chose de personnel, monsieur Utterson?

— Une simple invitation à dîner. Pourquoi? Vous désirez la voir?

— Rien qu'un instant... Je vous remercie, monsieur.

Et le clerc, disposant les papiers côte à côte, compara attentivement leurs teneurs.

— Merci, monsieur, dit-il enfin, en lui restituant les deux billets; c'est un autographe des plus intéressants.

Il y eut un silence, au cours duquel M. Utterson lutta contre lui-même. Puis il demanda tout à coup :

— Dites-moi, Guest, pourquoi les avez-vous comparés?

— Eh bien, monsieur, répondit le clerc, c'est qu'ils présentent une assez singulière ressemblance; les deux écritures sont sous beaucoup de rapports identiques; elles ne diffèrent que par l'inclinaison.

— Assez singulier, dit Utterson.

— C'est, comme vous dites, assez singulier, répliqua Guest.

— Il vaut mieux que je ne parle pas de cette lettre, vous le voyez, dit le notaire.

— Non, monsieur, dit le clerc. Je comprends.

Mais M. Utterson ne fut pas plus tôt seul ce soir-là, qu'il enferma la lettre dans son coffre-fort, d'où elle ne bougea plus désormais. « Hé quoi! songeait-il, Henry Jekyll devenu faussaire pour sauver un criminel! »

Et il sentit dans ses veines courir un frisson glacé.

VI

LE REMARQUABLE INCIDENT DU Dr LANYON

Le temps s'écoulait; des milliers de livres étaient offertes en récompense, car la mort de sir Danvers Carew constituait un malheur public; mais M. Hyde se dérobait aux recherches de la police tout comme s'il n'eût jamais existé. Son passé, toutefois, révélait beaucoup de faits également peu honorables : on apprenait des exemples de la cruauté de cet homme aussi insensible que brutal; de sa vie de débauche, de ses étranges fréquentations, des haines qu'il avait provoquées autour de lui; mais sur ses faits et gestes présents, pas le moindre mot. A partir de la minute où il avait quitté sa maison de Soho, le matin du crime, il s'était totalement évanoui. De son côté, à mesure que le temps passait, M. Utterson se remettait peu à peu de sa chaude alarme, et retrouvait sa placidité d'esprit. A son point de vue, la mort de sir Danvers était largement compensée par la disparition de M. Hyde.

Depuis que cette mauvaise influence n'existait plus, une vie nouvelle avait commencé pour le Dr Jekyll. Il sortait de sa réclusion, voyait de nouveau ses amis, redevenait leur hôte et leur boute-en-train habituel; et s'il avait toujours été connu pour ses charités, il se distinguait non moins à cette heure par sa religion. Il était actif, sortait beaucoup, se portait bien; son visage semblait épanoui et illuminé par l'intime conscience de son utilité sociale. Bref, durant plus de deux mois, le docteur vécut en paix.

Le 8 janvier, Utterson avait dîné chez le docteur, en petit comité; Lanyon était là; et le regard de leur hôte allait de l'un à l'autre comme au temps jadis, alors qu'ils formaient un trio d'amis inséparables. Le 12, et à nouveau le 14, le notaire trouva porte close. « Le docteur, lui annonça Poole, s'était enfermé chez lui, et ne voulait recevoir personne. » Le 15, il fit une nouvelle tentative, et essuya le même refus. Comme il s'était réhabitué depuis deux mois à voir son ami presque quotidiennement, ce retour à la solitude lui pesa. Le cinquième soir, il retint Guest à dîner avec lui; et le sixième, il se rendit chez le Dr Lanyon.

Là, du moins, on ne refusa pas de le recevoir; mais lorsqu'il entra il fut frappé du changement qui s'était produit dans l'apparence du docteur.

Celui-ci avait son arrêt de mort inscrit en toutes lettres sur son visage. Cet homme au teint florissant était devenu blême, ses chairs s'étaient flétries; il était visiblement plus chauve et plus vieux; mais ce qui retint l'attention du notaire plus encore que ces témoignages d'une prompte déchéance physique, ce fut une altération du regard et de la manière d'être qui semblait révéler une âme en proie à quelque terreur profonde. Il était peu vraisemblable que le docteur dût craindre la mort; et ce fut néanmoins là ce qu'Utterson fut tenté de soupçonner.

« Oui, songeait-il, comme médecin, il ne peut manquer de savoir où il en est, et que ses jours sont comptés. Cette certitude l'accable. »

Et néanmoins, quand Utterson lui parla de sa mauvaise mine, ce fut avec un air de grande fermeté que Lanyon se déclara condamné.

— J'ai reçu un coup, dit-il, dont je ne me remettrai pas. Ce n'est plus qu'une question de semaines. Tant pis, la vie avait du bon; je l'aimais; oui, monsieur, je m'étais habitué à l'aimer. Je songe parfois que si nous savions tout, nous n'aurions plus d'autre désir que de disparaître.

— Jekyll est malade, lui aussi, remarqua Utterson. L'avez-vous vu?

Mais Lanyon changea de visage, et il leva une main tremblante.

— Je refuse désormais de voir le Dr Jekyll ou d'entendre parler de lui, dit-il d'une voix forte et mal assurée. J'ai rompu à tout jamais avec cet homme et je vous prie de m'épargner toute allusion à quelqu'un que je considère comme mort.

M. Utterson eut un clappement de langue désapprobateur; et après un long silence il demanda :

— Ne puis-je rien faire? Nous sommes trois fort vieux amis, Lanyon; nous ne vivrons plus assez longtemps pour en trouver d'autres.

— Il n'y a rien à faire, répliqua Lanyon; interrogez-le lui-même.

— Il refuse de me voir, dit le notaire.

— Cela ne m'étonne pas, repartit l'autre. Un jour, Utterson, lorsque je serai mort, vous apprendrez peut-être les bonnes et les mauvaises raisons de cette rupture. Je ne puis vous les dire. Et en attendant, si vous vous sentez capable de vous asseoir et de parler d'autre chose, pour l'amour de Dieu, restez et faites-le; mais si vous ne pouvez pas vous empêcher de revenir sur ce maudit sujet, alors, au nom de Dieu, allez-vous-en, car je ne le supporterais pas.

Sitôt rentré chez lui, Utterson se mit à son bureau et écrivit à Jekyll, se plaignant d'être exclu de chez lui et lui demandant la cause de cette fâcheuse brouille avec Lanyon. Le lendemain, il reçut une longue réponse, rédigée en termes le plus souvent très véhéments, mais çà et là d'une obscurité impénétrable. Le différend avec Lanyon était sans remède.

« Je ne blâme pas notre vieil ami, écrivait Jekyll, mais je partage son avis que nous ne devons jamais nous revoir. J'ai l'intention dorénavant de mener une vie extrêmement retirée; il ne faut pas vous en étonner, et vous ne devez pas non plus douter de mon amitié, si ma porte est souvent condamnée même pour vous. Laissez-moi suivre ma voie ténébreuse. J'ai attiré sur moi un châtiment et un danger qu'il m'est interdit de préciser. Si je suis un grand coupable, je souffre aussi en proportion. Je ne croyais pas que cette terre pût renfermer des souffrances et des terreurs à ce point démoralisantes. La seule chose que vous puissiez faire pour alléger mon sort, Utterson, c'est de respecter mon silence. »

Utterson en fut stupéfait : la sinistre influence de Hyde avait disparu, le docteur était retourné à ses travaux et à ses amitiés d'autrefois; huit jours plus tôt l'avenir le plus souriant lui promettait une vieillesse heureuse et honorée; et voilà qu'en un instant, amitié, paix d'esprit, et toutes les joies de son existence sombraient à la fois. Une métamorphose aussi complète et aussi imprévue relevait de la folie; mais d'après l'attitude et les paroles de Lanyon, elle devait avoir une raison plus profonde et cachée.

Au bout de huit jours, Lanyon s'alita, et en un peu moins d'une quinzaine il était mort. Le soir des funérailles, qui l'avaient affecté douloureusement, Utterson s'enferma à clef dans son cabinet de travail, et s'attablant à la lueur mélancolique d'une bougie, sortit et étala devant lui une enveloppe libellée de la main et scellée du cachet de son ami défunt. « CONFIDENTIEL. Destiné à J. G. Utterson SEUL et en cas de sien prédécès *à détruire tel quel* », disait la suscription impérative. Le notaire redoutait de passer au contenu. « J'ai déjà enterré un ami aujourd'hui, songeait-il; qui sait si ce papier ne va pas m'en coûter un second? » Mais il repoussa cette crainte comme injurieuse, et rompit le cachet. Il y avait à l'intérieur un autre pli également scellé, et dont l'enveloppe portait : « A n'ouvrir qu'au cas de mort ou de disparition du Dr Henry Jekyll. » Utterson n'en croyait pas ses yeux. Oui, le mot disparition y était bien; ici encore, de même que dans l'absurde testament qu'il avait depuis longtemps restitué à son auteur, ici encore se retrouvait l'idée de disparition, accolée au nom d'Henry Jekyll. Mais dans le testament, cette idée avait jailli de la sinistre inspiration du sieur Hyde; on ne l'y employait que dans un dessein trop clair et trop abominable. Écrit de la main de Lanyon, que pouvait-il signifier? Une grande curiosité envahit le dépositaire; il fut tenté de passer outre à l'interdiction et de plonger tout de suite au fond de ces mystères; mais l'honneur professionnel et la parole donnée à son ami défunt lui imposaient des obligations impérieuses; et le paquet alla dormir dans le coin le plus reculé de son coffre-fort.

Il est plus facile de refréner sa curiosité que de l'abolir; et on peut se demander si, à partir de ce jour, Utterson rechercha avec le même empressement la compagnie de son ami survivant. Il songeait à lui avec bienveillance; mais ses pensées étaient inquiètes et pleines de crainte. Il alla bien pour lui faire visite; mais il fut presque soulagé de se voir refuser l'entrée de chez lui; peut-être, au fond, préférait-il causer avec Poole sur le seuil, à l'air libre et environné par les bruits de l'immense capitale, plutôt que d'être reçu dans ce domaine d'une volontaire servitude, pour rester à s'entretenir avec son impénétrable reclus. Poole n'avait d'ailleurs que des nouvelles assez fâcheuses à communiquer. Le docteur, d'après lui, se confinait de plus en plus dans le cabinet au-dessus du laboratoire, où il couchait même quelquefois; il était triste et abattu, devenait de plus en plus taciturne, et ne lisait plus; il semblait rongé de souci. Utterson s'accoutuma si bien à l'uniformité de ces rapports, qu'il diminua peu à peu la fréquence de ses visites.

VII

L'INCIDENT DE LA FENÊTRE

Un dimanche, comme M. Utterson faisait avec M. Enfield sa promenade coutumière, il arriva que leur chemin les fit passer de nouveau par la petite rue. Arrivés à hauteur de la porte, tous deux s'arrêtèrent pour la considérer.

— Allons, dit Enfield, voilà cette histoire-là enfin terminée. Nous ne reverrons plus jamais M. Hyde.

— Je l'espère, dit Utterson. Vous ai-je jamais raconté que je l'ai vu une fois, et que j'ai partagé votre sentiment de répulsion.

— L'un ne pouvait aller sans l'autre, répliqua Enfield. Et entre parenthèses combien vous avez dû me juger stupide d'ignorer que cette porte fût une sortie de derrière pour le Dr Jekyll! C'est en partie de votre faute si je l'ai découvert par la suite.

— Alors, vous y êtes arrivé, en fin de

compte? reprit Utterson. Mais puisqu'il en est ainsi, rien ne nous empêche d'entrer dans la cour et de jeter un coup d'œil aux fenêtres. A vous parler franc, je ne suis pas rassuré au sujet de ce pauvre Jekyll; et même du dehors, il me semble que la présence d'un ami serait capable de lui faire du bien.

Il faisait très froid et un peu humide dans la cour, et le crépuscule l'emplissait déjà, bien que le ciel, tout là-haut, fût encore illuminé par le soleil couchant. Des trois fenêtres, celle du milieu était à demi ouverte, et installé derrière, prenant l'air avec une mine d'une désolation infinie, tel un prisonnier sans espoir, le Dr Jekyll apparut à Utterson.

— Tiens! vous voilà, Jekyll! s'écria ce dernier. Vous allez mieux, j'espère.

— Je suis très bas, Utterson, répliqua mornement le docteur, très bas. Je n'en ai plus pour longtemps, Dieu merci.

— Vous restez trop enfermé, dit le notaire. Vous devriez sortir un peu, afin de vous fouetter le sang, comme M. Enfield et moi (je vous présente mon cousin, M. Enfield... Le docteur Jekyll). Allons, voyons, prenez votre chapeau et venez faire un petit tour avec nous.

— Vous êtes bien bon, soupira l'autre. Cela me ferait grand plaisir; mais, non, non, non, c'est absolument impossible; je n'ose pas. Quand même, Utterson, je suis fort heureux de vous voir, c'est pour moi un réel plaisir; je vous prierais bien de monter avec M. Enfield, mais la pièce n'est vraiment pas en état.

— Ma foi, tant pis, dit le notaire, avec bonne humeur, rien ne nous empêche de rester ici en bas et de causer avec vous d'où vous êtes.

— C'est précisément ce que j'allais me hasarder à vous proposer, répliqua le docteur avec un sourire.

Mais il n'avait pas achevé sa phrase, que le sourire s'éteignit sur son visage et fit place à une expression de terreur et de désespoir si affreuse qu'elle glaça jusqu'aux moelles les deux gentlemen d'en bas. Ils ne l'aperçurent d'ailleurs que dans un éclair, car la fenêtre se referma instantanément; mais cet éclair avait suffi, et tournant les talons, ils sortirent de la cour sans prononcer un mot. Dans le même silence, ils remontèrent la petite rue; et ce fut seulement à leur arrivée dans une grande artère voisine, où persistaient malgré le dimanche quelques traces d'animation, que M. Utterson se tourna enfin et regarda son compagnon. Tous deux étaient pâles, et leurs yeux reflétaient un effroi identique.

— Que Dieu nous pardonne, que Dieu nous pardonne, répéta M. Utterson.

Mais M. Enfield se contenta de hocher très gravement la tête, et se remit à marcher en silence.

VIII

LA DERNIÈRE NUIT

Un soir après dîner, comme M. Utterson était assis au coin de son feu, il eut l'étonnement de recevoir la visite de Poole.

— Miséricorde, Poole, qu'est-ce qui vous amène? s'écria-t-il; et puis l'ayant considéré avec plus d'attention : Qu'est-ce qui vous arrive? Est-ce que le docteur est malade?

— Monsieur Utterson, dit l'homme, il y a quelque chose qui ne va pas droit.

— Prenez un siège, et voici un verre de vin pour vous, dit le notaire. Maintenant ne vous pressez pas, et exposez-moi clairement ce que vous désirez.

— Monsieur, répliqua Poole, vous savez que le docteur a pris l'habitude de s'enfermer. Eh bien, il s'est enfermé de nouveau dans son cabinet de travail; et cela ne me plaît pas, monsieur... que je meure si cela me plaît. Monsieur Utterson, je vous assure, j'ai peur.

— Voyons, mon brave, dit le notaire, expliquez-vous. De quoi avez-vous peur?

— Il y a déjà près d'une semaine que j'ai peur, répliqua Poole, faisant la sourde oreille à la question; et je ne peux plus supporter ça.

La physionomie du domestique confirmait amplement ses paroles; il n'avait plus aucune tenue; et à part le moment où il avait d'abord avoué sa peur, il n'avait pas une seule fois regardé le notaire en face. A présent même, il restait assis, le verre de vin posé intact sur son genou, et le regard fixé sur un coin du parquet.

— Je ne veux plus supporter ça, répéta-t-il.

— Allons, Poole, dit le notaire, je vois que vous avez quelque bonne raison; je vois qu'il y a quelque chose qui ne va réellement pas droit. Essayez de me raconter ce que c'est.

— Je crois qu'il s'est commis un mauvais coup, dit Poole, d'une voix rauque.

— Un mauvais coup! s'exclama le notaire, passablement effrayé, et assez porté à se fâcher en conséquence. Quel mauvais coup? Qu'est-ce que cela signifie?

— Je n'ose pas dire, monsieur, reprit l'autre; mais voulez-vous venir avec moi vous rendre compte par vous-même?

Pour toute réponse, M. Utterson se leva et alla prendre son chapeau et son pardessus; mais il fut tout étonné de voir quel énorme soulagement exprimaient les traits du maître d'hôtel, et il s'étonna peut-être autant de voir le vin toujours intact dans le verre du valet, lorsque celui-ci le déposa pour partir.

C'était une vraie nuit de mars, tempêtueuse et froide; un pâle croissant de lune, couché sur le dos comme si le vent l'eût culbuté, luisait sous un tissu diaphane et léger de fuyantes effilochures nuageuses. Le vent coupait presque la parole et sa flagellation mettait le sang au visage. Il semblait en outre avoir vidé les rues de passants plus qu'à l'ordinaire; et M. Utterson croyait n'avoir jamais vu cette partie de Londres aussi déserte. Il eût préféré le contraire; jamais encore il n'avait éprouvé un désir aussi vif de voir et de coudoyer ses frères humains; car en dépit de ses efforts, il avait l'csprit accablé sous un angoissant pressentiment de catastrophe. Lorsqu'ils arrivèrent sur la place, le vent y soulevait des tourbillons de poussière, et les ramures squelettiques du jardin flagellaient les grilles. Poole, qui durant tout le trajet n'avait cessé de marcher un pas ou deux en avant, fit halte au milieu de la chaussée, et malgré l'âpre bise, il retira son chapeau et s'épongea le front avec un mouchoir de poche rouge. Mais en dépit de la course rapide, ce qu'il essuyait n'était pas la transpiration due à l'exercice, mais bien la sueur d'une angoisse qui l'étranglait, car sa face était blême et sa voix, lorsqu'il prit la parole, rauque et entrecoupée.

— Eh bien, monsieur, dit-il, nous y voici, et Dieu fasse qu'il ne soit pas arrivé de malheur.

— Ainsi soit-il, Poole, dit le notaire.

Là-dessus le valet heurta d'une façon très discrète; la porte s'ouvrit, retenue par la chaîne; et de l'intérieur une voix interrogea :

— C'est vous, Poole?

— Tout va bien, répondit Poole. Ouvrez.

Le vestibule, où ils pénétrèrent, était brillamment éclairé; on avait fait un grand feu, et autour de l'âtre toute la domesticité, mâle et femelle, se tenait rassemblée en tas comme un troupeau de moutons. A la vue de M. Utterson, la femme de chambre fut prise de geignements nerveux; et la cuisinière, s'écriant : « Dieu merci! voilà M. Utterson! » s'élança au-devant de lui comme pour lui sauter au cou.

— Quoi donc? quoi donc? Que faites-vous tous ici? interrogea le notaire avec aigreur. C'est très irrégulier, très incorrect; s'il le savait, votre maître serait loin d'être satisfait.

— C'est qu'ils ont tous peur, dit Poole.

Nul ne protesta, et il se fit un grand silence; on

n'entendait que la femme de chambre, qui s'était mise à pleurer tout haut.

— Taisez-vous! lui dit Poole, d'un ton furieux qui témoignait de son énervement personnel. (Et de fait, quand la femme de chambre avait tout à coup haussé la gamme de ses lamentations, tous avaient tressailli et s'étaient tournés vers la porte intérieure avec des airs de crainte et d'anxiété.) Et maintenant, continua le maître d'hôtel en s'adressant au marmiton, passez-moi un bougeoir, nous allons tirer cela au clair tout de suite.

Puis, ayant prié M. Utterson de le suivre, il l'emmena dans le jardin de derrière.

— A présent, monsieur, lui dit-il, vous allez faire le moins de bruit possible. Je tiens à ce que vous entendiez et je ne tiens pas à ce qu'on vous entende. Et surtout, monsieur, si par hasard il vous demandait d'entrer, n'y allez pas.

A cette conclusion imprévue, M. Utterson eut un sursaut nerveux qui manqua lui faire perdre l'équilibre; mais il rassembla son courage et suivit le maître d'hôtel dans le bâtiment du laboratoire, puis traversant l'amphithéâtre de dissection, encombré de touries et de flacons, il arriva au pied de l'escalier. Là, Poole lui fit signe de se reculer de côté et d'écouter; et lui-même, déposant le bougeoir et faisant un appel visible à toute sa résolution, monta les marches et d'une main mal assurée frappa sur la serge rouge de la porte du cabinet.

— Monsieur, c'est M. Utterson qui demande à vous voir, annonça-t-il.

Et en même temps, d'un geste impératif, il engagea le notaire à prêter l'oreille.

Une voix plaintive répondit de l'intérieur :

— Dites-lui qu'il m'est impossible de recevoir qui que ce soit,

— Bien, monsieur, dit Poole, avec dans la voix une sorte d'accent de triomphe.

Et, reprenant le bougeoir, il remmena M. Utterson par la cour jusque dans la grande cuisine, où le feu était éteint et où les blattes sautillaient sur le carreau.

— Monsieur, dit-il en regardant M. Utterson dans les yeux, était-ce la voix de mon maître?

— Elle m'a paru bien changée, répondit le notaire, très pâle, mais sans détourner le regard.

— Changée? Certes oui, je le pense, reprit le maître d'hôtel. Après vingt ans passés dans la demeure de cet homme, pourrais-je ne pas connaître sa voix? Non, monsieur, on a fait disparaître mon maître; on l'a fait disparaître, il y a huit jours, lorsque nous l'avons entendu invoquer le nom de Dieu; et *qui* est là à l'intérieur à sa place, et *pourquoi* on reste là, monsieur Utterson, c'est une chose qui crie vengeance au Ciel!

— Voici un conte bien étrange, Poole, voici un conte plutôt invraisemblable, mon ami, dit M. Utterson, en se mordillant le doigt. A supposer qu'il en soit comme vous l'imaginez, à supposer que le Dr Jekyll ait été... eh bien, oui, assassiné, quel motif de rester pourrait avoir son meurtrier? Cela ne tient pas debout, cela ne supporte pas l'examen.

— Eh bien, monsieur Utterson, vous êtes difficile à convaincre, mais je ne désespère pas d'y arriver, Dit Poole. Toute cette dernière semaine, sachez-le donc, cet homme, ou cet être, ou ce je ne sais quoi qui loge dans le cabinet n'a cessé jour et nuit de réclamer à cor et à cri un certain médicament sans arriver à l'obtenir à son idée. Il lui arrivait de temps à autre... c'est de mon maître que je parle... d'écrire ses ordres sur une feuille de papier qu'il jetait dans l'escalier. Nous n'avons rien eu d'autre ces huit derniers jours; rien que des papiers, et porte de bois; et jusqu'aux repas qu'on lui laissait là, et qu'il rentrait en cachette lorsque personne ne le voyait. Eh bien, monsieur, tous les jours, oui, et même des deux ou trois fois dans une seule journée, c'étaient des ordres et des réclamations, et il m'a fallu courir chez tous les droguistes en gros de la ville. Chaque fois que je rapportais le produit, c'était un nouveau papier pour me dire de le renvoyer parce qu'il n'était pas pur, et un nouvel ordre pour une autre maison. Ce produit, monsieur, on en a terriblement besoin, pour je ne sais quel usage.

— Avez-vous gardé quelqu'un de ces papiers? demanda M. Utterson.

Poole fouilla dans sa poche et en sortit un billet tout froissé, que le notaire, se penchant plus près de la bougie, déchiffra avec attention. En voici le contenu : « Le Dr Jekyll présente ses salutations à MM. Maw. Il leur affirme que le dernier échantillon qu'ils lui ont fait parvenir est impur et absolument inutilisable pour son présent besoin. En l'année 18..., le Dr Jekyll en a acheté une assez grande quantité chez MM. Maw. Il les prie aujourd'hui de vouloir bien faire les recherches les plus diligentes, et s'il leur en reste un peu de la même qualité, de le lui envoyer aussitôt. Peu importe le coût. Ce produit est pour le Dr Jekyll d'une importance tout à fait exceptionnelle. » Jusqu'ici l'allure du billet s'était maintenue suffisamment normale, mais arrivé là, écorchant soudain le papier d'une plume rageuse, le scripteur avait donné libre cours à ses sentiments. « Pour l'amour de Dieu, ajoutait-il, retrouvez-m'en un peu de l'ancien. »

— Voici un billet étrange, dit M. Utterson; puis avec sévérité : Comment se fait-il que vous l'ayez, tout décacheté, en votre possession?

— L'employé de chez Maw était si fort en colère, monsieur, qu'il me l'a rejeté comme de l'ordure, répondit Poole.

— C'est indiscutablement l'écriture du docteur, vous savez? reprit le notaire.

— Je me disais bien qu'elle y ressemblait, dit le serviteur, mal convaincu. Et puis, sur un nouveau ton, il reprit : Mais qu'importe l'écriture, puisque je l'ai vu!

— Vous l'avez vu? répéta M. Utterson. Et alors?

— Tenez! dit Poole, voici la chose. Je suis entré tout d'un coup dans l'amphithéâtre, venant du jardin. Il avait dû se glisser au dehors pour se mettre en quête du produit, ou faire je ne sais quoi; car la porte du cabinet était ouverte, et il se trouvait tout au fond de la salle en train de fourrager parmi les touries. A mon arrivée, il leva les yeux, poussa comme un cri plaintif, et s'enfuit par l'escalier jusque dans le cabinet. Je ne l'ai vu qu'une minute, mais les cheveux m'en ont dressé sur le crâne comme des baguettes.

Dites, monsieur, si c'était là mon maître, pourquoi avait-il un masque sur la figure? Si c'était mon maître, pourquoi a-t-il poussé ce cri de rat, et pourquoi s'est-il sauvé en me voyant? Je l'ai servi assez longtemps. Et puis...

Mais l'homme se tut et se passa la main sur le visage.

— Toutes ces circonstances sont en effet bien bizarres, dit M. Utterson, mais je crois que je commence à y voir clair. Votre maître, Poole, est sans nul doute, atteint d'une de ces maladies qui torturent à la fois et défigurent leur victime; de là, selon toute probabilité, l'altération de sa voix; de là le masque et son éloignement de ses amis; de là son anxiété de trouver ce produit, grâce auquel la pauvre âme garde l'espoir d'une guérison finale. Dieu fasse que cet espoir ne soit pas trompé! Voilà mon explication : elle est suffisamment triste, Poole, voire même affreuse à envisager, mais elle est simple et naturelle, elle est cohérente, et elle nous délivre de toutes craintes exagérées.

— Monsieur, dit le maître d'hôtel, envahi d'une pâleur livide, cet être n'était pas mon maître, et voilà la vérité. Mon maître (et ce disant il regarda autour de lui et baissa la voix) est un homme grand et bien fait, et celui-ci était une sorte de nabot.

Utterson voulut protester.

— Oh! monsieur, s'écria Poole, croyez-vous que je ne connaisse pas mon maître au bout de vingt ans? Croyez-vous que je ne sache pas à quelle hauteur sa tête arrive dans l'encadrement de la porte du cabinet où je l'ai vu chaque matin de ma vie? Non, monsieur, jamais! Cet être au masque n'était pas le docteur Jekyll; et c'est mon intime conviction qu'il y a eu assassinat.

— Poole, répliqua le notaire, dès lors que vous dites cela, je vais me trouver dans l'obligation de m'en assurer. Malgré tout mon désir de ménager les sentiments de votre maître, malgré tous mes doutes en présence de ce billet qui semble prouver qu'il est encore vivant, je dois considérer comme de mon devoir de forcer cette porte.

— Ah! monsieur Utterson, voilà qui est parler s'écria le maître d'hôtel.

— Et maintenant, passons à une autre question, reprit Utterson : qui va s'en charger?

— Mais, vous et moi, monsieur, répliqua l'autre sans sourciller.

— Très bien dit, déclara le notaire, et quoi qu'il en résulte, je saurai faire en sorte que vous n'y perdiez rien.

— Il y a une hache dans l'amphithéâtre,

continua Poole, et vous pourriez prendre pour vous le tisonnier de la cuisine.

Le notaire s'empara de cet outil grossier mais pesant, et le brandit.

— Savez-vous, Poole, dit-il en levant les yeux que nous allons, vous et moi, nous exposer à un certain danger?

— Certes, monsieur, vous pouvez bien le dire, répondit le maître d'hôtel.

— Il vaut donc mieux parler franc. Nous en savons l'un et l'autre plus long que nous n'en avons dit; ne nous cachons plus rien. Cet individu masqué que vous avez vu, l'avez-vous reconnu?

— Ma foi, monsieur, cela s'est fait si vite, et cette créature était tellement courbée en deux, que je n'en jurerais pas. Mais si vous voulez dire : était-ce M. Hyde?... eh bien, oui, je crois que c'était lui! Voyez-vous, il était à peu près de la même carrure, et il avait la même démarche leste et agile; et d'ailleurs qui d'autre aurait pu s'introduire par la porte du laboratoire? N'oubliez pas, monsieur, que lors du crime, il avait encore la clef sur lui. Mais ce n'est pas tout. Je ne sais, monsieur Utterson, si vous avez jamais rencontré ce M. Hyde?

— Si fait, répliqua le notaire, j'ai causé une fois avec lui.

— En ce cas, vous devez savoir aussi bien que nous tous que ce gentleman avait quelque chose de bizarre... quelque chose qui vous retournait... je ne sais vraiment pas m'expliquer autrement que ceci : on se sentait devant lui comme un vide et un froid dans les moelles.

— J'avoue que j'ai éprouvé un peu ce que vous dites là, fit M. Utterson.

— Vous y êtes, monsieur. Eh bien! quand cette créature masquée a jailli, tel un singe, d'entre les produits chimiques et a filé dans le cabinet, c'est comme de la glace qui m'est descendue le long de l'échine. Oh! je sais bien que ce n'est pas une preuve, monsieur Utterson; je suis assez instruit pour cela; mais on a sa petite jugeotte, et je vous jure sur la Bible que c'était là M. Hyde.

— Soit, soit, dit le notaire. Mes craintes m'inclinent à le croire aussi. Du mal, j'en ai peur... il ne pouvait sortir que du mal de cette relation. Si fait, vraiment, je vous crois; je crois que ce pauvre Harry a été tué; et je crois que son assassin... dans quel but, Dieu seul pourrait le dire... s'attarde encore dans la demeure de sa victime. Eh bien! nous lui apporterons la vengeance. Faites venir Bradshaw.

Le valet désigné arriva, très pâle et énervé.

— Remettez-vous, Bradshaw, lui dit le notaire. Cette attente, je le sais, vous est pénible à tous; mais nous avons pris la résolution d'en finir. Poole que voici et moi, nous allons pénétrer de vive force dans le cabinet. Si tout est en règle, j'ai assez bon dos pour supporter la responsabilité. Cependant, de crainte qu'il n'y ait réellement du mauvais, ou qu'un malfaiteur ne tente de s'échapper par les derrières, vous ferez le tour par le coin avec le marmiton, munis d'une bonne trique chacun, et vous vous posterez à la porte du laboratoire. Nous vous laissons dix minutes pour prendre vos dispositions.

Tandis que Bradshaw s'éloignait, le notaire, consultant sa montre, ajouta :

— Et maintenant, Poole, prenons les nôtres.

Et emportant le tisonnier sous son bras, il s'avança le premier dans la cour. Les nuages s'étaient amoncelés devant la lune, et il faisait à cette heure tout à fait noir. Le vent, qui n'arrivait au fond de ce puits de bâtiments que par bouffées intermittentes, faisait vaciller la flamme de la bougie; mais enfin ils arrivèrent dans l'abri de l'amphithéâtre, où ils s'assirent pour attendre en silence. La rumeur grandiose de Londres s'élevait de toutes parts; mais à proximité immédiate, le silence n'était interrompu que par le bruit d'un pas allant et venant sur le parquet du cabinet.

— C'est ainsi qu'il marche toute la journée, monsieur, chuchota Poole; oui, et voire la plus grande partie de la nuit. Il n'y a un peu de répit que quand il reçoit un nouvel échantillon de chez le droguiste. Ah! il faut une bien mauvaise conscience pour être ainsi ennemi du repos. Ah! monsieur, dans chacun de ces pas il y a du sang traîtreusement répandu! Mais écoutez encore, d'un peu plus près... mettez votre cœur dans votre ouïe, monsieur Utterson, et dites-moi : est-ce l'allure du docteur?

Les pas résonnaient furtifs et légers, et quasi dansants malgré leur lenteur : ils différaient complètement de la marche pesante et sonore de Henry Jekyll. Utterson poussa un soupir et demanda?

— Est-ce qu'on n'entend jamais rien d'autre?

Poole fit un signe affirmatif, et répondit :

— Si, une fois. Une fois, je l'ai entendu pleurer.

— Pleurer? Comment cela? reprit le notaire, envahi tout à coup d'un frisson d'horreur.

— Pleurer comme une femme ou comme une âme en peine, répondit le maître d'hôtel. Quand je suis parti, cela m'est resté sur le cœur, si bien que j'en aurais pleuré aussi.

Mais les dix minutes tiraient à leur fin. Poole

sortit la hache de dessous un tas de paille d'emballage; on déposa le bougeoir sur la table la plus proche afin d'y voir clair pour l'attaque; et, retenant leur souffle, tous deux s'approchèrent du lieu où ce pas inlassable allait sans cesse de long en large, et de large en long, dans le calme de la nuit.

— Jekyll, appela Utterson d'une voix forte, je demande à vous voir.

Il se tut quelques instants, mais ne reçut de réponse. Il reprit :

— Je vous en préviens tout net, nos soupçons sont éveillés, il faut que je vous voie et je vous verrai : si ce n'est par la persuasion, ce sera autrement... si ce n'est de votre bon gré, ce sera par la violence.

— Utterson, cria la voix, pour l'amour de Dieu, ayez pitié!

— Ah! ce n'est pas la voix de Jekyll...c'est celle de Hyde! s'écria Utterson. Enfoncez la porte, Poole!

Poole balança la hache par-dessus son épaule; sous le coup le bâtiment retentit, et la porte à serge rouge rebondit contre la serrure et les gonds. Du cabinet jaillit un hurlement de détresse, d'une épouvante tout animale. La hache se releva de nouveau, et de nouveau les panneaux craquèrent et l'encadrement sursauta. A quatre reprises le coup retomba, mais le bois était dur et la menuiserie solide. Ce fut seulement au cinquième que la serrure disjointe s'arracha et que les débris de la porte s'abattirent à l'intérieur sur le tapis.

Les assiégeants, intimidés par leur propre tapage et par le silence qui lui avait succédé hésitèrent un peu et regardèrent dans le cabinet qui s'étalait sous leurs yeux à la paisible lumière de la lampe. Un bon feu clair pétillait dans l'âtre, la bouilloire chantonnait son léger refrain, on voyait deux ou trois tiroirs ouverts, des papiers disposés en ordre sur la table de travail, et tout près du feu le nécessaire préparé pour le thé : on eût dit l'intérieur le plus tranquille, et, à part les étagères vitrées pleines d'instruments de chimie, le plus banal qu'il y eût ce soir-là dans tout Londres.

Au beau milieu gisait le corps d'un homme tordu par l'agonie et encore palpitant. Ils s'approchèrent à pas légers, le retournèrent sur le dos et reconnurent les traits de M. Hyde. Il était vêtu d'habits beaucoup trop grands pour lui, d'habits faits à la taille du docteur : les muscles de son visage vibraient encore d'une apparence de vie, mais la vie elle-même l'avait bien abandonné. La fiole broyée qu'il tenait encore, avec l'odeur d'amandes amères qui flottait dans la pièce, révélèrent à Utterson qu'il avait devant lui le cadavre d'un suicidé.

— Nous sommes arrivés trop tard, dit-il, d'un ton sévère, aussi bien pour sauver que pour punir. Hyde est allé trouver son juge; il ne nous reste plus qu'à découvrir le corps de votre maître.

La portion du bâtiment de beaucoup la plus importante était occupée par l'amphitéâtre qui constituait presque tout le rez-de-chaussée et recevait le jour d'en haut, et par le cabinet, qui formait le premier étage à un bout et prenait vue sur la cour. Un corridor reliait l'amphithéâtre à la porte donnant sur la petite rue; en outre, le cabinet communiquait séparément avec celle-ci par un second escalier. Il y avait aussi plusieurs réduits obscurs et une vaste cave. Tout cela fut alors minutieusement passé en revue. Chaque réduit n'exigea qu'un coup d'œil, car tous étaient vides et, à voir la poussière qui tombait de leurs portes, aucun d'eux n'avait de longtemps été ouvert. La cave, il est vrai, était encombrée d'un amas d'objets hétéroclites, datant pour la plupart de l'époque du chirurgien prédécesseur de Jekyll; mais rien qu'en ouvrant la porte ils furent avertis de l'inutilité de plus amples recherches, par la chute d'un revêtement compact de toiles d'araignées qui avaient depuis des ans condamné l'entrée. Nulle part on ne voyait trace de Henry Jekyll, ni mort ni vivant.

Poole frappa du pied les dalles du corridor.

— Il doit être enterré là, dit-il en prêtant l'oreille à la résonance.

— A moins qu'il se soit enfui, dit Utterson.

Et il s'en alla examiner la porte de la petite rue. Elle était fermée à clef; et tout auprès, gisant sur les dalles, se trouvait la clef, déjà tachée de rouille.

— Elle n'a pas l'air de servir beaucoup, remarqua le notaire.

— De servir! répéta Poole. Ne voyez-vous donc pas, monsieur, qu'elle est brisée comme si quelqu'un avait donné un coup de talon dessus?

— C'est juste, fit Utterson, et même les cassures sont rouillées.

Les deux hommes s'entre-regardèrent, ébahis.

— Ceci me passe, Poole, dit le notaire. Retournons dans le cabinet.

Ils gravirent l'escalier en silence, et non sans jeter par intervalles au cadavre un regard terrifié, se mirent à examiner plus en détail le contenu de la pièce. Sur une table se voyaient des traces d'opérations chimiques, plusieurs tas dosés d'un sel blanchâtre étaient préparés sur des soucoupes de verre, comme pour une expérience au milieu de laquelle le malheureux avait été interrompu.

— C'est là ce même produit que j'allais tout le temps lui chercher, dit Poole.

Et il n'avait pas achevé sa phrase que la bouilloire déborda à grand bruit.

Ceci les amena vers la cheminée, auprès de laquelle le fauteuil était frileusement tiré, avec le nécessaire à thé tout disposé à portée de la main, jusqu'à la tasse garnie de sucre. Un rayonnage supportait quelques volumes; l'un d'eux gisait ouvert à côté du plateau à thé, et Utterson y reconnut avec stupeur un exemplaire d'un ouvrage édifiant, pour lequel Jekyll avait maintes fois exprimé une vive estime, et qui se trouvait ici annoté de scandaleux blasphèmes écrits de sa propre main.

Continuant de passer en revue la pièce, les deux perquisiteurs arrivèrent à la psyché, et ils regardèrent dans ses profondeurs avec un effroi involontaire; mais elle était tournée de façon à ne leur montrer que la rose lueur se jouant au plafond, le feu scintillant en multiples reflets sur les vitres des étagères, et leurs propres physionomies pâles et terrifiées, penchées sur leur image.

— Ce miroir a vu d'étranges choses, monsieur, chuchota Poole.

— Il ne peut avoir rien vu de plus étrange que ne l'est sa présence ici, répliqua le notaire sur le même ton. Car que faisait Jekyll...

Il s'interrompit avec un sursaut, et puis surmontant sa faiblesse :

— Quel besoin d'une psyché pouvait bien avoir Jekyll?

— Vous avez raison de le dire, dit Poole.

Ils s'occupèrent ensuite de la table de travail. Sur le pupitre, au milieu des papiers rangés avec soin, s'étalait par-dessus tout une grande enveloppe qui portait, écrit de la main du docteur, le nom de M. Utterson. Le notaire la décacheta, et plusieurs plis s'en échappèrent et tombèrent sur le plancher. Le premier contenait une déclaration rédigée dans les mêmes termes extravagants que celle restituée six mois plus tôt, et destinée à servir de testament en cas de mort, et d'acte de donation en cas de disparition, mais remplaçant le nom de Hyde, le notaire y lut, avec un étonnement indescriptible, le nom de Gabriel-John Utterson. Il regarda successivement Poole, puis de nouveau le papier, et enfin le défunt criminel étendu sur le parquet.

— La tête m'en tourne, dit-il. Il a eu ceci à sa disposition tous ces derniers jours, il n'avait aucune raison de m'aimer; il devait être furieux de se voir évincé; et il n'a pas détruit ce document!

Il passa au pli suivant : c'était un court billet de la main du docteur et daté dans le haut.

— Oh, Poole, s'écria le notaire, il était ici, et vivant, aujourd'hui même. On ne peut l'avoir fait disparaître en aussi peu de temps : il doit être encore vivant, il doit s'être enfui?... Au reste, pourquoi fuir? et comment? et dans ce cas peut-on se hasarder à appeler cela un suicide? Oh, il nous faut être circonspects. Je pressens que nous pouvons encore entraîner votre maître dans quelque déplorable catastrophe.

— Pourquoi ne lisez-vous pas, monsieur? demanda Poole.

— Parce que j'ai peur, répondit le notaire d'un ton tragique, Dieu veuille que je n'en aie pas de motif!

Et là-dessus il approcha le papier de ses yeux et lut ce qui suit :

« Mon cher Utterson,

« Lorsque ce mot tombera entre vos mains, j'aurai disparu, d'une façon que je n'ai pas la clairvoyance de prévoir, mais mon instinct, comme la nature de la situation sans nom dans laquelle je me trouve, me disent que ma fin est assurée et qu'elle ne tardera plus. Adieu donc, et lisez d'abord le récit que Lanyon m'a promis de vous faire parvenir; puis si vous désirez en savoir davantage passez à la confession de

« Votre ami indigne et infortuné,

« HENRY JEKYLL. »

— Il y avait un troisième pli? demanda Utterson.

— Le voici, monsieur, répondit Poole.

Et il lui tendit un paquet volumineux revêtu de plusieurs cachets.

Le notaire le mit dans sa poche.

— Je ne parlerai pas de ce papier. Que votre maître ait fui ou qu'il soit mort, nous pouvons du moins sauver sa réputation. Il est maintenant dix heures : je vais rentrer chez moi et lire en paix ces documents; mais je serai de retour avant minuit, c'est alors que nous enverrons chercher la police.

Ils sortirent, refermant à clef derrière eux la porte de l'amphithéâtre; et Utterson, laissant encore une fois les serviteurs réunis autour du feu dans le vestibule, se rendit à son bureau pour lire les deux récits où il devait enfin trouver l'explication du mystère.

IX

LA NARRATION DU Dr LANYON

Le 9 janvier, il y a de cela quatre jours, je reçus par la distribution du soir une lettre recommandée, que m'adressait de sa main mon collègue et ancien camarade de classe, Henry Jekyll. J'en fus très surpris, car nous n'avions pas du tout l'habitude de correspondre; je l'avais vu, j'avais même dîné avec lui, le soir précédent; et je ne concevais dans nos rapports rien qui pût justifier la formalité de la recommandation. Le contenu de cette lettre augmenta ma surprise; car voici ce qu'elle renfermait :

« Le 10 *décembre* 18...

« Mon cher Lanyon,

« Vous êtes l'un de mes plus anciens amis; et bien que nous puissions avoir différé parfois d'avis sur des questions scientifiques, je ne me rappelle, du moins de mon côté, aucune infraction à notre bonne entente. Il n'y a pas eu de jour où, si vous m'aviez dit : Jekyll, ma vie, mon honneur, ma raison, dépendent de vous, je n'eusse, pour vous sauver, sacrifié ma fortune, ou ma main gauche. Lanyon, ma vie, mon honneur, ma raison, tout cela est à votre merci : si vous ne venez à mon aide, cette nuit, je suis perdu. Vous pourriez supposer, après cet exorde, que je vais vous demander quelque chose de déshonorant. Jugez-en par vous-même.

« Je désire que vous renonciez pour ce soir à tous autres engagements... fussiez-vous mandé au chevet d'un empereur; que vous preniez un cab, à moins que vous n'ayez justement votre voiture à la porte; et muni de cette lettre-ci comme référence, que vous vous fassiez conduire tout droit à mon domicile. Poole, mon maître d'hôtel, est prévenu; vous le trouverez vous attendant avec un serrurier. Il vous faut alors faire crocheter la porte de mon cabinet, où vous entrerez seul; vous ouvrirez la vitrine marquée E, à main gauche, en forçant la serrure au besoin si elle était fermée; et vous y prendrez, *avec son contenu tel quel,* le quatrième tiroir à partir du haut, ou (ce qui revient au même) le troisième à partir du bas. Dans mon excessive angoisse, j'ai une peur maladive de vous mal renseigner; mais même si je suis dans l'erreur, vous reconnaîtrez le bon tiroir à son contenu : des paquets de poudres, une fiole et un cahier de papier. Ce tiroir, je vous conjure de le rapporter avec vous à Cavendish Square exactement comme il se trouve.

« Telle est la première partie du service; passons à la seconde. Vous serez de retour, si vous vous mettez en route dès la réception de la présente, bien avant minuit, mais je tiens à vous laisser toute cette marge, non seulement dans la crainte d'un de ces obstacles qu'on ne peut ni empêcher ni prévoir, mais parce qu'il vaut mieux, pour ce qui vous restera à faire, choisir une heure où vos domestiques seront couchés. A minuit donc, je vous prierai de vous trouver seul dans votre cabinet de consultation, d'introduire vous-même chez vous un homme qui se présentera de ma part, et de lui remettre le tiroir que vous serez allé chercher dans mon cabinet.

« Vous aurez alors joué votre rôle et mérité mon entière gratitude. En cinq minutes de plus, si vous insistez pour avoir une explication, vous aurez compris l'importance capitale de ces dispositions, et qu'il vous suffirait d'en négliger une seule, pour vous mettre sur la conscience ma mort ou le naufrage de ma raison.

« Malgré ma certitude que vous ne prendrez

pas cette requête à la légère, le cœur me manque et ma main tremble à la seule idée d'une telle possibilité. Songez que je suis à cette heure dans un lieu étranger, à me débattre sous une noire détresse qu'aucune imagination ne saurait égaler, et pourtant bien assuré que, si vous m'obligez ponctuellement, mes tribulations s'évanouiront comme un rêve. Obligez-moi, mon cher Lanyon, et sauvez

« Votre ami,
« H. J. »

« P.-S. — J'avais déjà fermé l'enveloppe quand une nouvelle crainte m'a frappé. Il peut arriver que la poste trompe mon attente, et que cette lettre ne vous parvienne pas avant demain matin. Dans ce cas, mon cher Lanyon, faites ma commission lorsque cela vous sera le plus commode dans le courant de la journée; et encore une fois attendez mon messager à minuit. Il sera peut-être alors déjà trop tard; et si la nuit se passe sans que vous voyez rien venir, sachez que c'en sera fait de Henry Jekyll. »

La lecture de cette lettre me persuada que mon collègue était devenu fou; mais tant que je n'en avais pas la preuve indéniable, je me voyais contraint de faire comme il m'en priait. Moins je voyais clair dans ce brouillamini, moins j'étais en situation de juger de son importance; et on ne pouvait, sans prendre une responsabilité grave, rejeter une prière libellée en pareils termes.

Je me levai donc de table, pris une voiture, et me rendis droit chez le Dr Jekyll. Le maître d'hôtel m'attendait : il avait reçu par le même courrier que moi une lettre recommandée contenant des instructions et avait envoyé aussitôt chercher un serrurier et un menuisier. Ces deux artisans arrivèrent tandis que nous causions encore; et nous nous rendîmes tous ensemble à l'ancien amphithéâtre anatomique du docteur Denman, par où (comme vous le savez sans doute) on accède le plus aisément au cabinet personnel du Dr Jeckyll.

La porte en était solide, la serrure excellente; le menuisier avoua qu'il aurait beaucoup de mal et qu'il lui faudrait faire beaucoup de dégâts, si l'on devait recourir à la violence; et le serrurier désespérait presque. Mais ce dernier était un garçon de ressource; et au bout de deux heures de travail, la porte fut ouverte. La vitrine marquée E n'était pas fermée à clef; je pris le tiroir, le fis garnir de paille et emballer dans un drap de lit, puis je retournai avec l'objet à Cavendish Square.

Là, je me mis en devoir d'examiner son contenu. Les paquets de poudres étaient assez proprement faits, mais non pas avec l'élégance du droguiste de profession; je compris sans peine qu'ils étaient de la fabrication personnelle de Jekyll. En ouvrant l'un de ces paquets, je trouvai ce qui me parut être un simple sel cristallin de couleur blanche. La fiole, dont je m'occupai ensuite, pouvait être à moitié pleine d'un liquide rouge-sang, qui piquait fortement aux narines et qui me parut contenir du phosphore et un éther volatil. Quand aux autres ingrédients, je dus m'abstenir de conjectures. Le cahier était un banal cahier d'écolier et contenait presque uniquement une série de dates. Celles-ci embrassaient une période de plusieurs années, mais je remarquai que les écritures avaient cessé depuis près d'un an et sans aucune transition. Çà et là une date se complétait d'une brève annotation, en général bornée à un unique mot, tel que : « doublé », qui se présentait peut-être six fois dans un total de plusieurs centaines d'écritures; ou encore, une seule fois, tout au début de la liste et suivie de plusieurs points d'exclamation, cette mention : « Echec complet!!! »

Tout ceci, quoique fouettant ma curiosité, ne me disait pas grand-chose de précis. J'avais là une fiole contenant une teinture quelconque, une dose d'un sel, et le journal d'une série d'expériences qui n'avaient (comme trop de recherches de Jekyll) abouti à aucun résultat d'une utilité pratique. En quoi la présence de ces objets dans ma maison pouvait-elle affecter aussi bien l'honneur que l'intégrité mentale ou la vie de mon collègue en fuite? Si son messager pouvait venir en un lieu, pourquoi ne pouvait-il aussi bien aller en un autre? Et même dans l'hypothèse d'un empêchement, pourquoi ce citoyen-là devait-il être reçu par moi en secret? Plus je réfléchissais, plus je me convainquais d'avoir affaire à un cas de dérangement cérébral; aussi, tout en envoyant mes domestiques se coucher, je chargeai un vieux revolver afin de me trouver en état de me défendre.

Les douze coups de minuit avaient à peine retenti sur Londres, que l'on heurta tout doucement à ma porte. J'allai moi-même ouvrir, et trouvai un petit homme qui se dissimulait contre les pilastres du porche.

— Venez-vous de la part du Dr Jekyll? lui demandai-je.

Il me fit signe que oui, d'un geste contraint; et lorsque je l'eus invité à entrer, il ne m'obéit qu'après avoir jeté en arrière un regard inquisiteur dans les ténèbres de la place. Non loin, un policeman s'avançait la lanterne au poing. A cette vue il me sembla que mon visiteur tressaillait et se hâtait davantage.

Ces particularités me frappèrent, je l'avoue, désagréablement; et, tandis que je le suivais jusque dans la brillante clarté de mon cabinet de consultation je me tins prêt à faire usage de mon arme. Là, enfin, j'eus tout loisir de le bien voir. Ce qui du moins était sûr, c'est que je ne l'avais jamais rencontré auparavant. Il était petit, comme je l'ai déjà dit; en outre je fus frappé par l'expression repoussante de sa physionomie, par l'aspect exceptionnel qu'il présentait, d'une grande activité musculaire jointe à une non moins grande faiblesse apparente de constitution, et enfin, et plus encore peut-être, par le singulier trouble physiologique que son voisinage produisait en moi. Ce trouble présentait quelque analogie avec un début d'ankylose, et s'accompagnait d'un notable affaiblissement du pouls. Sur le moment, je l'attribuai à quelque antipathie personnelle et idiosyncrasique, et m'étonnai simplement de l'acuité de ses manifestations; mais j'ai eu depuis des raisons de croire que son origine était située beaucoup plus profondément dans mon humaine nature, et procédait d'un mobile plus noble que le sentiment de la haine.

Cet individu (qui avait ainsi, dès le premier instant de son arrivée, excité en moi une curiosité que je qualifierais volontiers de malsaine) était vêtu d'une façon qui aurait rendu grotesque une personne ordinaire; car ses habits, quoique d'un tissu coûteux et de bon goût, étaient démesurément trop grands pour lui dans toutes les dimensions : son pantalon lui retombait sur les jambes, et on l'avait retroussé par en bas pour l'empêcher de traîner à terre, la taille de sa redingote lui venait au-dessous des hanches, et son col bâillait largement sur ses épaules. Chose singulière à dire, cet accoutrement funambulesque était loin de me donner envie de rire. Au contraire, comme il y avait dans l'essence même de l'individu que j'avais alors en face de moi quelque chose d'anormal et d'avorté — quelque chose de saisissant, de surprenant et de révoltant — ce nouveau disparate semblait fait uniquement pour s'accorder avec le premier et le renforcer; si bien qu'à mon intérêt envers la nature et le caractère de cet homme, s'ajoutait une curiosité concernant son origine, sa vie, sa fortune et sa situation dans le monde.

Ces remarques auxquelles j'ai dû donner ici un tel développement, ne me prirent en réalité que quelques secondes. Mon visiteur était, du reste, trépidant d'une farouche agitation.

— L'avez-vous? s'écria-t-il. L'avez-vous? Et dans l'excès de son impatience il alla jusqu'à me prendre par le bras comme pour me secouer.

A son contact je sentis dans mes veines une sorte de douleur glaciale. Je le repoussai.

— Voyons, monsieur, lui-dis-je. Vous oubliez que je n'ai pas encore eu le plaisir de faire votre connaissance. Asseyez-vous, je vous prie.

Et pour lui montrer l'exemple, je m'installai moi-même dans mon fauteuil habituel en imitant mes façons ordinaires avec un malade, aussi bien que me le permettaient l'heure tardive, la nature de mes préoccupations, et l'horreur que m'inspirait mon visiteur.

— Je vous demande pardon, docteur Lanyon, répliqua-t-il, assez poliment. Ce que vous dites là est tout à fait juste; et mon impatience a devancé ma politesse. Je suis venu ici à la requête de votre collègue, le Dr Henry Jekyll, pour une affaire d'importance; et à ce que j'ai compris... (Il s'interrompit; et porta la main à sa gorge, et je pus voir, en dépit de son attitude calme, qu'il luttait contre les approches d'une crise de nerfs.) A ce que j'ai compris, un tiroir...

Mais j'eus pitié de l'angoisse de mon visiteur,

non moins peut-être que de ma croissante curiosité.

— Le voici, monsieur, répondis-je, en désignant le tiroir, déposé sur le parquet derrière une table et toujours recouvert de son drap.

Il bondit vers l'objet, puis fit halte, et porta la main à son cœur. J'entendais ses dents grincer par le jeu convulsif de ses mâchoires; et son visage m'apparut si hagard que je m'en alarmai autant pour sa vie que pour sa raison.

— Remettez-vous, lui dis-je.

Il m'adressa un sourire hideux, et avec le courage du désespoir, il arracha le drap. A la vue du contenu du tiroir, il poussa un grand sanglot exprimant une délivrance si énorme que j'en restai pétrifié. Et dans le même instant, d'une voix redevenue déjà presque naturelle, il me demanda :

— Auriez-vous un verre gradué?

Je me levai de mon siège avec un certain effort et lui donnai ce qu'il désirait.

Il me remercia d'un geste souriant, mesura quelques gouttes de la teinture rouge, et y ajouta l'une des doses de poudre. La mixture, d'une teinte rougeâtre au début, commença, à mesure que les cristaux se dissolvaient, à foncer en couleur, avec une effervescence notable, et à émettre de petits jets de vapeur.

Tout à coup l'ébullition prit fin, et presque en même temps la combinaison devint d'un pourpre violacé, qui se changea de nouveau et plus lentement en un vert glauque. Mon visiteur, qui suivait ces transformations d'un œil avide, sourit, déposa le verre sur la table, puis se tournant vers moi, me regarda d'un œil scrutateur.

— Et maintenant, dit-il, réglons la suite. Voulez-vous être raisonnable? écouter mon avis, me permettre d'emporter ce verre avec moi et de sortir d'ici sans autre commentaire? Ou bien l'excès de votre curiosité l'emporte-t-il? Réfléchissez avant de répondre, car il en sera fait selon votre volonté. Selon votre volonté, je vous laisserai tel que vous étiez auparavant, ni plus riche, ni plus savant, à moins que la conscience du service rendu à un homme en danger de mort puisse être comptée parmi les richesses de l'âme. Ou bien, si vous le préférez, un nouveau domaine du savoir et de nouveaux chemins conduisant à la puissance et à la renommée vous seront ouverts, ici même, dans cette pièce, sans plus tarder; et vos regards seront éblouis d'un prodige capable d'ébranler l'incrédulité de Lucifer.

— Monsieur, dis-je, affectant un sang-froid que j'étais loin de posséder en réalité, vous parlez par énigmes, et vous ne vous étonnerez peut-être pas de ce que je vous écoute avec une assez faible conviction. Mais je me suis avancé trop loin dans la voie des services inexplicables pour m'arrêter avant d'avoir vu la fin.

— C'est bien, répliqua mon visiteur. Lanyon, rappelez-vous vos serments : ce qui va suivre est sous le sceau du secret professionnel. Et maintenant, vous qui êtes resté si longtemps attaché aux vues les plus étroites et les plus matérielles, vous qui avez nié la vertu de la médecine transcendante, vous qui avez raillé vos supérieurs, voyez!

Il porta le verre à ses lèvres et but d'un trait. Un cri retentit; il râla, tituba, se cramponna à la table, et se maintint debout, les yeux fixes et injectés, haletant, la bouche ouverte; et tandis que je le considérais, je crus voir en lui un changement... il me parut se dilater... sa face devint brusquement noire et ses traits semblèrent se fondre et se modifier... et un instant plus tard je me dressais d'un bond, me rejetant contre la muraille, le bras levé pour me défendre du prodige, l'esprit confondu de terreur.

— Ô Dieu! m'écriai-je. Et je répétai à plusieurs reprises : « Ô Dieu! » car là, devant moi, pâle et défait, à demi évanoui, et tâtonnant devant lui avec ses mains, tel un homme ravi au tombeau, je reconnaissais Henry Jekyll!

Ce qu'il me raconta durant l'heure qui suivit, je ne puis me résoudre à l'écrire. Je vis ce que je vis, j'entendis ce que j'entendis, et mon âme en défaillit; et pourtant à l'heure actuelle où ce spectacle a disparu de devant mes yeux je me demande si j'y crois et je ne sais que répondre. Ma vie est ébranlée jusque dans ses racines; le sommeil m'a quitté; les plus abominables terreurs m'assiègent à toute heure du jour et de la nuit; je sens que mes jours sont comptés et que je vais mourir; et malgré cela je mourrai incrédule.

Quant à l'abjection morale que cet homme me dévoila, non sans des larmes de repentir, je ne puis, même à distance, m'en ressouvenir sans un sursaut d'horreur.

Je n'en dirai qu'une chose, Utterson, et (si toutefois vous pouvez vous résoudre à y croire) ce sera plus que suffisant. L'individu qui, cette nuit-là, se glissa dans ma demeure était, de l'aveu même de Jekyll, connu sous le nom de Hyde et recherché dans toutes les parties du monde comme étant l'assassin de Carew.

HASTIE LANYON.

X

HENRY JEKYLL FAIT L'EXPOSÉ COMPLET DE SON CAS

Je suis né en l'an 18... Héritier d'une belle fortune, doué en outre de facultés remarquables, incité par nature au travail, recherchant la considération des plus sages et des meilleurs d'entre mes contemporains, j'offrais de la sorte, aurait-on pu croire, toutes les garanties d'un avenir honorable et distingué. Et de fait, le pire de mes défauts était cette vive propension à la joie qui fait le bonheur de beaucoup, mais que je trouvais difficile de concilier avec mon désir impérieux de porter la tête haute, et de revêtir en public une mine plus grave que le commun des mortels. Il résulta de là, que je ne me livrai au plaisir qu'en secret; et lorsque j'atteignis l'âge de la réflexion, et commençai à regarder autour de moi et à me rendre compte de mes progrès et de ma situation dans le monde, je me trouvais déjà réduit à une profonde dualité d'existence. Plus d'un homme aurait tourné en plaisanterie les licences dont je me rendais coupable; mais des hauteurs idéales que je m'étais assignées je les considérais et les dissimulais avec un sentiment de honte presque maladif. Ce fut donc le caractère tyrannique de mes aspirations, bien plutôt que des vices particulièrement dépravés, qui me fit ce que je devins, et, par une coupure plus tranchée que chez la majorité des hommes, sépara en moi ces domaines du bien et du mal où se répartit et dont se compose la double nature de l'homme.

Dans mon cas particulier, je fus amené à méditer de façon intense et prolongée sur cette dure loi de l'existence qui se trouve à la base de la religion et qui constitue l'une des sources de tourments les plus abondantes. Malgré toute ma duplicité, je ne méritais nullement le nom d'hypocrite : les deux faces de mon moi étaient également d'une sincérité parfaite; je n'étais pas plus moi-même quand je rejetais la contrainte et me plongeais dans le vice, que lorsque je travaillais, au grand jour, à acquérir le savoir qui soulage les peines et les maux.

Et il se trouva que la suite de mes études scientifiques, pleinement orientées vers un genre mystique et transcendant, réagit et projeta une vive lumière sur l'idée que je me faisais de cette guerre sempiternelle livrée entre mes éléments constitutifs. De jour en jour, et par les deux côtés de mon intelligence, le moral et l'intellectuel, je me rapprochai donc peu à peu de cette vérité, dont la découverte partielle a entraîné pour moi un si terrible naufrage : à savoir, que l'homme n'est en réalité pas un, mais bien deux. Je dis deux, parce que l'état de mes connaissances propres ne s'étend pas au-delà. D'autres viendront après moi, qui me dépasseront dans cette voie; et j'ose avancer l'hypothèse que l'on découvrira finalement que l'homme est formé d'une véritable confédération de citoyens multiformes, hétérogènes et indépendants.

Pour ma part, suivant la nature de ma vie, je progressai infailliblement dans une direction, et dans celle-là seule. Ce fut par le côté moral, et sur mon propre individu, que j'appris à discerner l'essentielle et primitive dualité de l'homme; je vis que, des deux personnalités qui se disputaient le champ de ma conscience, si je pouvais à aussi juste titre passer pour l'un ou l'autre, cela venait de ce que j'étais foncièrement toutes les deux; et à partir d'une date reculée, bien avant que la suite de mes investigations scientifiques m'eût fait même entrevoir la plus lointaine possibilité de pareil miracle, j'avais appris à caresser amoureusement, tel un beau rêve, le projet de séparer ces éléments constitutifs. Il suffirait, me disais-je, de pouvoir caser chacun d'eux dans une individualité distincte, pour alléger la vie de tout ce qu'elle a d'insupportable : l'injuste alors suivrait sa voie, libéré des aspirations et des remords de son jumeau supérieur; et le juste s'avancerait d'un pas ferme et assuré sur son chemin sublime, accomplissant les bonnes actions dans lesquelles il trouve son plaisir, sans plus se voir exposé au déshonneur et au repentir causés par ce mal étranger. C'est pour le châtiment de l'humanité que cet incohérent faisceau a été réuni de la sorte — que dans le sein déchiré de la conscience, ces jumeaux antipodiques sont ainsi en lutte continuelle. N'y aurait-il pas un moyen de les dissocier?

J'en étais là de mes réflexions lorsque, comme je l'ai dit, un rayon inattendu jailli de mes expériences de laboratoire vint peu à peu illuminer la question. Je commençai à percevoir, plus vivement qu'on ne l'a jamais fait, l'instable immatérialité, la fugacité nébuleuse, de ce corps en apparence si solide dont nous sommes revêtus. Je découvris que certains agents ont le pouvoir d'attaquer cette enveloppe de chair et de l'arracher ainsi que le vent relève les pans d'une tente. Mais je ne pousserai pas plus loin cette partie scientifique de ma confession, pour deux bonnes raisons. D'abord, parce que j'ai appris à mes dépens que le calamiteux fardeau de notre vie est pour toujours attaché sur nos épaules, et qu'à chaque tentative que l'on fait pour le rejeter, il n'en retombe sur nous qu'avec un poids plus insolite et plus redoutable. En second lieu, parce que, ainsi que mon récit le rendra, hélas! trop évident, ma découverte fut incomplète. Je me bornerai donc à dire qu'après avoir reconnu dans mon corps naturel la simple auréole et comme l'émanation de certaines des forces qui constituent mon esprit, je vins à bout de composer un produit grâce auquel ces forces pouvaient être dépouillées de leur suprématie, pour faire place à une seconde forme apparente, non moins représentative de mon moi, puisque étant l'expression et portant la marque d'éléments inférieurs de mon âme.

J'hésitai longtemps avant de mettre cette théorie à l'épreuve de l'expérience. Je savais trop que je risquais la mort; car, avec un produit assez puissamment efficace pour forcer et dominer la citadelle intime de l'individualité, il pouvait suffire du moindre excès dans la dose ou de la moindre intempestivité dans son application, pour qu'elle abolît totalement ce tabernacle immatériel que je comptais lui voir modifier.

Mais l'attrait d'une découverte aussi singulière et aussi grosse de conséquences surmonta finalement les objections de la crainte. Depuis longtemps ma teinture était prête; il ne me resta donc plus qu'à me procurer, dans une maison de droguerie en gros, une forte quantité d'un certain sel que je savais être, de par mes expériences, le dernier ingrédient nécessaire; et enfin, par une nuit maudite, je combinai les éléments, les regardai bouillonner et fumer dans le verre, tandis qu'ils réagissaient l'un sur l'autre, et lorsque l'ébullition se fut calmée, rassemblant toute mon énergie, j'absorbai le breuvage.

J'éprouvai les tourments les plus affreux : un broiement dans les os, une nausée mortelle, et une agonie de l'âme qui ne peut être surpassée à l'heure de la naissance ou à celle de la mort. Puis, rapidement, ces tortures déclinèrent, et je revins à moi comme au sortir d'une grave maladie. Il y avait dans mes sensations un je ne sais quoi d'étrange, d'indiciblement neuf, et aussi, grâce à cette nouveauté même, d'incroyablement exquis. Je me sentais plus jeune, plus léger, plus heureux de corps; c'était en moi un effrénement capiteux, un flot désordonné d'images sensuelles traversant mon imagination comme un ru de moulin, un détachement des obligations du devoir, une liberté de l'âme inconnue mais non pas innocente. Je me sentis, dès le premier souffle de ma vie nouvelle, plus méchant, dix fois plus méchant, livré en esclavage à mes mauvais instincts originels; et cette idée, sur le moment, m'excita et me délecta comme un vin. Je m'étirai les bras, charmé par l'inédit de mes sensations; et, dans ce geste, je m'aperçus tout à coup que ma stature avait diminué.

Il n'existait pas de miroir, à l'époque, dans ma chambre; celui qui se trouve à côté de moi, tandis que j'écris ceci, y fut installé beaucoup plus tard et en vue même de ces métamorphoses. La nuit, cependant, était fort avancée... le matin, en dépit de sa noirceur, allait donner bientôt naissance au jour... les habitants de ma demeure étaient ensevelis dans le plus profond sommeil, et je résolus, tout gonflé d'espoir et de triomphe, de m'aventurer sous ma nouvelle forme à parcourir la distance qui me séparait de ma chambre à coucher. Je traversai la cour, où du haut du ciel les constellations me regardaient sans doute avec étonnement, moi la première créature de ce genre que leur eût encore montrée leur vigilance éternelle; je me glissai au long des corridors, étranger dans ma propre demeure; et, arrivé dans ma chambre, je me vis pour la première fois en présence d'Edward Hyde.

Je ne puis parler ici que par conjecture, disant non plus ce que je sais, mais ce que je crois être le plus probable. Le mauvais côté de ma nature, auquel j'avais à cette heure transféré le caractère efficace, était moins robuste et moins développé que le bon que je venais seulement de rejeter. De plus, dans le cours de ma vie, qui avait été, somme toute, pour les neuf dixièmes une vie de labeur et de contrainte, il avait été soumis à beaucoup moins d'efforts et de fatigues. Telle est, je pense, la raison pourquoi Edward Hyde était tellement plus petit, plus mince et plus jeune que Henry Jekyll. Tout comme le bien se reflétait sur la physionomie de l'un, le mal s'inscrivait en toutes lettres sur les traits de l'autre. Le mal, en outre (où je persiste à voir le côté mortel de l'homme), avait mis sur ce corps une empreinte de difformité et de déchéance. Et pourtant, lorsque cette laide effigie m'apparut dans le miroir, j'éprouvai non pas de la répulsion, mais bien plutôt un élan de sympathie. Celui-là aussi était moi. Il me semblait naturel et humain. A mes yeux, il offrait une incarnation plus intense de l'esprit, il se montrait plus intégral et plus un que l'imparfaite et composite apparence que j'avais jusque-là qualifiée de mienne. Et en cela, j'avais indubitablement raison. J'ai observé que, lorsque je revêtais la figure de Hyde, personne ne pouvait s'approcher de moi sans ressentir tout d'abord une véritable horripilation de la chair. Ceci provenait, je suppose, de ce que tous les êtres humains que nous rencontrons sont composés d'un mélange de bien et de mal; et Edward Hyde, seul parmi les rangs de l'humanité, était fait exclusivement de mal.

Je ne m'attardai qu'une minute devant la glace : j'avais encore à tenter la seconde expérience, qui serait décisive; il me restait à voir si j'avais perdu mon individualité sans rémission et s'il me faudrait avant le jour fuir d'une maison qui n'était désormais plus la mienne. Regagnant en hâte mon cabinet, je préparai de nouveau et absorbai le breuvage, souffris une fois de plus les tourments de l'agonie, et revins à moi une fois de plus avec la mentalité et les traits de Henry Jekyll.

J'étais arrivé, cette nuit-là, au fatal carrefour. Eussai-je envisagé ma découverte dans un esprit plus relevé, eussai-je risqué l'expérience sous l'empire de sentiments nobles et généreux, tout se serait passé autrement, et, de ces agonies de mort et de renaissance, je serais sorti ange et non point démon.

La drogue n'avait pas d'action sélective; elle n'était ni diabolique ni divine; elle ne faisait que forcer les portes de la prison constituée par ma disposition psychologique, et, à l'instar des captifs de Philippes, ceux-là qui étaient dedans s'évadaient. A cette époque, ma vertu somnolait; mon vice, tenu en éveil par l'ambition, fut alerté et prompt à saisir l'occasion; et l'être qui s'extériorisa fut Edward Hyde. En conséquence, tout en ayant désormais deux personnalités aussi bien que deux figures, l'une était entièrement mauvaise, tandis que l'autre demeurait le vieil Henry Jekyll, ce composé hétérogène que je désespérais depuis longtemps d'amender ou de perfectionner. L'avance acquise était donc entièrement vers le pire.

Même à cette époque, je n'avais pas encore entièrement surmonté l'aversion que m'inspirait l'aridité d'une vie d'étude. J'étais encore parfois disposé à m'amuser; et comme mes plaisirs étaient (pour ne pas dire plus) peu relevés, et que, non seulement j'étais bien connu et fort considéré, mais que je commençais à prendre de l'âge, cette incompatibilité de ma vie me pesait chaque jour un peu plus. Ce fut donc par là que ma nouvelle faculté me séduisit et que je tombai enfin dans l'esclavage. Ne me suffisait-il pas de boire la mixture, pour 'épouiller aussitôt le corps du professeur en renom, et pour revêtir, tel un épais manteau, celui d'Edward Hyde?

Cette idée me fit sourire, je la trouvais alors amusante; et je pris mes dispositions avec le soin le plus méticuleux. Je louai et meublai cette maison de Soho, où Hyde a été pisté par la police, et engageai comme gouvernante une créature que je savais muette et sans scrupule. D'autre part, j'annonçai à mes domestiques qu'un certain M. Hyde (que je leur décrivis) devait avoir toute liberté et tout pouvoir dans mon domicile de la place; et pour les familiariser avec elle, en vue de parer aux mésaventures, je me rendis visite sous ma seconde incarnation. Je rédigeai ensuite ce testament qui vous scandalisa si fort; de façon que s'il m'arrivait quelque chose en la personne du Dr Jekyll, je pouvais passer à celle de Hyde sans perte financière. Ainsi prémuni, à ce que j'imaginai, de tous côtés, je commençai de mettre à profit les singuliers privilèges de ma situation.

Des hommes, jadis, prenaient à gages des spadassins pour exécuter leurs crimes, tandis que leur propre personne et leur réputation demeuraient à l'abri. Je fus le tout premier qui en agit de la sorte pour ses plaisirs. Je fus le premier à pouvoir ainsi affronter les regards du public sous un revêtement d'indiscutable honorabilité, pour, la minute d'après, tel un écolier, rejeter ces oripeaux d'emprunt et me plonger à corps perdu dans l'océan de la liberté. Mais pour moi, sous mon impénétrable déguisement, la sécurité était complète. Songez-y : je n'existais même pas! Qu'on me laissât seulement franchir la porte de mon laboratoire, qu'on me donnât quelques secondes pour préparer et avaler le breuvage que je tenais toujours prêt; et quoiqu'il eût fait, Edward Hyde s'évanouissait comme la buée de l'haleine sur un miroir; et là à sa place, tranquille et bien chez lui, studieusement penché sous la lampe nocturne, en homme que les soupçons ne peuvent effleurer, l'on ne trouvait plus que Henry Jekyll.

Les plaisirs que je m'empressai de rechercher sous mon déguisement étaient, comme je l'ai dit, peu relevés, pour n'user point d'un terme plus sévère. Mais entre les mains d'Edward Hyde, ils ne tardèrent pas à tourner au monstrueux. En revenant de ces expéditions, j'étais souvent plongé dans une sorte de stupeur, à me voir si dépravé par procuration. Ce démon familier que j'évoquais hors de ma propre âme et que j'envoyais seul pour en faire à son bon plaisir, était un être d'une malignité et d'une vilenie foncières; toutes ses actions comme toutes ses pensées se concentraient sur lui-même; impitoyable comme un homme de pierre, il savourait avec une bestiale avidité le plaisir d'infliger à autrui le maximun de souffrances. Henry Jekyll restait parfois béant devant les actes d'Edward Hyde; mais la situation, en échappant aux lois ordinaires, relâchait insidieusement l'emprise de sa conscience. C'était Hyde, après tout, le coupable, et lui seul. Jekyll n'en était pas pire; il trouvait à son réveil ses bonnes qualités en apparence intactes; il s'empressait même, dans la mesure du possible, de défaire le mal que Hyde avait fait. Et ainsi s'endormait sa conscience.

Mon dessein n'est pas d'entrer dans le détail des ignominies dont je devins alors le complice (car même à cette heure je ne puis guère admettre que je les commis). Je ne veux qu'indiquer ici les avertissements et les étapes successives qui marquèrent l'approche de mon châtiment. Ce fut d'abord une petite aventure qui n'entraîna pas de conséquences et que je me bornerai à mentionner. Un acte de cruauté envers une fillette attira sur moi la colère d'un passant, que je reconnus l'autre jour en la personne de votre cousin; le docteur et les parents de l'enfant se joignirent à lui; il y eut des minutes où je craignis pour ma vie; et à la fin, en vue d'apaiser leur trop juste ressentiment, Edward Hyde fut contraint de les emmener jusqu'à la porte de Henry Jekyll et de leur remettre en paiement un chèque tiré au nom de ce dernier.

Mais ce danger fut aisément écarté pour l'avenir, en ouvrant un compte dans une autre banque, au nom d'Edward Hyde lui-même; et lorsque, en redressant ma propre écriture, j'eus pourvu mon double d'une signature, je crus m'être placé au-delà des atteintes du sort.

Environ deux mois avant l'assassinat de sir Danvers, étant sorti pour courir à mes aventures, je rentrai à une heure tardive, et m'éveillai le lendemain dans mon lit avec des sensations quelque peu insolites. Ce fut en vain que je regardai autour de moi; en vain que je vis le mobilier sobre, et les vastes proportions de mon appartement de la place; en vain que je reconnus et le profil de mon bois de lit en acajou et le dessin des rideaux; quelque chose ne cessait de m'affirmer que je n'étais pas là où je me croyais, mais bien dans la petite chambre de Soho où j'avais accoutumé de dormir dans la peau d'Edward Hyde. Je me raillai moi-même, et en bon psychologue, me mis indolemment à rechercher les causes de cette illusion, tout en me laissant aller par instants à l'agréable somnolence matinale. J'étais occupé de la sorte, quand, dans un intervalle de lucidité plus complète, mon regard tomba sur ma main. Or, (comme vous l'avez souvent remarqué), la main de Henry Jekyll, toute professionnelle de forme et de taille, était grande, ferme, blanche et lisse. La main que je vis alors, sans méprise possible, dans la lumière blafarde d'un matin de plein Londres, cette main reposant à demi fermée sur les draps du lit, était au contraire maigre, noueuse, à veines saillantes, d'une pâleur terreuse et revêtue d'une épaisse pilosité. C'était la main d'Edward Hyde.

Abasourdi, stupide d'étonnement, je la considérai pendant une bonne demi-minute, avant que la terreur ne s'éveillât dans mon sein, aussi brusque et saisissante qu'un fracas de cymbales. M'élançant hors du lit, je courus au miroir. Au spectacle qui frappa mes regards, mon sang se changea en un fluide infiniment glacial et raréfié. Oui, je m'étais mis au lit Henry Jekyll, et je me réveillais Edward Hyde. Comment expliquer cela, me demandais-je; et puis, avec un autre tressaut d'effroi : — comment y remédier? La matinée était fort avancée, les domestiques levés; toutes mes drogues se trouvaient dans le cabinet, et à la perspective du long trajet : deux étages à descendre, le corridor de derrière à parcourir, la cour à traverser à découvert, puis l'amphithéâtre d'anatomie, je reculais épouvanté. Il y avait bien le moyen de me cacher le visage; mais à quoi bon, si j'étais incapable de dissimuler l'altération de ma stature? Et alors avec un soulagement d'une douceur infinie, je me rappelai que les domestiques étaient déjà accoutumés aux allées et venues de mon second moi. J'eus tôt fait de me vêtir, tant bien que mal, avec des habits de ma taille à moi; de traverser la maison, où Bradshaw ouvrit de grands yeux et se recula en voyant passer M. Hyde à pareille heure et en un si bizarre accoutrement. Dix minutes plus tard, le Dr Jekyll avait retrouvé sa forme propre et se mettait à table, la mine soucieuse, pour faire un simulacre de déjeuner.

L'appétit me manquait totalement. Cette inexplicable aventure, cette subversion de mon expérience antérieure, semblaient, tel le doigt mystérieux sur le mur de Babylone, tracer l'arrêt de ma condamnation. Je me mis à réfléchir plus sérieusement que je ne l'avais encore fait aux conséquences possibles de ma double vie. Cette partie de moi-même que j'avais le pouvoir de projeter au-dehors, avait en ces temps derniers pris beaucoup d'exercice et de nourriture; il me semblait depuis peu que le corps d'Edward Hyde augmentait de taille et que j'éprouvais, sous cette forme, un afflux de sang plus généreux. Le péril m'apparut : si cette situation se prolongeait, je risquais fort de voir l'équilibre de ma nature détruit de façon durable; et, le pouvoir de transformation volontaire aboli, la personnalité d'Edward Hyde remplacerait la mienne, irrévocablement. L'action de la drogue ne se montrait pas toujours également efficace. Une fois, dans les débuts de ma carrière, elle avait totalement trompé mon attente; depuis lors je m'étais vu contraint en plus d'une occasion de doubler, et une fois même, avec un risque de mort infini, de tripler la dose; et ces rares incertitudes avaient seules jusqu'alors jeté une ombre sur mon bonheur. Mais ce jour-là, et à la lumière de l'accident du matin, je fus amené à découvrir que, tandis qu'au début la difficulté consistait à dépouiller le corps de Jekyll, elle s'était depuis peu, par degrés mais de façon indiscutable, reportée de l'autre côté. Tout donc semblait tendre à cette conclusion : savoir, que je perdais peu à peu la maîtrise de mon moi originel et supérieur, pour m'identifier de plus en plus avec mon moi second et inférieur.

Entre les deux, je le compris alors, il me fallait opter. Mes deux natures possédaient en commun la mémoire, mais toutes leurs autres facultés étaient fort inégalement réparties entre elles. Jekyll (cet être composite) éprouvait tantôt les craintes les plus légitimes, tantôt une alacrité avide de s'extérioriser dans les plaisirs et les aventures de Hyde et à en prendre sa part : Hyde au contraire n'avait pour Jekyll que de l'indifférence, ou bien il se souvenait de lui uniquement comme le bandit des montagnes se rappelle la caverne où il se met à l'abri des poursuites. L'affection de Jekyll était plus que paternelle; l'indifférence de Hyde plus que filiale. Remettre mon sort à Jekyll, c'était mourir à ces convoitises que j'avais toujours caressées en secret et que j'avais depuis peu laissées se développer. Le confier à Hyde, c'était mourir à mille intérêts et aspirations, et devenir d'un seul coup et à jamais, un homme méprisé et sans amis. Le marché pouvait sembler inégal; mais une autre considération pesait dans la balance : tandis que Jekyll ressentirait cruellement les feux de l'abstinence, Hyde ne s'apercevrait même pas de tout ce qu'il aurait perdu. En dépit de l'étrangeté de ma situation, les termes de ce dilemme sont aussi vieux et aussi banals que l'humanité : ce sont des tentations et des craintes du même genre qui décident du sort de tout pécheur aux prises avec la tentation; et il advint de moi, comme il advient de la plus grande majorité de mes frères humains, que je choisis le meilleur rôle mais que je manquai finalement d'énergie pour y persévérer.

Oui, je préférai être le docteur vieillissant et

insatisfait, entouré d'amis et nourrissant d'honnêtes espérances; et je dis un adieu définitif à la liberté, à la relative jeunesse, à la démarche légère, au sang ardent et aux plaisirs défendus, que j'avais goûtés sous le déguisement de Hyde. Ce choix n'allait peut-être pas sans une réserve tacite, car pas plus que je ne renonçai à la maison de Soho, je ne détruisis les vêtements d'Edward Hyde, qui restaient toujours prêts dans mon cabinet. Durant deux mois cependant, je restai fidèle à ma résolution; durant deux mois l'austérité de ma vie dépassa tout ce que j'avais réalisé jusque-là, et je goûtai les joies d'une conscience satisfaite. Mais le temps vint peu à peu amortir la vivacité de mes craintes; les éloges reçus de ma conscience m'apparurent bientôt comme allant de soi; je commençai à être tourmenté d'affres et d'ardeurs, comme si Hyde s'efforçait de reconquérir la liberté; si bien qu'à la fin, en une heure de défaillance morale, je mixtionnai à nouveau et absorbai le breuvage transformateur.

Je ne pense pas, lorsqu'un ivrogne s'entretient de son vice avec lui-même, qu'il soit affecté une fois sur cinq cents par les dangers auxquels l'expose sa bestiale insensibilité physique. Moi non plus, de tout le temps que j'avais réfléchi à ma situation, je n'avais guère tenu compte de l'entière insensibilité morale et de l'insensée propension au mal qui étaient les caractères dominants d'Edward Hyde. Ce fut pourtant de là que me vint le châtiment. Mon démon intime avait été longtemps prisonnier, il s'échappa rugissant. Je ressentis, à peine le breuvage absorbé, une propension au mal plus débridée, plus furieuse.

C'est à ce fait que j'attribue l'éveil en mon âme de la tempête d'impatience avec laquelle j'écoutai les politesses de mon infortunée victime; car je le déclare devant Dieu, aucun homme moralement sain n'eût pu se rendre coupable de ce crime sous un prétexte aussi pitoyable; et je frappai avec aussi peu de raison que n'en a un enfant colère de briser son jouet. Mais je m'étais débarrassé volontairement de tous ces instincts de retenue grâce auxquels même les pires d'entre nous persistent à marcher avec une certaine fermeté parmi les tentations; et dans mon cas, être tenté, même légèrement, c'était succomber.

A l'instant même, l'esprit de l'enfer s'éveilla en moi et fit rage. Chaque coup asséné m'était un délice, et je malmenai le corps inerte avec des transports d'allégresse.

Ce délirant paroxysme n'avait pas cessé, et la fatigue commençait déjà de m'envahir, lorsque soudain un frisson d'épouvante me transfixa le cœur. Un brouillard se dissipa, me montrant ma vie perdue, et à la fois exultant et tremblant, avec mon goût du mal réjoui et stimulé, et mon amour de la vie porté au suprême degré, je m'enfuis loin du théâtre de mes excès.

Je courus à la maison de Soho, et, pour plus de sûreté, détruisis mes papiers; après quoi je ressortis parmi les rues éclairées, dans la même exaltation complexe, me délectant au souvenir de mon crime, et dans mon délire en projetant d'autres pour l'avenir, sans cesser toutefois d'être talonné d'inquiétude et de guetter derrière moi l'approche d'un vengeur. En mixtionnant le breuvage, Hyde avait une chanson aux lèvres, et il but à la santé du défunt. Les tortures de la métamorphose avaient à peine cessé de le déchirer que Henry Jekyll, avec des larmes de reconnaissance et de repentir, tombait à genoux et tendait vers le ciel des mains suppliantes. Le voile de l'égoïsme se déchira du haut en bas, et ma vie m'apparut dans son ensemble : à plusieurs reprises je la récapitulai depuis les jours de mon enfance, alors que je marchais la main dans la main de mon père, et repassant les efforts d'abnégation de mon existence professionnelle, j'arrivais chaque fois, sans pouvoir me résoudre à y croire, aux maudites abominations de la soirée. J'en hurlais presque; je m'évertuais avec des larmes et des prières à écarter la foule d'images hideuses dont me harcelait ma mémoire; mais toujours, entre mes supplications, l'horrible face de mon iniquité me regardait jusqu'au fond de l'âme. Enfin l'acuité de ce remords s'atténua peu à peu, et fit place à une sensation de joie. Le problème de ma conduite était résolu.

Désormais il ne pouvait plus être question de Hyde : et bon gré mal gré je m'en voyais réduit à la meilleure part de mon être. Oh! combien je me réjouis à cette idée! avec quelle humilité volontaire j'embrassai à nouveau les contraintes de la vie normale! avec quel sincère renoncement je fermai la porte par laquelle j'étais si souvent sorti et rentré, et en écrasai la clef sous mon talon!

Le lendemain, j'appris la nouvelle que le meurtrier avait été reconnu; que le monde entier savait Hyde coupable, et que sa victime était un homme haut placé dans la considération publique. Je crois bien que je fus heureux de l'apprendre, heureux de voir mes bonnes résolutions ainsi fortifiées et gardées par la crainte de l'échafaud. Jekyll était maintenant mon unique refuge : que Hyde se fît voir un seul instant, et tous les bras se lèveraient pour s'emparer de lui et le mettre en pièces.

Je résolus de racheter le passé par ma conduite future; et je puis dire en toute sincérité que ma résolution produisit de bons fruits. Vous savez vous-même avec quelle ardeur je travaillai, durant les derniers mois de l'année passée, à soulager les misères; vous savez que je fis beaucoup pour mon prochain; et que mes jours s'écoulèrent tranquilles et même heureux.

Car je ne puis vraiment dire que cette vie de bienfaits et d'innocence me pesât. Je la goûtais au contraire chaque jour davantage; mais je restais sous la malédiction de ma dualité; et lorsque le premier feu de mon repentir s'atténua, le côté inférieur de mon moi, si longtemps choyé, si récemment enchaîné, se mit à réclamer sa liberté. Ce n'était pas que je songeasse à ressusciter Hyde; cette seule idée m'affolait; non, c'était dans ma propre personne que j'étais une fois de plus tenté de biaiser avec ma conscience; et ce fut en secret, comme un vulgaire pécheur, que je finis par succomber aux assauts de la tentation.

Il y a un terme à toutes choses : la mesure la plus spacieuse déborde à la fin; et cette brève concession à mes instincts pervers détruisit finalement l'équilibre de mon âme. Pourtant, je n'en fus pas alarmé : la chute me semblait naturelle, comme un retour aux temps anciens qui précédèrent ma découverte. C'était par une belle journée limpide de janvier, le sol restait humide aux endroits où le verglas avait fondu, mais on ne voyait pas un nuage au ciel; Regent's Park s'emplissait de gazouillements et il flottait dans l'air une odeur de printemps. Je m'installai au soleil sur un banc; l'animal en moi léchait des bribes de souvenirs; le côté spirituel somnolait à demi, se promettant une réforme ultérieure, mais sans désir de l'entreprendre. Après tout, me disais-je, je suis comme mes voisins; et je souriais, en me comparant aux autres, en comparant ma bonne volonté agissante avec leur lâche et vile inertie. Et à l'instant même de cette pensée vaniteuse, il me prit un malaise, une horrible nausée accompagnée du plus mortel frisson. Ces symptômes disparurent, me laissant affaibli; et puis, à son tour, cette faiblesse s'atténua. Je commençai à percevoir un changement dans le ton de mes pensées, une plus grande hardiesse, un mépris du danger, une délivrance des obligations du devoir. J'abaissai les yeux; mes vêtements pendaient informes sur mes membres rabougris, la main qui reposait sur mon genou était noueuse et velue. J'étais une fois de plus Edward Hyde. Une minute plus tôt, l'objet de la considération générale, je me voyais riche, aimé, la table mise m'attendait dans ma salle à manger; et maintenant je n'étais plus qu'un vil gibier humain, pourchassé, sans gîte, un assassin connu, destiné au gibet.

Ma raison vacilla, mais sans m'abandonner entièrement. J'ai plus d'une fois observé que, sous ma seconde incarnation, mes facultés semblaient aiguisées à un degré supérieur, et mes énergies plus tendues et plus souples. Il en résulta que là où Jekyll aurait peut-être succombé, Hyde s'éleva à la hauteur des circonstances. Mes drogues se trouvaient sur l'une des étagères de mon cabinet : comment faire pour me les procurer? Tel était le problème que, me pressant le front à deux mains, je m'efforçai de résoudre. La porte du laboratoire, je l'avais fermée. Si je cherchais à y entrer par la maison, mes propres serviteurs m'enverraient à la potence. Je vis qu'il me fallait user d'un intermédiaire, et songeai à Lanyon. Comment le prévenir? comment le persuader? En admettant que je ne me fisse pas prendre dans la rue, comment arriver jusqu'à lui? et comment réussir, moi visiteur inconnu et déplaisant, à persuader l'illustre médecin de cambrioler le sanctuaire de son collègue, le Dr Jekyll? Je me souvins alors que, de ma personnalité originale, quelque chose me restait : je possédais encore mon écriture. Dès que j'eus conçu cette étincelle initiale, la voie que je devais suivre s'illumina de bout en bout.

En conséquence, j'ajustai mes habits du mieux que je pus, et arrêtant un cab qui passait, me fis conduire à un hôtel de Portland Street, dont par hasard je me rappelais le nom. A mon aspect (qui était en effet grotesque, malgré la tragique destinée que recouvraient ces dehors), le cocher ne put contenir son hilarité. Dans une bouffée de rage démoniaque, je me rapprochai en grinçant des dents, et le sourire se figea sur ses traits... heureusement pour lui... et non moins heureusement pour moi-même, car un instant de plus et je le tirais à bas de son siège. A l'hôtel, dès mon entrée je jetai autour de moi des regards si farouches que le personnel en frémit; et sans oser même échanger un clin d'œil en ma présence, on prit mes ordres avec obséquiosité, et me conduisant à un salon particulier, on m'y apporta aussitôt de quoi écrire. Hyde en péril de mort était un être nouveau pour moi : agité d'une colère désordonnée, il n'eût reculé devant aucun crime, et n'aspirait qu'à infliger de la douleur. Mais la créature était non moins astucieuse : d'un grand effort de volonté, elle maîtrisa sa rage, composa ses deux importantes missives, l'une pour Lanyon et l'autre pour Poole; et afin d'obtenir la preuve matérielle de leur expédition, donna l'ordre de les faire recommander.

Après quoi, Hyde resta toute la journée assis devant le feu, à se ronger les ongles, dans le salon particulier; il y dîna seul avec ses craintes, servi par le garçon qui tremblait visiblement sous son regard; et lorsque la nuit fut tout à fait tombée, il partit de là, tassé dans le fond d'un cab fermé, et se fit conduire de côté et d'autre par les rues de la ville. Il, dis-je, et non pas : je. Ce fils de l'enfer n'avait plus rien d'humain; rien ne vivait en lui que la peur et la haine. A la fin, s'imaginant que le cocher concevait peut-être des soupçons, il renvoya le cab et s'aventura à pied, affublé de ses habits incongrus qui le désignaient à la curiosité, au milieu de la foule nocturne, tandis que ces deux viles passions faisaient en lui comme une tempête. Il marchait vite, fouaillé par ses craintes, parlant tout seul, cherchant les voies les moins fréquentées, comptant les minutes qui le séparaient encore de minuit. A un moment donné, une femme l'aborda, lui offrant, je crois, des boîtes d'allumettes. Il la frappa au visage, et elle prit la fuite.

Lorsque je revins à moi chez Lanyon, l'horreur que j'inspirais à mon vieil ami m'affecta un peu : je ne sais; en tout cas ce ne fut qu'une goutte d'eau dans la mer, à côté de la répulsion avec laquelle je me remémorais ces heures. Un changement s'était produit en moi. C'était non plus la crainte du gibet, mais bien l'horreur d'être Hyde qui me déchirait. Je reçus comme dans un songe les malédictions de Lanyon; comme dans un songe, je regagnai ma demeure et me mis au lit. Je dormis, après cette accablante journée, d'un sommeil dense et poignant que ne réussissaient pas à interrompre les cauchemars qui me tordaient. Je m'éveillai le matin, brisé, affaibli, mais apaisé. Je ne cessais pas de haïr et de craindre la pensée de la bête assoupie en moi; mais j'étais une fois de plus chez moi, dans ma propre demeure et à portée de mes drogues; et ma reconnaissance à l'égard de mon salut brillait dans mon âme d'un éclat rivalisant presque avec celui de l'espérance.

Je me promenais à petits pas dans la cour après le déjeuner, humant avec délices la froidure de l'air, quand je fus envahi à nouveau par ces indescriptibles symptômes annonciateurs de la métamorphose; et je n'eus que le temps de regagner l'abri de mon cabinet, avant d'être à nouveau en proie aux rages et aux passions délirantes de Hyde. Il me fallut en cette occasion doubler la dose pour me rappeler à moi-même. Hélas! six heures plus tard, comme j'étais assis à regarder tristement le feu, les douleurs me reprirent, et je dus une fois encore avoir recours à la drogue. Bref, à partir de ce jour, ce ne fut plus que par une sorte de gymnastique épuisante, et sous l'influence immédiate de la drogue, que je me trouvai capable de revêtir la forme de Jekyll. A toute heure du jour et de la nuit, j'étais envahi du frisson prémonitoire; il me suffisait principalement de m'endormir, ou même de somnoler quelques minutes dans mon fauteuil pour m'éveiller immanquablement sous la forme de Hyde.

La menace continuelle de cette calamité imminente et les privations de sommeil que je m'imposai alors, et où j'atteignis les extrêmes limites de la résistance humaine, eurent bientôt fait de moi, en ma personne réelle, un être rongé et épuisé par la fièvre, déplorablement affaibli de corps aussi bien que d'esprit et possédé par une unique pensée : l'horreur de mon autre moi. Mais lorsque je m'endormais, ou lorsque la vertu du remède s'épuisait, je tombais quasi sans transition (car les tourments de la métamorphose devenaient chaque jour moins marqués) à la merci d'une imagination débordant d'images terrifiantes, d'une âme bouillonnant de haines irraisonnées, et d'un corps qui me semblait trop faible pour résister à une telle dépense de frénétiques énergies. Les facultés de

Hyde semblaient s'accroître de tout ce que perdait Jekyll. Du moins la haine qui les divisait était alors égale de part et d'autre. Chez Jekyll, c'était une question de défense vitale. Il connaissait désormais la plénière difformité de cette créature qui partageait avec lui quelques-uns des phénomènes de la conscience, et qui serait sa co-héritière à une même mort; et, en sus de ces liens de communauté, qui constituaient par eux-mêmes les plus âcres de ses détresses, il voyait en Hyde, malgré toute sa puissante vitalité, un être non seulement infernal mais inorganique.

Ceci était le plus révoltant : que le limon de l'abîme en vînt à s'exprimer par le cri et par le verbe; que l'amorphe poussière gesticulât et péchât; que ce qui était inerte et n'avait pas de forme, pût usurper les fonctions de la vie. Et ceci encore : que cette larve monstrueuse fût associée à lui plus intimement qu'une épouse, plus intimement que la prunelle de ses yeux, qu'elle fût emprisonnée dans sa chair, où il l'entendait murmurer, où il la sentait s'efforcer vers la liberté; qu'à chaque heure de faiblesse, et dans l'abandon du sommeil, elle prévalût contre lui et le dépossédât de son être. La haine de Hyde envers Jekyll était d'un ordre différent. Sa terreur du gibet le poussait naturellement à commettre un suicide provisoire et à reprendre sa situation subordonnée de partie au lieu d'individu; mais il abhorrait cette nécessité, il abhorrait la mélancolie où s'enfonçait de plus en plus Jekyll, et il lui en voulait du dégoût avec lequel ce dernier le considérait. De là provenaient les mauvais tours qu'il me jouait sans cesse, griffonnant de ma propre écriture des blasphèmes en marge de mes livres, brûlant les lettres et déchirant le portrait de mon père; et certes, n'eût été sa crainte de la mort, il se fût depuis longtemps détruit afin de m'entraîner dans sa perte. Mais il a pour la vie un amour prodigieux; je vais plus loin : moi que sa seule idée glace et rend malade, lorsque je songe à la bassesse et à la fureur de cet attachement, et lorsque je considère à quel point il redoute mon pouvoir de l'en priver par le suicide, je suis presque tenté de le plaindre.

Il serait vain de prolonger cette analyse, et le temps ne m'est, hélas! que trop mesuré; il suffit de savoir que personne n'a jamais souffert semblables tourments; et malgré tout, à ceux-ci l'habitude apporta, non pas une atténuation, mais un certain endurcissement de l'âme, une sorte d'acceptation désespérée; et mon châtiment aurait pu se prolonger des années, sans la dernière calamité qui me frappe aujourd'hui, et qui va me séparer définitivement de ma propre apparence et de mon individualité. Ma provision du fameux sel, non renouvelée depuis le jour de ma première expérience, touchait à sa fin. J'en fis venir une nouvelle commande, et mixtionnai le breuvage. L'ébullition se produisit, comme le premier changement de couleur, mais non pas le second : je l'absorbai sans aucun résultat. Vous apprendrez de Poole comme quoi je lui ai fait courir tout Londres : en vain, et je reste aujourd'hui persuadé que mon premier achat était impur, et que cette impureté ignorée donnait au breuvage son efficacité.

Près d'une semaine a passé depuis lors, et voici que j'achève cette relation sous l'influence de la dernière dose de l'ancien produit. Voici donc, à moins d'un miracle, la dernière fois que Henry Jekyll peut penser ses propres pensées ou voir dans le miroir son propre visage (combien lamentablement altéré !). Du reste, il ne faut pas que je tarde trop longtemps à cesser d'écrire. Si mon présent récit a jusqu'à cette heure évité d'être anéanti, c'est grâce à beaucoup de précautions alliées à non moins d'heureuse chance. Si les affres de la métamorphose venaient à s'emparer de moi tandis que j'écris, Hyde mettrait ce cahier en morceaux; mais s'il s'est écoulé un peu de temps depuis que je l'ai rangé, son égoïsme prodigieux et son immersion dans la minute présente le sauveront probablement une fois encore des effets de sa rancune simiesque. Et d'ailleurs la fatalité qui va se refermant sur nous deux l'a déjà changé et abattu. Dans une demi-heure d'ici, lorsqu'une fois de plus et pour jamais je revêtirai cette personnalité haïe, je sais par avance que je resterai dans mon fauteuil à trembler et à pleurer, ou que je continuerai, dans un demesuré transport de terreur attentive, à arpenter de long en large cette pièce... mon dernier refuge sur la terre... en prêtant l'oreille à tous les bruits menaçants. Hyde mourra-t-il sur l'échafaud? Ou bien trouvera-t-il au dernier moment le courage de se libérer lui-même? Dieu le sait; et peu m'importe : c'est ici l'heure véritable de ma mort, et ce qui va suivre en concerne un autre que moi. Ici donc, en déposant la plume et en m'apprêtant à sceller ma confession, je mets un terme à la vie de cet infortuné Henry Jekyll.

WILL DU MOULIN

(Will O' the Mill)

I

LA PLAINE ET LES ÉTOILES

Le moulin où Will vivait avec ses parents adoptifs se trouvait dans une vallée, entre des sapinières et de grandes montagnes. Plus haut, les pentes se succédaient d'un élan toujours plus hardi et, jaillissant à la fin au-dessus des bois les plus résistants, elles se dressaient toutes nues dans le ciel. Un peu plus loin, sur un contrefort boisé, un long village gris faisait comme un haillon de vapeur; et lorsque le vent était favorable, le son des cloches de l'église descendait grêle et argentin jusqu'à Will. Au-dessous, les parois de la vallée devenaient de plus en plus abruptes, mais s'écartaient en même temps; et d'une éminence proche du moulin, on la découvrait dans toute sa longueur, et au-delà, une vaste plaine où la rivière étincelait sinueuse et s'en allait de ville en ville vers la mer.

Or, cette vallée conduisait à un col débouchant sur le royaume voisin; de sorte que, malgré son calme et sa rusticité, la route qui longeait la rivière était la voie de communication principale entre deux illustres et puissantes nations. Tout l'été, les véhicules de voyage la gravissaient péniblement ou dévalaient à vive allure devant le moulin, mais comme l'ascension de l'autre versant était beaucoup plus aisée, la route n'était guère fréquentée que dans un sens; et de tous les véhicules que Will voyait passer, les cinq sixièmes dévalaient grand train et un sixième montait péniblement. De même, et plus encore, pour les piétons. Les touristes alertes, les colporteurs chargés de marchandises singulières, descendaient tous à l'instar du courant qui longeait leur chemin.

Et ce n'était pas tout, car Will était encore enfant, qu'une effroyable guerre sévit sur une grande partie du monde. Les journaux étaient pleins de victoires et de défaites, la terre tremblait sous les sabots de la cavalerie, et maintes batailles se déroulèrent durant des jours et sur un espace de plusieurs milles, et l'épouvante chassait loin de leurs champs les rustiques travailleurs.

Tout cela resta longtemps ignoré dans la vallée; mais à la fin un des chefs lança une armée au-delà de la passe, à marches forcées, et trois jours durant, cavalerie et infanterie, artillerie et train, musique et drapeaux, ne cessèrent de se déverser sur la route devant le moulin. Tout le jour, l'enfant restait à regarder leur défilé : — le pas rythmé, les faces pâles et hirsutes, aux yeux cernés, les fanions régimentaires et les étendards en lambeaux, l'emplirent de lassitude, de pitié et d'étonnement; et toute la nuit, lorsqu'il fut couché, il entendit le roulement sourd des canons, le martèlement des pas et tout l'immense convoi balayer la route, interminablement, devant le moulin.

Nul dans la vallée n'apprit jamais le sort de l'expédition, car les rumeurs de ces temps troublés n'y parvenaient pas; mais Will s'aperçut bien d'une chose : que pas un homme n'en revint. Où étaient-ils partis, tous? Où allaient tous les touristes et les colporteurs aux marchandises singulières? et les berlines avec leurs laquais sur le siège de derrière? et l'eau de la rivière, dont le courant fuyait toujours vers le bas et se renouvelait sans cesse par en haut? Le vent lui-même soufflait plus volontiers vers l'aval et emportait avec lui les feuilles mortes. On eût dit une vaste conspiration des êtres animés et inanimés : tous s'en allaient vers le bas, tous fuyaient joyeusement vers le bas, et lui seul restait en arrière, comme une souche au bord de la route. Il était quelquefois bien aise de voir que les poissons tenaient tête au courant. Ceux-là, du moins, lui restaient fidèles, alors que tous les autres filaient un train de poste vers le monde inconnu.

Un soir, il demanda au meunier où allait la rivière.

— Elle descend la vallée, répondit celui-ci, et fait tourner un tas de moulins, — six douzaines, dit-on, d'ici à Unterdeck, — et elle n'en est pas plus fatiguée, pour finir. Et puis elle arrive dans les basses terres où elle irrigue le grand pays du blé et traverse une foule de belles cités où les rois, dit-on, vivent tout seuls dans de vastes palais, avec une sentinelle qui se promène de long en large devant la porte. Et elle passe sous des ponts avec des hommes de pierre dessus, qui regardent couler la rivière en souriant singulièrement, et des gens vivants posent leurs coudes sur le mur et regardent également. Et puis elle va et elle va, et traverse des marécages et des sables, tant qu'à la fin elle se jette dans la mer, où il y a des navires qui apportent des perroquets et du tabac des Indes. Oui, elle a une longue trotte à faire jusque-là depuis qu'elle a passé sur notre barrage!

— Et qu'est-ce que la mer? demanda Will.

— La mer! s'écria le meunier. Le Seigneur nous aide! c'est la plus grande chose que Dieu ait faite. C'est là que toute l'eau du monde s'écoule dans un immense lac salé. Elle y repose, plate comme ma main et l'air innocent comme un enfant; mais on dit que lorsque le vent souffle, elle se lève en montagnes plus grosses que les nôtres et engloutit de grands navires plus gros que notre moulin et fait un tel tintamarre qu'on l'entend à des milles dans les terres. Il y a dedans des poissons cinq fois gros comme un bœuf, et un vieux serpent aussi long que notre rivière et aussi vieux que le monde, avec des favoris comme un homme et une couronne d'argent sur la tête.

Will se dit qu'il n'avait jamais rien ouï de pareil et il continua de poser questions sur questions au sujet du monde qui se trouvait le long de la rivière, avec tous ses dangers et ses merveilles, tant que le vieux meunier s'intéressa lui-même à la chose, et enfin le prit par la main et l'emmena vers le sommet qui domine la vallée et la plaine. Le soleil était près de se coucher et flottait au bas d'un ciel sans nuages. Chaque chose était nette et baignée d'une gloire dorée. Will n'avait jamais vu de sa vie une aussi vaste étendue de pays; il regarda de tous ses yeux. Il vit les cités, et les bois et les champs, et les courbes luisantes de la rivière, et l'horizon lointain où le bord de la plaine tranchait sur le ciel éclatant. Une émotion souveraine saisit l'enfant; son cœur battait si fort qu'il n'en respirait plus; le paysage fluctuait devant ses yeux; le soleil semblait tournoyer comme une roue et projeter des formes étranges qui disparaissaient avec la rapidité de la pensée et auxquelles en succédaient de nouvelles. Will mit ses mains sur son visage et éclata en sanglots; et le pauvre meunier, triste et perplexe, ne trouva rien de mieux à faire que de le prendre dans ses bras et de le ramener en silence à la maison.

A partir de ce jour, Will fut rempli d'espoirs et d'aspirations nouvelles. Quelque chose lui tiraillait sans cesse le cœur; l'eau courante emportait ses désirs avec elle lorsqu'il rêvait à ses flots fugitifs; la brise, en effleurant les innombrables cimes des arbres, lui murmurait des encouragements; les branches lui désignaient l'aval; la libre route, en contournant les éperons rocheux et s'en allant par de longs lacets se perdre peu à peu dans le bas de la vallée, le torturait de ses sollicitations. Il passait des heures sur le sommet, à regarder sous lui le cours de la rivière, les grasses plaines du lointain, et à contempler les nuages emportés par la brise nonchalante et leurs ombres violettes traînant sur la plaine. Ou bien il flânait sur la route et suivait des yeux les voitures qui dévalaient grand train au long de la rivière. N'importe quoi : tout ce qui passait, nuage, voiture, oiseau, comme l'eau sombre du courant, soulevait également son cœur d'un désir extasié.

Au dire des savants, les expéditions maritimes des navigateurs, comme les marches et les contre-marches des tribus et des races qui emplissent l'histoire ancienne de leur bruit et de leur poussière, sont réglées tout uniment par les lois de l'offre et de la demande et par une certaine tendance innée au moindre effort. Quiconque réfléchit sérieusement trouvera cette explication pitoyable. Les tribus qui se sont déversées du nord et de l'est étaient bien, à la vérité, poussées par celles qui les suivaient, mais elles subissaient en même temps l'attrait magnétique du sud et de l'ouest. Le prestige d'autres terres était parvenu jusqu'à elles; le nom de la Ville Éternelle leur tintait aux oreilles; ce n'étaient pas des colonisateurs, mais des pèlerins; ils s'en allaient vers le vin, l'or et le soleil, mais leurs aspirations étaient plus hautes. Ce vieux mal poignant de l'humanité, d'où sortent toutes les grandes réussites et tous les misérables échecs, cette divine inquiétude qui déploya les ailes d'Icare et entraîna Colomb parmi les solitudes de l'Atlantique, animait et soutenait au milieu des dangers ces barbares en marche.

Une légende, qui caractérise bien leur disposition d'esprit, raconte qu'une de ces bandes migratrices fit la rencontre d'un vieillard chaussé de fer. Le vieillard leur demanda où ils allaient; et tous répondirent d'une seule voix : « A la Ville Éternelle! » Il les considéra gravement. « Je l'ai cherchée, dit-il, sur toute la face du monde. Trois paires de souliers pareils à ceux que je porte à mes pieds se sont usées dans ce pèlerinage, et voici que la quatrième paire s'amincit sous mes pas. Et cependant je n'ai pas trouvé la ville. » Puis il s'en alla de son côté et poursuivit son chemin, les laissant ébahis.

Mais ces aspirations n'égalaient pas l'intensité du désir qui attirait Will vers la plaine. S'il eût pu seulement aller jusque-là, sa vue, il le sentait, serait devenue plus nette et pénétrante, son ouïe plus fine, et le simple fait de respirer eût été un délice. Il était transplanté en un lieu où il s'étiolait; il était exilé dans un pays étranger et il avait le mal du pays. Pièce à pièce, il construisait des notions fragmentaires du monde inférieur : la rivière, toujours mouvante et grossissante jusqu'à son débouché dans le majestueux océan; des cités pleines de gens beaux et joyeux, de fontaines jaillissantes, de musiques, de palais de marbre, et illuminées d'un bout à l'autre, la nuit, par des astres d'or artificiels; et c'étaient d'immenses églises, de doctes universités, des armées valeureuses, des trésors inouïs entassés en des caveaux, et le subreptice et prompt assassinat de minuit.

J'ai dit qu'il avait le mal du pays; mais cette image est insuffisante. Il était comme un être enfermé dans les limbes informes d'une existence larvaire, qui tend les bras avec amour vers la vie multicolore et multisonnante. C'était tout naturel qu'il fût malheureux au point d'aller conter sa peine aux poissons : eux étaient faits pour leur vie, ne désirant pas autre chose que des vers et de l'eau courante et un abri sous le surplomb de la berge. Mais son sort à lui était différent : plein de désirs et d'aspirations qui lui agaçaient les doigts, lui faisaient des yeux avides que tout le vaste monde avec ses innombrables aspects nc satisferait pas.

La vraie vie, le vrai grand jour éclatant, s'étalaient là-bas dans la plaine. Oh! voir ce grand jour avant de mourir, parcourir d'un esprit joyeux cette terre d'or, écouter les chanteurs habiles et les suaves cloches des églises, et voir les jardins paradisiaques!

— Oh! poissons! s'écriait-il, si seulement vous tourniez le nez vers l'aval, vous nageriez si aisément dans les eaux de rêve, vous verriez les grands navires passer comme des nuages au-dessus de vos têtes, vous entendriez les grandes montagnes d'eau faire leur musique par-dessus vous tout le long du jour!

Mais les poissons s'obstinaient à regarder toujours dans la même direction, et Will ne savait plus, à la fin, s'il devait rire ou pleurer.

Jusqu'alors le trafic de la route avait passé devant Will comme les figures d'un tableau; il avait bien échangé quelques phrases avec un touriste ou remarqué tel vieux monsieur en calotte de voyage à la portière d'une voiture, mais la plupart du temps ce spectacle lui était apparu comme un pur symbole, qu'il contemplait de loin et avec une sorte de crainte superstitieuse.

Mais un temps vint où tout cela changea. Le meunier, qui était un homme cupide à sa façon et ne perdait jamais une occasion de bénéfice, adjoignit à son moulin une petite auberge rustique, et grâce à quelques bonnes fortunes successives, fit bâtir des écuries et fut promu maître de poste sur cette route. Will était chargé de servir les clients lorsqu'ils venaient s'asseoir pour casser la croûte sous la petite tonnelle en haut du jardin du moulin. On peut croire qu'il ouvrait les oreilles et qu'il apprit maintes choses touchant le monde extérieur, en apportant l'omelette ou le vin. Même, il entrait souvent en conversation avec de simples hôtes, et par ses questions habiles et sa politesse attentive, non seulement il satisfaisait sa curiosité, mais gagnait les bonnes grâces des voyageurs. Beaucoup félicitaient le vieux couple d'avoir un pareil domestique; et un professeur voulut à toute force l'emmener avec lui dans la plaine, pour lui faire donner une éducation convenable. Le meunier et sa femme étaient bien étonnés, et encore plus contents. Il se félicitaient d'avoir ouvert leur auberge.

— Voyez-vous, disait le vieillard, il a une véritable vocation pour être cabaretier; il n'aurait jamais dû faire autre chose!

Et ainsi la vie allait son train dans la vallée, avec pleine satisfaction pour tous, sauf pour Will. Chaque voiture quittant la porte de l'auberge lui paraissait emporter avec elle un fragment de son cœur; et lorsque des gens, par plaisanterie, lui offraient une place, il avait peine à refréner son émotion. Chaque nuit, il se voyait, en rêve, éveillé par des serviteurs empressés, et un splendide équipage l'attendait à la porte pour l'emmener dans la plaine; cela se répétait chaque nuit; — mais, à la fin, le rêve, qui lui avait d'abord semblé toute joie, revêtit peu à peu une teinte de mélancolie, et les appels nocturnes et l'équipage qui l'attendait devinrent pour lui un objet d'appréhension, aussi bien que d'espoir.

Un jour — Will avait à peu près seize ans — un jeune homme gras arriva au coucher du soleil pour passer la nuit. Ce personnage avait l'air satisfait, l'œil jovial, et il portait un sac au dos. Tandis qu'on lui apprêtait à dîner, il s'assit sous la tonnelle et lut dans un livre; mais sitôt qu'il eut remarqué Will, le livre fut remisé; il était évidemment de ceux qui préfèrent les gens vivants aux êtres faits d'encre et de papier.

Will, de son côté, bien qu'il ne se fût guère, au premier abord, intéressé à l'étranger, ne tarda pas à goûter beaucoup sa conversation, qui était pleine de bonne humeur et de bon sens, et conçut vite un grand respect pour son caractère et sa science. Ils restèrent à causer jusque tard dans la nuit; et, vers deux heures du matin, Will ouvrit son cœur au jeune homme et lui dit combien il aspirait à quitter la vallée et quelles grandes espérances il avait associées aux cités de la plaine. Le jeune homme sifflota, puis eut un sourire.

— Mon jeune ami, commença-t-il, vous êtes à coup sûr un bien curieux petit bonhomme et vous désirez beaucoup de choses que vous n'aurez jamais. Croyez-moi, vous rougiriez de savoir à quel point les petits habitants de vos cités féeriques sont tous possédés d'un souhait aussi absurde, car c'est pour eux un crève-cœur continuel de ne pouvoir aller dans la montagne. Et laissez-moi vous dire que ceux qui descendent jusque dans les plaines n'y sont pas plutôt arrivés qu'ils aspirent cordialement à être de retour. L'air n'y est pas aussi léger ni aussi pur; le soleil n'y resplendit pas davantage. Quant à la beauté, hommes et femmes, beaucoup sont en haillons, beaucoup sont défigurés par d'affreuses maladies, et une ville est un lieu si dur à ceux qui sont pauvres et sensibles, que beaucoup préfèrent mourir de leur propre main.

— Vous me jugez sans doute bien naïf, répondit Will. J'ai beau n'être jamais sorti de cette vallée, croyez-moi, je me suis servi de mes yeux. Je sais que chaque être vit sur son voisin; j'ai vu, par exemple, que les poissons s'embusquent dans les remous pour attraper leurs confrères; et le berger, qui forme un si joli tableau alors qu'il rapporte chez lui l'agneau, rapporte simplement son dîner. Je ne m'attends pas à ce que tout marche droit dans vos villes. Ce n'est pas ce qui me tracasse; ç'aurait pu l'être, jadis; mais, pour avoir toujours vécu ici, je n'en ai pas moins beaucoup interrogé et beaucoup appris dans ces dernières années, assez en tout cas pour me guérir de mes anciennes imaginations. Mais voudriez-vous donc que je meure comme un chien, sans voir tout ce qu'il a à voir ni faire tout ce qu'on peut faire, soit en bien, soit en mal? Voudriez-vous que je passe toute mon existence ici entre cette route et la rivière, sans même faire un geste pour me hausser à vivre ma vie?... Ah! plutôt mourir sur-le-champ que de continuer à végéter ainsi!

— Des milliers de gens, dit le jeune homme vivent et meurent comme vous, et n'en sont pas moins heureux.

— Ah! dit Will, s'il y en a des milliers qui accepteraient d'être à ma place, pourquoi n'en est-il pas un qui la prenne?

Il faisait tout à fait noir sous la tonnelle; une lampe suspendue éclairait la table et les visages des causeurs; et au long de la voûte de treillis, les pampres illuminés faisaient avec le ciel nocturne une découpure de vert translucide sur fond d'indigo sombre. Le jeune homme gras se leva, et, prenant Will par le bras, l'attira au dehors, sous le firmament.

— Avez-vous jamais regardé les étoiles? demanda-t-il, un doigt en l'air.

— Bien souvent.

— Et vous savez ce qu'elles sont?

— J'ai imaginé beaucoup de choses.

— Ce sont des mondes comme le nôtre, dit le jeune homme. Certaines sont plus petites, beaucoup sont un million de fois plus grosses que la terre; et plusieurs de ces minuscules étincelles sont non seulement des mondes, mais des réunions de mondes qui tournent les uns autour des autres au milieu de l'espace. Nous ignorons ce qu'elles peuvent contenir, n'importe laquelle; peut-être la réponse à tous nos problèmes ou la guérison de tous nos maux; mais jamais nous ne pourrons y aller voir; toute l'ingéniosité des hommes les plus habiles ne saurait équiper un vaisseau pour atteindre au plus proche de ces astres nos voisins, et l'existence la plus longue ne suffirait pas à semblable voyage. Qu'une grande bataille vienne d'être perdue, ou qu'un être chéri meure, que nous soyons transportés de joie ou d'enthousiasme, ils n'en brillent pas moins inlassablement sur nos têtes. Nous pouvons nous rassembler ici, à toute une armée, et crier à nous rompre les poumons, nul soupir ne leur parviendra. Nous pouvons escalader la plus haute montagne, nous n'en serons pas plus près d'eux. Il ne nous reste qu'à demeurer ici-bas dans le jardin et à leur tirer notre chapeau : le clair d'étoiles se pose sur nos crânes, et comme le mien est un peu chauve, vous le voyez sans doute reluire dans l'obscurité. La montagne et la souris. C'est à peu près tout ce que nous aurons jamais de commun avec Arcturus ou Aldébaran. Savez-vous appliquer une comparaison? ajouta-t-il, posant la main sur l'épaule de Will. Une comparaison n'est pas une raison, mais elle est d'ordinaire infiniment plus convaincante.

Will pencha un peu la tête, puis la releva vers le ciel. Les étoiles lui parurent se dilater et émettre un éclat plus vif; et comme il levait les yeux de plus en plus haut, elles semblaient se multiplier sous son regard.

— Je vois, dit-il, en se tournant vers le jeune homme. Nous sommes dans une attrape à souris.

— Quelque chose comme ça. Avez-vous déjà vu un écureuil tourner dans sa cage? et un autre écureuil philosophiquement assis à croquer ses noix? Inutile de vous demander lequel des deux vous a paru le plus sot.

II

MARJORY DU PRESBYTÈRE

Quelques années plus tard, les vieux moururent tous deux au cours d'un même hiver, soignés avec dévouement par leur fils adoptif qui les pleura fort paisiblement après leur mort. Ceux qui avaient entendu parler de ses fantaisies vagabondes s'imaginèrent qu'il allait vendre tout aussitôt le bien et descendre la rivière, en quête d'aventures. Mais Will ne manifesta pas la moindre velléité de ce genre. Au contraire, il remit l'auberge sur un meilleur pied, et prit un couple de domestiques pour l'aider. Ainsi donc s'établit définitivement cet homme jeune, aimable, causeur, impénétrable, de six pieds trois pouces sans ses souliers, doué d'une constitution de fer et d'une voix sympathique. Il ne tarda pas à être classé parmi les singularités de la région. Il avait déjà quelque bizarrerie au premier abord, car il était toujours plein d'idées et ne cessait de révoquer en doute les banalités du sens commun; mais ce qui accrédita surtout cette opinion à son sujet fut l'étrange manière dont il fit sa cour à Marjory, la fille du pasteur.

Marjory du presbytère était âgée d'environ dix-neuf ans, alors que Will atteignait la trentaine. Elle avait bon air et avait reçu bien meilleure éducation que n'importe quelle autre jeune fille du pays, comme il seyait à son rang. Elle tenait la tête haute, et avait déjà refusé plusieurs partis, ce qui lui valait d'être qualifiée sévèrement par le voisinage. Malgré cela, c'était une excellente fille dont n'importe quel homme se serait contenté.

Will la connaissait peu. Bien que l'église et la cure fussent à deux milles au plus de sa porte, on ne le voyait guère aller par là que le dimanche. Il arriva néanmoins que la cure devint inhabitable et qu'il fallut la reconstruire; et pour un mois environ, le pasteur et sa fille vinrent loger, à un prix très modéré, dans l'auberge de Will. Or, tant par l'auberge et le moulin que grâce aux économies du vieux meunier, notre ami avait du foin dans ses bottes et, de plus, il était renommé pour son bon caractère et sa clairvoyance, qualités si précieuses dans un ménage; aussi le bruit courut bientôt, répandu par les mal intentionnés, que le pasteur et sa fille n'avaient pas choisi les yeux fermés leur habitation provisoire.

Will était bien le dernier au monde à se laisser marier par cajolerie ou par intimidation. Il suffisait de voir ses yeux, limpides et calmes comme l'eau des étangs, mais doués d'une sorte de clarté intérieure, pour comprendre tout de suite que cet homme savait ce qu'il voulait et qu'il s'y tiendrait immuablement. Marjory non plus n'avait pas l'air débile, avec son regard droit et assuré, et sa démarche placide et résolue. C'était un problème de savoir si, après tout, elle n'était pas l'égale de Will en fermeté, ou lequel des deux porterait les culottes dans leur ménage. Mais Marjory ne s'en était jamais préoccupée et elle accompagna son père avec l'indifférence et l'ingénuité les plus parfaites.

On était encore si tôt en saison que les clients de Will étaient rares et espacés; mais les lilas étaient déjà en fleurs et le temps était si doux que le couple dînait sous la tonnelle, au bruit de la rivière et des bois d'alentour qui résonnaient de chants d'oiseaux. Will prit bientôt à ces repas un plaisir singulier. Le pasteur était un convive assez terne, avec son habitude de somnoler à table; mais jamais une parole rude ni méchante ne sortait de ses lèvres. Quant à sa fille, elle s'accommodait à son entourage avec la meilleure grâce du monde, et tout ce qu'elle disait paraissait à Will si joli et si plein d'à-propos, qu'il conçut une haute idée de ses perfections.

Il voyait son visage, lorsqu'elle l'inclinait un peu, se détacher sur le fond d'une sapinière en pente; ses yeux brillaient paisiblement; la lumière auréolait sa chevelure comme une écharpe; un imperceptible sourire passait sur ses joues pâles, et Will ne pouvait se retenir de la contempler avec une gêne délicieuse. Elle avait l'air, même sans faire un mouvement, si accomplie par elle-même et si pleine de vitalité jusqu'au bout des ongles et aux franges de son vêtement, que le reste de la création en perdait tout attrait. Si Will détournait d'elle son regard pour le porter sur ce qui l'environnait, les arbres avaient l'air inertes et insensibles, les nuages pendaient mornement du ciel, et jusqu'aux cimes des montagnes lui étaient indifférentes. Le spectacle de la vallée entière ne pouvait soutenir la comparaison avec celui de cette unique jeune fille.

Will, en la compagnie de ses frères humains, demeurait toujours observateur; mais sa faculté d'observation s'exerçait avec une acuité presque douloureuse lorsqu'il l'appliquait à Marjory. Il était attentif à ses moindres paroles et lisait dans ses yeux, en même temps, leur muet commentaire. Maints propos d'amabilité simple et sincère éveillaient un écho dans son cœur. Il lui découvrit une âme d'un bel équilibre, sûre de soi, sans crainte, sans désir, drapée de sérénité. Impossible de dissocier ses pensées de son apparence extérieure. Le galbe de son poignet, le ton paisible de sa voix, l'éclat de ses yeux, les lignes de son corps, s'harmonisaient avec ses paroles graves et douces, comme les accords qui accompagnent et soutiennent la voix du chanteur. Son influence ne pouvait se raisonner ni se discuter, mais on l'éprouvait avec bonheur et gratitude. Will, devant elle, retrouvait quelque chose de son enfance, et la pensée de Marjory prit place dans son âme parmi celles de l'aurore, de l'eau courante, des premières violettes et des lilas. C'est le propre de ce que l'on voit pour la première fois, ou que l'on retrouve après un long intervalle, comme les fleurs au printemps, de réveiller en nous l'acuité des sens et cette impression vitale de mystérieuse nouveauté qui autrement s'abolit avec la venue de l'âge; — mais c'est la vue d'un visage aimé qui renouvelle de fond en comble notre personnalité.

Un jour après dîner, Will s'en alla faire un tour sous les sapins; une béatitude grave le possédait de pied en cap, et tout en marchant il souriait au paysage et à lui-même. La rivière coulait avec un joyeux murmure entre les pierres du gué; un oiseau chantait dans le bois; les montagnes paraissaient démesurément hautes; il leur jetait de temps en temps un coup d'œil et croyait les voir suivre ses mouvements avec une curiosité aussi bienveillante que vénérable. Ses pas le conduisirent à l'éminence d'où l'on apercevait la plaine. Il s'y assit sur une pierre et s'enfonça dans une méditation délicieuse.

La plaine s'étalait au loin avec ses cités et sa rivière d'argent; tout dormait, à part un grand tourbillon d'oiseaux qui s'élevaient et s'abaissaient et giroyaient dans l'air bleu, indéfiniment. Il prononça tout haut le nom de Marjory, dont les syllabes ravirent son oreille. Il ferma les yeux, et l'image de Marjory surgit devant lui, lumineuse et douce et accompagnée de suaves pensées. Ah! la rivière pouvait couler à jamais, les oiseaux voler toujours plus haut, jusqu'aux étoiles. Tout cela, il le voyait bien, n'était qu'agitation vaine; car, sans faire un pas et en attendant avec patience dans le creux de sa vallée natale, lui aussi avait rencontré la lumière bienheureuse.

Le lendemain, à table, tandis que le pasteur bourrait sa pipe, Will fit une sorte de déclaration.

— Mademoiselle Marjory, dit-il, je n'ai jamais aimé personne autant que vous. Je suis un homme assez froid et peu communicatif, non par manque de cœur, mais par une anomalie dans ma façon de penser; et tout le monde me paraît étranger. C'est comme s'il existait autour de moi un cercle qui me sépare de chacun, sauf de vous : j'entends bien les autres parler et rire, mais vous, vous êtes toute proche… Est-ce que cela vous déplaît?

Marjory ne répondit rien.

— Parlez, ma fille, dit l'ecclésiastique.

— Non, pasteur, reprit Will, ne l'influençons pas. Je me sens moi-même la langue liée, contre mon habitude; et Marjory n'est qu'une femme, et encore presque une enfant. Mais, pour ma part, autant que je puis comprendre ce que signifie le mot, il me semble que je suis amoureux d'elle. Je ne veux pas trop m'avancer, car je puis me tromper; mais voilà, je pense, où j'en suis. Et si Mlle Marjory a, de son côté, d'autres sentiments, je la prierai de vouloir bien nous le signifier.

Marjory resta silencieuse, comme si elle n'avait pas entendu.

— Qu'en dites-vous, pasteur? demanda Will.

— Ma fille doit parler, répondit l'ecclésiastique, en posant sa pipe. Notre voisin ici présent dit qu'il vous aime, Madge. L'aimez-vous, oui ou non?

— Je crois que oui, dit Marjory, d'une voix faible.

— Eh bien alors, tout est pour le mieux! s'écria Will, chaleureusement. Et il prit la main de Marjory par-dessus la table, et la garda un moment dans les siennes avec un parfait bonheur.

— Il faudra vous marier, remarqua le pasteur, en remettant sa pipe à la bouche.

— Est-ce vraiment ce qu'il convient de faire, à votre avis? demanda Will.

— C'est indispensable.

— Très bien, dit le soupirant.

Deux ou trois jours se passèrent en grande joie pour Will, bien qu'un observateur ne s'en fût guère douté. Il continuait à prendre ses repas en face de Marjory, à causer avec elle et la contempler en présence de son père; mais il ne tenta point de la voir seule à seule, ni ne modifia en rien sa conduite avec elle et demeura tel qu'il était depuis le début.

La jeune fille fut peut-être un peu déçue, et peut-être avec raison; mais s'il lui eût suffi de figurer dans toutes les pensées d'un autre, et par là d'envahir et altérer sa vie entière, elle avait de quoi être entièrement satisfaite. Car pas une minute elle n'était absente de l'esprit de Will. Il s'asseyait au bord de la rivière, à considérer le remous et les évolutions des poissons et les roseaux ondulants; il errait seul sous le crépuscule violet, tandis que les merles sifflaient autour de lui dans les bois; le matin, il se levait tôt pour voir le ciel passer du gris au vermeil et la lumière jaillir sur les cimes; et tout le temps il ne cessait de se demander s'il n'avait jamais vu ces choses, ou comment il se faisait que leur aspect actuel fût si différent. Le tic-tac de son moulin, le bruit du vent parmi les arbres, l'ébahissaient et le charmaient. Les pensées les plus enchanteresses se présentaient spontanément à son esprit. Il était si heureux qu'il n'en dormait plus, et si inquiet qu'il ne pouvait tenir en place lorsqu'il n'était pas avec elle. Et néanmoins on eût dit qu'il l'évitait, au lieu de la rechercher.

Un jour, comme il rentrait d'une longue promenade, Will trouva Marjory en train de cueillir des fleurs dans le jardin. Arrivé à sa hauteur, il ralentit le pas et continua de marcher à son côté.

— Vous aimez les fleurs? demanda-t-il.

— Oui, je les aime beaucoup, répondit Marjory. Et vous?

— Ma foi non, pas tellement. Ce n'est pas grand-chose, après tout. J'admets volontiers qu'on ait du goût pour elles, mais pas en les traitant comme vous faites ici.

— Qu'est-ce que je fais? interrogea-t-elle en s'arrêtant et levant les yeux vers lui.

— Vous les cueillez. Elles sont beaucoup mieux à leur place, et y font plus bel effet, si vous voulez savoir.

— Je veux les avoir à moi, répliqua-t-elle, les emporter sur mon cœur et les garder dans ma chambre. Cela me tente, de les voir pousser. Elles semblent me dire : Allons, faites quelque chose de nous... Mais dès que je les ai cueillies et que je les tiens, le charme est rompu et je les regarde sans désir.

— Vous voulez les posséder, reprit Will, afin de n'y plus penser. C'est un peu comme de tuer la poule aux œufs d'or. C'est un peu comme ce que je voulais faire quand j'étais petit. Car j'aimais beaucoup à regarder la plaine, d'ici, et je souhaitais descendre jusqu'à son niveau, — où je ne l'aurais plus vue. N'était-ce pas bien raisonné? Mon amie, si les gens y réfléchissaient, tous feraient comme moi; et vous laisseriez les fleurs tranquilles, tout comme je reste dans la montagne.

Mais soudain il s'interrompit : « Seigneur! » s'écria-t-il. Et comme elle lui demandait ce qu'il avait, il éluda la question et rentra chez lui portant sur son visage une expression presque amusée.

Il fut silencieux à table; et après la tombée de la nuit et l'apparition des étoiles, il se promena de long en large durant des heures et d'un pas inégal dans la cour et le jardin. Il y avait encore de la lumière dans la chambre de Marjory, dont la fenêtre découpait un petit carré long d'orangé dans un paysage de montagnes bleu foncé et de clair d'étoiles d'argent.

L'imagination de Will divagua beaucoup à propos de cette fenêtre; mais ses pensées n'étaient pas d'un amoureux. « La voilà dans sa chambre, songeait-il, et voilà le ciel éclairé, là-haut : bénédiction sur l'un et l'autre! » L'un et l'autre avaient sur sa vie une heureuse influence; l'un et l'autre lui donnaient apaisement, réconfort, et entière satisfaction du monde. Que pouvait-il leur demander de plus?

Le jeune homme gras et la conversation qu'il avait eue avec lui revinrent à sa mémoire, au point qu'il rejeta la tête en arrière et, se faisant un porte-voix de ses mains, poussa des appels vers les cieux innombrables. Soit à cause de la position de sa tête, ou bien par suite de l'effort qu'il fit, il lui sembla voir se trémousser les étoiles et une traînée de lumière givrée passer de l'une à l'autre tout autour du ciel. En même temps, un coin du rideau se souleva, pour retomber aussitôt.

Will eut un éclat de rire. « L'un et l'autre! pensa-t-il. Les étoiles se trémoussent et le rideau se soulève. Allons, je suis devant Dieu un grand magicien! En vérité, si j'étais un sot, ne serais-je pas en bonne voie? » et il alla se coucher, ricanant tout bas : « Oui, si j'étais un sot! »

Le lendemain matin, de très bonne heure, il la revit dans le jardin et s'en fut à sa rencontre.

— J'avais songé à me marier, commença-t-il à brûle-pourpoint; mais, toute réflexion faite, j'ai conclu que ce n'était pas la peine.

Elle ne lui jeta qu'un bref regard; mais son aspect de radieuse candeur eût, en l'occurrence, intimidé un ange, et elle abaissa aussitôt les yeux vers le sol sans rien dire. Il la vit frissonner.

— J'espère que cela ne vous déplaît pas, poursuivit-il, un peu troublé. Il ne faut pas. J'ai bien réfléchi et, sur mon âme, la chose est sans intérêt. Nous n'en serions pas du tout plus proches que nous ne sommes à cette heure, ni même, si j'y vois clair, aussi heureux.

— Inutile d'user de circonlocutions avec moi, dit-elle. Je me souviens fort bien que vous avez refusé de vous trop avancer; et je vois à présent que vous vous trompiez et qu'en réalité vous ne vous êtes jamais soucié de moi; je regrette seulement d'avoir été ainsi dupée.

— Je vous demande pardon, dit Will avec force, vous ne comprenez pas ce que je veux dire. Quant à savoir si je vous ai aimée ou non, je laisse la question à d'autres. Sauf en un point, mes sentiments n'ont pas changé; et par ailleurs, vous pouvez vous vanter d'avoir modifié du tout au tout ma vie et ma personnalité. Je le dis littéralement. Je ne crois pas que ce soit la peine de nous marier. Je préférerais vous voir continuer à vivre avec votre père, de façon à ce que je puisse aller vous rendre visite une fois ou deux par semaine, comme on va à l'église, et entre temps nous serions très heureux l'un et l'autre. Telle est mon idée... D'ailleurs, je vous épouserai si vous y tenez.

— Savez-vous bien que vous m'outragez? s'exçlama-t-elle.

— Non pas, Marjory, non pas, si une conscience pure n'est pas un vain mot. Je vous offre de tout mon cœur une affection parfaite. Vous pouvez la prendre ou la laisser, quoique je soupçonnc qu'il est au-delà de votre pouvoir ou du mien de changer ce qui existe et de me libérer l'esprit. Je vous épouserai, si vous voulez; mais je le répète, ce n'est pas la peine, et il vaut mieux que nous restions bons amis. Bien que je sois un homme paisible, j'ai vu beaucoup de choses dans ma vie. Fiez-vous-en à moi et acceptez ce que je vous propose; ou sinon, dites-le, et je vous épouse sur-le-champ.

Il y eut un silence prolongé, et Will, qui commençait à se sentir mal à l'aise, s'irrita en conséquence.

— On dirait que vous êtes trop fière pour dire ce que vous en pensez, reprit-il. Croyez-moi, c'est regrettable. S'expliquer franchement simplifie la vie. Un homme peut-il être plus loyal envers une femme que je ne l'ai été avec vous? J'ai dit ma pensée, et vous laisse le choix. Voulez-vous que je vous épouse? ou voulez-vous, comme je le crois préférable, accepter mon amitié? ou en avez-vous assez de moi définitivement? Dites-le, pour l'amour de Dieu! Votre père, vous le savez, vous a dit qu'une jeune fille doit donner son avis sur ces matières.

A ces mots, elle sembla se ressaisir, s'éloigna sans un mot, traversa rapidement le jardin et disparut dans la maison laissant Will assez penaud de ce dénouement. Il se mit à arpenter le jardin, en sifflotant. Parfois il s'arrêtait et contemplait le ciel et les sommets; parfois il descendait jusqu'à l'extrémité du barrage et s'y asseyait, à regarder stupidement couler l'eau. Tout ce tracas et cette perplexité étaient si étrangers à son caractère et à la vie qu'il s'était délibérément choisie, qu'il commença de regretter la venue de Marjory. « Après tout, songeait-il, j'étais aussi heureux qu'on peut l'être. Je pouvais venir ici regarder mes poissons tout le long du jour si je le désirais; j'étais aussi stable et satisfait que mon vieux moulin. »

Marjory descendit pour dîner, l'air très calme et réservé; et ils ne furent pas plus tôt attablés tous les trois que, les yeux fixés sur son assiette, mais sans laisser voir d'autre signe d'embarras ou de tristesse, elle tint ce discours à son père :

— Père, M. Will et moi avons examiné les choses. Nous reconnaissons que nous nous sommes tous deux mépris sur la nature de nos sentiments, et il consent, sur ma proposition, à abandonner toute idée de mariage et à n'être plus rien que mon excellent ami, comme par le passé. Vous le voycz, il n'y a pas entre nous l'ombre de querelle, et j'espère que nous le verrons souvent à l'avenir, car il sera toujours le bienvenu chez nous. C'est naturellement à vous de décider, père, mais peut-être ferions-nous mieux de quitter la maison de M. Will. Je crois, après ce qui s'est passé, que nous ne serions pas des hôtes bien agréables ces jours-ci.

Will qui s'était dès l'abord contenu avec difficulté, fit entendre, à ces derniers mots, un son inarticulé et leva le bras d'un air véritablement malheureux, comme s'il allait interrompre et contredire Marjory. Mais elle l'en empêcha par un simple coup d'œil, qu'elle lui lança d'un air irrité, en disant :

— Vous aurez, j'espère, l'obligeance de me laisser expliquer l'affaire moi-même.

Will fut absolument décontenancé par son expression et par le ton de sa voix. Il se tint tranquille et conclut qu'il y avait en cette jeune fille des choses dépassant sa compréhension, ce qui était tout à fait exact.

Le pauvre pasteur restait la tête basse. Il tenta de démontrer qu'il s'agissait d'une simple pique d'amoureux et qu'il n'en serait plus question avant le soir; et quand il fut délogé de cette position, il s'efforça de soutenir que là où il n'y a pas de différend, il n'y a nulle nécessité de séparation; car le bonhomme aimait à la fois son confort et son hôte.

C'était un spectacle curieux de voir la jeune fille les mener tous deux, sans presque rien dire, sinon très calmement, et malgré cela, en venir à ses fins et les conduire où elle voulait, grâce à son tact féminin et par des généralités. On eût dit qu'elle n'avait rien fait, — on eût dit que les choses s'étaient simplement rencontrées ainsi, — lorsque son père et elle partirent l'après-midi même, dans une carriole de paysan, et descendirent la vallée jusqu'à un autre hameau pour y attendre que leur maison fût en état de les recevoir.

Mais Will avait observé de près la jeune fille, dont l'adresse et la résolution ne lui échappaient point. En se retrouvant seul, il eut à ruminer divers sujets curieux. Il était fort triste et esseulé, pour commencer. Tout attrait avait disparu de sa vie, et il avait beau regarder les étoiles indéfiniment, il ne trouvait en elles ni appui ni réconfort. Ensuite c'était un tourbillon dans son esprit, au souvenir de Marjory. La conduite de celle-ci l'avait stupéfié et irrité, et néanmoins il ne pouvait s'empêcher de l'admirer. Certes, un bel ange pervers se révélait dans l'âme paisible qu'il n'avait pas soupçonnée jusqu'alors; mais cette âme, dont l'influence cadrait si mal avec la sérénité voulue de sa vie, il ne pouvait s'empêcher de désirer sa possession avec ardeur. Tel celui qui a vécu parmi les ombres et qu'éblouit soudain le soleil, il souffrait et jouissait à la fois.

A mesure que les jours s'écoulaient, il passait d'un extrême à l'autre : se félicitant de sa vigoureuse détermination, puis bafouant sa timorée et sotte prévoyance. De ces deux points de vue, le premier était peut-être le plus vrai selon son cœur et répondait au cours normal de sa pensée;

mais le second se faisait jour de temps à autre avec une violence incoercible. Il perdait alors tout respect humain, et ne faisait plus que monter et descendre par la maison et le jardin, ou se promener dans la sapinière, comme un homme affolé de remords.

Will, avec son esprit égal et pondéré, trouvait cet état de choses insupportable; il résolut d'y mettre fin à tout prix. Donc, par une chaude après-dînée d'été, il revêtit ses plus beaux habits, empoigna son bâton d'épine, et descendit la vallée, au long de la rivière. A peine eut-il pris cette détermination, qu'il recouvra toute sa sérénité habituelle et qu'il s'intéressa au temps radieux et aux paysages variés, sans aucun mélange d'inquiétude ou d'impatience désagréable. De quelque façon que l'affaire tournât, c'était à peu près la même chose pour lui. Si elle consentait, il lui faudrait l'épouser, cette fois, et tout serait pour le mieux, peut-être. Si elle refusait, il n'aurait rien à se reprocher, et pourrait à l'avenir suivre sa voix propre, en tout repos de conscience. Il espérait, en somme, qu'elle refuserait; mais lorsqu'il revit entre les saules, à un tournant de la rivière, le toit roux qui l'abritait, il fut à demi tenté de faire le souhait opposé, et plus qu'à demi honteux de se voir aussi peu ferme dans ses résolutions.

Marjory eut l'air contente de le voir et lui tendit aussitôt la main sans affectation.

— J'ai réfléchi à ce mariage, commença-t-il.

— Moi aussi, répondit-elle. Et j'admire de plus en plus votre sagesse. Vous me comprenez mieux que je ne me comprends; et me voilà tout à fait persuadée que les choses sont très bien comme elles sont.

— Toutefois... hasarda Will.

— Vous devez être fatigué, interrompit-elle. Prenez un siège et acceptez un verre de vin. L'après-midi est très chaud; je tiens à ce que vous ne soyez pas mécontent de votre visite. Il vous faut venir souvent; une fois par semaine, si cela vous arrange; j'ai toujours grand plaisir à voir mes amis.

— Oh oh! cela va bien, se dit Will à part. Je vois que j'avais raison, après tout.

Et il fit une très agréable visite, retourna chez lui en excellentes dispositions et ne se préoccupa plus de l'affaire.

Pendant près de trois ans, Will et Marjory demeurèrent sur ce pied, se voyant une ou deux fois la semaine sans qu'il y eût une parole d'amour prononcée; et tout ce temps Will fut, je crois, aussi heureux que possible. Il restreignait un peu son plaisir de la voir; et souvent il allait se promener jusqu'à mi-chemin de la cure et s'en retournait, comme pour se mettre en appétit. Car il y avait sur la route un tournant d'où il pouvait voir le clocher de l'église encadré dans une ouverture de la vallée, entre des pentes de sapins, avec un bout de plaine en guise de fond. Il affectionnait beaucoup cet endroit et s'y asseyait pour moraliser avant de retourner chez lui. Les paysans s'habituèrent si bien à le rencontrer là vers le crépuscule, qu'ils appelèrent l'endroit : « le tournant de Will du moulin ».

Au bout des trois ans, Marjory lui joua le mauvais tour d'épouser, sans crier gare, quelqu'un d'autre. Will supporta le coup en brave, et remarqua simplement que, pour si peu qu'il connût les femmes, il avait agi en toute prudence, de ne l'épouser point, trois ans plus tôt. Évidemment elle se connaissait fort peu elle-même et, en dépit d'apparences trompeuses, elle était aussi légère et volage que les autres. Il pouvait se vanter de l'avoir échappé belle, disait-il; et il prit en conséquence une plus haute opinion de sa sagesse. Mais au fond du cœur il fut passablement contrit, se rongea de mélancolie durant un mois ou deux, et perdit de son embonpoint, ce qui étonna ses serviteurs.

Ce fut environ un an après ce mariage que Will fut réveillé au milieu de la nuit par un galop de cheval sur la route, que suivirent des coups précipités à la porte de l'auberge. Il ouvrit sa fenêtre et vit un garçon de ferme, monté et tenant un second cheval par la bride. Cet homme le pria de venir avec lui en toute hâte, car Marjory se mourait et désirait instamment le voir à son chevet. Will était mauvais cavalier et fit le trajet si lentement que la pauvre jeune dame était bien proche de sa fin lorsqu'il arriva. Mais ils purent s'entretenir quelques minutes en particulier, et il fut présent et versa des larmes amères lorsqu'elle rendit le dernier soupir.

III

LA MORT

L'une après l'autre, les années tombèrent au néant. Dans les villes de la plaine, avec d'énormes tumultes, la rouge révolte éclata et fut noyée dans le sang, la bataille inclina de côté et d'autre, les patients astronomes, du haut de leurs observatoires, découvrirent et baptisèrent des étoiles nouvelles, on joua des pièces dans les théâtres illuminés, des gens furent portés à l'hôpital sur des civières, — bref, l'habituelle agitation des vies humaines emplit les grouillantes agglomérations. Là-haut, dans la vallée de Will, seuls les vents et les saisons faisaient époque; les poissons voguaient dans le courant rapide, les oiseaux tournoyaient en l'air, les cimes des pins frémissaient sous les étoiles, les hautes montagnes dominaient tout; et Will allait à ses affaires, et s'occupait de son auberge, tant que la neige commença de s'épaissir sur son front.

Son cœur restait jeune et vigoureux; et si son

pouls était devenu plus calme, il battait toujours fort et ferme à ses poignets. Ses joues étaient rouges à l'instar des pommes mûres; il se voûtait un peu, mais son pas était toujours assuré; et ses mains nerveuses avaient pour chacun une pression amicale. Son visage était couvert de ces craquelures que donne le grand air (et qui, tout bien considéré, ne sont rien moins qu'un coup de soleil permanent); ces craquelures font ressortir la stupidité des visages stupides; mais chez Will, au contraire,ce témoignage d'une vie simple et naturelle donnait seulement un nouveau charme à ses yeux limpides et à sa bouche souriante. Ses propos étaient remplis de sagesse. Il aimait son prochain, et son prochain l'aimait.

Dans la saison où la vallée débordait de touristes, la tonnelle de Will connaissait des nuits joyeuses; et les aperçus de l'aubergiste, qui semblaient paradoxaux à ses voisins, faisaient bien souvent l'admiration des gens instruits venus de la ville ou des universités. En fait, il jouissait d'une très noble vieillesse et sa réputation s'étendait chaque jour. A la fin, elle atteignit jusqu'aux cités de la plaine, et les jeunes gens, au retour de leurs voyages d'été, causaient ensemble, dans les cafés de Will du Moulin et de sa philosophie intuitive. On lui fit maintes avances, croyez-le, mais rien ne put l'amener à quitter le haut de sa vallée. Il hochait la tête en fumant sa pipe et souriait d'un air entendu.

— Vous arrivez trop tard, disait-il. Je suis mort, à présent : j'ai fini de vivre. Il y a cinquante ans, vous m'auriez mis l'eau à la bouche; mais aujourd'hui, vous ne me tentez même pas. Celui qui a vécu longtemps ne se soucie plus de vivre davantage. — Une autre fois : « Il n'y a, entre une longue vie et un bon dîner, qu'une différence : c'est que, dans le dîner, le dessert vient à la fin. » — Et encore : « Lorsque j'étais petit, cela m'intriguait beaucoup de savoir si c'était moi ou le monde qui était curieux et digne d'intérêt. Maintenant, je sais que c'est moi, et je m'en tiens là. »

Il ne montra jamais aucun symptôme de faiblesse et resta vaillant et ferme jusqu'au bout. On dit seulement qu'il devint moins causeur dans les derniers temps, et qu'il écoutait les autres durant des heures, avec un intérêt sympathique mais silencieux. Toutefois, lorsqu'il parlait, c'était avec encore plus de justesse et d'expérience consommée. Il buvait volontiers une bouteille de vin, surtout au coucher du soleil, sur le tertre, ou tard dans la soirée, sous la tonnelle, aux étoiles. La vue de toute chose attrayante et inattingible excitait son plaisir, disait-il; et il affirmait avoir assez vécu pour admirer une chandelle, surtout lorsqu'il la comparait à une planète.

Une nuit de sa soixante-douzième année, il se réveilla dans son lit en un tel malaise physique et moral qu'il se leva et s'habilla pour aller méditer sous la tonnelle. Il faisait absolument noir, sans une étoile; la rivière était grosse, et les bois et les prairies humides chargeaient l'air de parfums. Il avait tonné pendant la journée, et le lendemain menaçait d'être encore plus orageux. Nuit funèbre et asphyxiante pour un homme de soixante-douze ans.

Soit à cause du temps, ou de l'insomnie, ou grâce à un air de fièvre dans sa vieille tête, Will était hanté de souvenirs tumultueux. Son enfance, la nuit avec le jeune homme gras, la mort de ses parents adoptifs, les journées d'été avec Marjory, et maints autres de ces petits détails qui n'ont l'air de rien pour autrui, et qui sont néanmoins pour chacun le vrai fin mot de l'existence, — des choses vues, des paroles entendues, des regards mal interprétés, — surgissaient de recoins oubliés et accaparaient son attention. Les morts mêmes revenaient, et non seulement ils participaient à cette idéale représentation de souvenirs qui avait lieu dans son cerveau, mais ils affectaient matériellement ses sens, comme il arrive dans les songes profonds et intenses. Le jeune homme gras s'accoudait sur la table en face de lui; Marjory allait et venait avec son tablier plein de fleurs, entre le jardin et la tonnelle; il entendait le vieux pasteur vider sa pipe à petits coups et se moucher bruyamment. Le flux de sa conscience montait et s'abaissait; il était parfois à moitié endormi et enfoncé dans ses rappels du passé; et parfois, tout éveillé, il se demandait où il était.

Mais vers le milieu de la nuit, il entendit la voix du meunier défunt qui l'appelait comme c'était sa coutume lors de l'arrivée d'un client. L'hallucination fut si complète que Will bondit de son fauteuil et attendit que l'appel se renouvelât. Or, en écoutant, il perçut un autre bruit que le murmure de la rivière et le tintement de la fièvre dans ses oreilles. On eût dit un ébrouement de chevaux et des craquements de harnais, comme si une voiture à l'attelage impatient venait de s'arrêter sur la route, devant la grand-porte de la cour. A pareille heure, sur cette voie âpre et dangereuse, pareille supposition était évidemment absurde. Will la rejeta, se rassit dans son fauteuil de la tonnelle, et le sommeil se referma sur lui comme une eau courante. Il fut encore une fois réveillé par l'appel du meunier, plus lointain et sépulcral que devant; et encore une fois il ouït la rumeur d'un équipage sur la route. Et ainsi par trois ou quatre fois, le même songe ou la même délusion s'offrit à ses sens. A la fin, avec le sourire dont on tranquillise un enfant nerveux, il s'avança vers le portail, afin d'apaiser ses doutes.

Bien qu'il n'y eût pas loin de la tonnelle au portail, le trajet prit un certain temps à Will. Il lui semblait que les morts se pressaient autour de lui dans la cour et lui barraient le chemin à chaque pas. Et d'abord, il eut la surprise de sentir un parfum pénétrant d'héliotrope; c'était comme si le jardin eût été, de bout en bout, garni de ces fleurs, et que la nuit chaude et humide eût ramassé tous leurs parfums en une bouffée unique. Or, l'héliotrope était la fleur favorite de Marjory, et depuis sa mort on n'en cultivait plus dans le jardin de Will.

— Il faut que je sois fou, pensa-t-il. Pauvre Marjory, avec ses héliotropes!

Et là-dessus il leva les yeux vers la fenêtre qui avait jadis été celle de la jeune fille. Sa surprise de tout à l'heure devint quasi de l'effroi, car il y avait de la lumière dans la chambre : la fenêtre était, comme jadis, un carré long orangé; et le coin du rideau se souleva et retomba, comme cette nuit où il était resté à crier sa perplexité aux étoiles. L'illusion ne dura qu'un instant;

mais il fut un peu démoralisé, et il se frotta les yeux en considérant la silhouette de la maison découpée sur la nuit noire.

Tandis qu'il était là, — et depuis fort longtemps, croyait-il, — le bruit se renouvela, sur la route, et il se retourna juste à point pour accueillir un étranger qui s'avançait dans la cour. On discernait sur la route, derrière lui, comme le profil d'une grande berline, que surmontaient, comme autant de plumets, de noires cimes de pins.

— Monsieur Will? interrogea le nouveau venu, d'un ton bref et militaire.

— En personne, monsieur, répondit Will. Qu'y a-t-il pour votre service?

— J'ai entendu beaucoup parler de vous, M. Will, reprit l'autre; beaucoup, et en bien. Et quoique j'aie du travail par-dessus la tête, je tiens à boire une bouteille de vin sous votre tonnelle. Avant de partir, je vous dirai mon nom.

Will le conduisit sous la treille, puis alluma une lampe et déboucha une bouteille. Il n'était pas neuf aux compliments de ce genre et n'espérait pas grand chose de celui-ci, ayant éprouvé déjà maintes déceptions. Une sorte de nuage enveloppait ses esprits et l'empêchait de trouver l'heure singulièrement choisie. Il se mouvait comme dans un rêve, et la lampe lui parut s'allumer et la bouteille se déboucher avec la facilité de la pensée. Néanmoins, l'aspect de son visiteur éveillait sa curiosité et il s'efforça en vain de diriger la lumière sur son visage. Soit qu'il maniât la lampe avec maladresse, soit qu'il eût les yeux obscurcis, il ne put guère discerner qu'une ombre attablée en face de lui. Il ne cessa de regarder cette ombre, en essuyant les verres, et un froid étrange lui envahit le cœur. Le silence lui pesait, car il n'entendait plus rien à présent, pas même la rivière, en dehors du bourdonnement de ses artères.

— A votre santé, dit l'étranger, d'une voix rude.

— Par obéissance, monsieur, répondit Will en avalant son vin, dont le goût lui parut bizarre.

— Vous êtes, paraît-il, un homme très entier, poursuivit l'étranger.

Will lui répondit par un sourire satisfait et un bref signe de tête.

— Moi aussi, continua l'autre; et c'est ma plus grande joie que de marcher sur les pieds des gens. Je ne veux personne d'entier, en dehors de moi. Non, personne! J'ai dérangé, en mon temps, les combinaisons de rois, de généraux, de grands artistes... Que diriez-vous, si j'étais venu ici afin de déranger les vôtres?

Will eut sur le bout de la langue une verte repartie; mais la politesse de vieil aubergiste fut la plus forte; il se tut et se contenta de faire un geste évasif.

— Eh bien oui, dit l'étranger, c'est pour cela que je suis venu. Et si je ne vous tenais en une estime particulière, je n'y mettrais pas tant de façons. Vous vous vantez, paraît-il, de rester où vous êtes. Vous avez résolu de ne pas bouger de votre auberge. Or, je suis décidé à vous emmener faire un tour avec moi dans ma berline, et avant que cette bouteille soit vide, vous viendrez.

— Ce serait là une chose singulière, à coup sûr, répondit Will en riant. Mais, monsieur, j'ai poussé ici comme un vieux chêne; le diable en personne aurait du mal à me déraciner; et puisque vous êtes, à ce que je vois, un vieux monsieur qui aime à s'amuser, je parie une autre bouteille que vous perdrez vos peines avec moi.

Le trouble de sa vue allait augmentant, mais il sentait néanmoins peser sur lui un regard scrutateur, aigu et froid, qui l'irritait tout en le domptant.

— Il ne faut pas vous imaginer, exclama-t-il soudain, d'une façon brusque et fébrile qui l'étonna et l'inquiéta, — que je suis casanier, ou que je redoute quelque chose après Dieu. Dieu sait que je suis las de tout ceci; et lorsque viendra le temps d'un voyage plus long que vous n'en rêvâtes jamais, je suis persuadé que je me trouverai prêt.

L'étranger vida son verre et le repoussa loin de lui. Il baissa les yeux une minute; puis, s'appuyant sur la table, il tapota deux ou trois fois de l'index sur l'avant-bras de Will.

— Le temps est venu, dit-il, solennel.

Une horripilation sinistre irradiait du point qu'il avait touché. Le ton de sa voix, morne et lugubre, éveilla des échos singuliers dans le cœur de Will.

— Je vous demande pardon, dit-il, un peu déconcerté, que voulez-vous dire?

— Regardez-moi, et vous constaterez que votre vue est vague. Levez votre main : elle est pesante et morte. Cette bouteille de vin est votre dernière, Mr Will, et cette nuit votre dernière sur la terre.

— Vous êtes médecin? demanda Will.

— Le meilleur qui fut jamais, répliqua l'autre; car je guéris à la fois le corps et l'âme par la même ordonnance. J'abolis toute douleur et je remets tout péché; et lorsque mes patients se sont trompés dans leur vie, je dénoue toutes complications, et les remets debout et libres.

— Je n'ai pas besoin de vous, dit Will.

— Un temps vient pour tous les hommes, répondit le docteur, où le gouvernail échappe à leurs mains. Pour vous, grâce à votre prudence et à votre modération, il a mis longtemps à venir, et vous avez eu longtemps pour vous préparer à sa venue. Vous avez vu ce qu'il y avait à voir autour de votre moulin; vous avez passé toute votre vie sur place, comme un lièvre au gîte; mais à présent, c'est fini de tout cela; et (ajouta le docteur en se redressant) il vous faut vous lever et me suivre.

— Vous êtes un singulier médecin, dit Will, qui regardait son hôte avec attention.

— Je suis une loi naturelle, répondit celui-ci. On m'appelle la Mort.

— Que ne le disiez-vous plus tôt! s'écria Will. Je vous attends depuis des années. Donnez-moi la main, et soyez le bienvenu.

— Appuyez-vous sur mon bras, dit l'étranger, car déjà les forces vous abandonnent. Appuyez-vous aussi fort que vous voudrez; car j'ai beau être vieux, je suis robuste. Il n'y a que trois pas d'ici à mon carrosse, et il mettra fin à tous vos ennuis. Sachez-le, Will, je n'ai pas cessé de veiller sur vous comme sur mon propre fils; et de tous ceux que je suis jamais venu chercher depuis si longtemps, c'est vers vous que je viens avec le plus de bienveillance. Je suis caustique, et mon premier abord blesse parfois les gens; mais je suis au fond un excellent ami pour ceux qui vous ressemblent.

— Depuis que Marjory me fut enlevée, vous étiez, je l'affirme devant Dieu, le seul ami que j'attendais.

Bras dessus bras dessous, le couple se mit en marche.

A ce moment, l'un des serviteurs s'éveilla et, avant de se rendormir, il entendit un bruit de chevaux qui s'ébrouaient; du haut en bas de la vallée il y eut, cette nuit-là, comme le murmure d'un vent doux et paisible s'écoulant vers la plaine, et lorsque le monde s'éveilla, le lendemain, Will du Moulin était parti en voyage, définitivement.

Will du Moulin est extrait de *les Gais Lurons,* Éd. de la Sirène, 1920.

JANET LA REVENANTE

(Thrawn Janet)

Le Révérend Murdoch Soulis était depuis longtemps desservant de la paroisse de Balweary, dans la marécageuse vallée de la Dule. Ce vieillard à la mine sévère et glaciale, craint de ses auditeurs, passait les dernières années de sa vie, sans parent ni serviteur ni la moindre société humaine, dans le petit presbytère isolé que dominait le rocher de la Femme-Pendue. Malgré la rigidité de fer de ses traits, il avait l'œil hagard, effarouché, fuyant. Au cours de ses admonitions privées, lorsqu'il évoquait l'avenir du pécheur impénitent, on eût dit que son regard découvrait, au-delà des orages du temps, les épouvantements de l'éternité. La jeunesse qu'il préparait à la sainte communion était redoutablement affectée par ses discours. Il avait composé un sermon sur ce texte de la première épître de saint Pierre, verset 8 : « Le démon est un lion rugissant » pour le dimanche qui suit le 7 août, et ne manquait pas de s'y surpasser grâce à la nature effrayante du sujet et à la terreur que répandait son attitude en chaire. Les enfants étaient pris de crises de nerfs et les vieux, plus auguraux que de coutume, débordaient, toute cette journée-là, des allusions qui faisaient ricaner Hamlet. Quant au presbytère, proche de la Dule, sous de grands arbres, dominé d'un côté par la Femme-Pendue, et ayant vue de l'autre sur des collines froides et marécageuses, — il avait commencé, très tôt sous le ministère de M. Soulis, d'être évité dès la brune par ceux qui se targuaient d'une certaine prudence, et les charretiers attablés au cabaret branlaient la tête à l'idée de passer trop tardivement dans ce sinistre voisinage. Pour être plus précis, cette terreur émanait surtout d'un point particulier. Le presbytère se trouvait situé entre la grand-route et la Dule, avec un pignon de chaque côté; le derrière regardait la ville de Balweary, distante d'un demi-mille à peu près; devant, un jardin en friche clôturé d'épine occupait le terrain compris entre la rivière et la route. La maison avait deux étages qui comprenaient chacun deux vastes pièces. Elle ne donnait pas directement sur le jardin, mais sur un sentier surélevé, une sorte de digue aboutissant à la route d'une part, et se perdant de l'autre sous les saules et les bouleaux élevés qui bordaient le courant. C'était ce bout de digue qui jouissait d'une si déplorable réputation chez les jeunes paroissiens de Balweary. Le ministre s'y promenait souvent après le crépuscule, poussant parfois des plaintes inarticulées dont il entrecoupait ses prières; et lorsqu'il était absent, et la porte du presbytère fermée à clef, les plus hardis d'entre les écoliers s'aventuraient, le cœur battant, à « suivre leur capitaine » sur ce chemin légendaire.

Qu'une telle atmosphère de terreur environnât ainsi un homme de Dieu d'un caractère et d'une orthodoxie sans tache, était une cause fréquente d'étonnement et un sujet de questions pour les rares étrangers que le hasard ou leurs affaires amenaient dans ce pays perdu. Mais dans la paroisse même, beaucoup ignoraient les singuliers événements qui avaient marqué la première année du ministère de M. Soulis; et, des mieux informés, les uns étaient réservés par nature, les autres évitaient ce sujet de conversation. A de rares intervalles seulement, l'un des plus anciens prenait courage après son troisième petit verre et racontait l'origine des allures étranges et de la vie solitaire du ministre [1].

Il y a cinquante ans, lors de son arrivée à Balweary, M. Soulis était encore un jeune homme — un blanc-bec, disaient les gens — plein de la sagesse des livres et s'exprimant avec emphase, mais, comme il était naturel chez un aussi jeune homme, sans la moindre expérience en matière de religion. La jeunesse était grandement séduite par ses talents et son éloquence, mais les vieux, les gens sérieux et graves, hommes et femmes, étaient presque tentés de prier, et pour ce jeune homme qui s'en faisait accroire, et pour la paroisse, si mal partagée. C'était avant l'époque des « modérés » — le diantre soit d'eux; mais les bonnes choses sont comme les mauvaises, les unes et les autres viennent petit à petit, une bouchée à la fois; et il y avait même alors des gens pour dire que le Seigneur avait abandonné à leurs lumières les professeurs de l'université, et que ceux qui allaient étudier sous eux auraient beaucoup mieux fait de rester assis dans un trou à tourbe, comme les « abstentionnistes », lors de la persécution, avec une bible sous le bras et la prière dans le cœur. En tout cas, il n'y avait pas de doute. M. Soulis était resté trop longtemps au collège. Il se préoccupait d'un tas de choses en dehors des seules nécessaires. Il avait apporté un tas de livres, — plus qu'on n'en vit jamais avant lui dans ce presbytère, et ils donnèrent un mal du diable au portefaix. C'étaient des livres de théologie, bien sûr, ou soi-disant tels; mais les gens sérieux étaient d'avis qu'on n'en avait pas besoin d'autant, alors que la vraie Parole de Dieu tiendrait dans la poche. Puis il restait assis la moitié de la journée et de la nuit, ce qui n'était guère convenable, — à écrire, pas moins; et d''abord on avait eu peur qu'il ne lût ses sermons; mais ensuite on apprit qu'il écrivait un livre, ce qui n'était sûrement pas approprié à son âge et à son peu d'expérience.

En tout cas il eut le désir de prendre une vieille femme pour tenir son presbytère et préparer ses repas. On lui recommanda une vieille boiteuse — qui s'appelait Janet Mac Clour — et il lui fallut se décider. Beaucoup le mirent en garde contre cet avis, car Janet était plus que suspecte aux meilleures gens de Balweary. Longtemps auparavant; elle avait eu un bébé d'un militaire; elle ne s'était pas approchée de la Sainte Table depuis au moins trente ans; et des gamins l'avaient vue qui marmottait toute seule sur le Key Loan, au crépuscule, temps et lieu fort incongrus pour une femme craignant Dieu. Quoi qu'il en soit, c'était le *laird* [2] lui-même qui avait le premier parlé de Janet au ministre; et à cette époque celui-ci aurait fait beaucoup pour complaire au laird. Quand on vint lui raconter que Janet s'était vouée au diable, il traita la chose de superstition; et quand on lui cita la Bible et la sibylle d'Endor, il répliqua que ces temps étaient passés et que le diable avait heureusement beaucoup perdu de son pouvoir.

Eh bien, quand on sut dans le village que Janet allait entrer comme servante chez le ministre, les gens s'en prirent à lui et à elle ensemble; et quelques bonnes femmes n'eurent rien de plus pressé que d'aller attendre la boiteuse devant sa porte et de lui rappeler tout ce que l'on savait contre elle, depuis l'enfant du militaire jusqu'à son aventure avec John Tamson. Elle ne parlait guère, d'habitude; les gens la laissaient passer son chemin et elle le leur, sans bonjour ni bonsoir; mais lorsqu'elle s'y mettait, elle avait une langue à damer le pion au meunier. Elle monta donc sur ses ergots, et il n'y eut pas un vieux cancan dans tout Balweary qu'elle ne déterrât ce jour-là; et pour une chose qu'on lui disait, elle en répondait deux. A la fin, les bonnes femmes se fâchèrent et, sautant sur elle, lui arrachèrent ses jupes et l'entraînèrent pour la jeter dans la Dule en aval du village, afin de voir si elle était sorcière ou non, si elle surnageait ou irait au fond. La garce hurlait, à l'entendre de la Femme-Pendue, et elle se débattait comme dix : maintes bonnes femmes portèrent les marques de ses griffes durant plusieurs jours; mais voilà qu'au beau milieu de ce grabuge arrive (pour ses péchés) rien moins que le nouveau ministre.

— Femmes, dit-il (et il avait une voix imposante), je vous adjure au nom du Seigneur de la laisser aller.

Janet courut à lui (elle était folle de terreur) et s'agrippa à lui, le priant, pour l'amour du Christ, de la sauver des commères; et celles-ci, de leur côté, racontèrent au révérend tout ce qu'elles savaient, et voire davantage.

— Femme, dit-il, est-ce vrai?

— Comme le Seigneur me voit, comme le Seigneur m'a créée, pas un seul mot! A part l'enfant, j'ai été toute ma vie une femme rangée.

— Voulez-vous, dit M. Soulis, au nom de Dieu et devant moi, Son très indigne ministre, renoncer au démon et à ses œuvres?

Eh bien, il paraît que, lorsqu'il lui demanda cela, elle fit une grimace effroyable et qu'on entendit ses dents s'entre-choquer. Mais elle n'avait pas le choix; elle leva donc la main et renonça au démon.

— Et maintenant, dit M. Soulis aux bonnes femmes, rentrez chez vous, les unes et les autres, et priez Dieu qu'Il vous pardonne.

Et offrant son bras à Janet, bien qu'elle n'eût guère sur elle que sa chemise, il l'emmena à travers le village jusqu'à sa porte, comme une noble lady; mais elle criait et riait, que c'en était un scandale.

Ce soir-là, beaucoup de gens sérieux restèrent tard à dire leurs prières; mais le lendemain, une telle panique se répandit dans Balweary que les enfants se cachaient et que même les hommes ne passaient pas le seuil de leurs portes. Car Janet (Janet, ou son fantôme) descendit la rue d'un bout à l'autre, — et elle avait son cou tordu et sa tête toute d'un côté, comme celle d'un pendu, et sur son visage une grimace de déterré. Peu à peu on s'y habitua, et même on lui demanda ce qui lui était arrivé; mais à partir de ce jour elle cessa de parler comme une chrétienne : elle se contentait de faire cliquer ses dents comme une paire de ciseaux; et à partir de ce jour le nom de Dieu ne passa plus jamais ses lèvres. Parfois elle tâchait de le prononcer, mais sans y parvenir. Les mieux renseignés étaient les moins bavards; et ils ne donnèrent jamais à cet être le nom de Janet Mac Clour; car l'ancienne Janet, à les entendre, était à présent au fin fond de l'enfer. Mais il fut impossible de convaincre le ministre; il prêchait sans cesse sur la cruauté de celles qui avaient donné à sa servante une attaque de paralysie; il réprimandait les gamins qui la poursuivaient; et il l'avait du reste prise chez lui dès le premier soir, et il habitait avec elle sous la Femme-Pendue.

Or, le temps passa; et les plus légers commencèrent à faire bon marché de cette sombre histoire. Le ministre avait bonne réputation; il restait tard à écrire, on voyait sa chandelle briller, du côté de la Dule, jusque passé minuit; et il avait l'air satisfait et alerte comme devant, bien que chacun pût s'apercevoir qu'il dépérissait. Quant à Janet, elle allait et venait; si elle ne parlait guère autrefois, il était naturel qu'elle parlât désormais encore moins; elle ne s'occupait de personne; mais sa mine était si étrange que personne ne se serait compromis avec elle, pour toutes les terres de Balweary.

Vers la fin de juillet, il y eut des chaleurs comme on n'en avait jamais vu dans le pays : un temps lourd, brûlant, sans un souffle; les troupeaux n'arrivaient plus à monter la Colline-Noire, les enfants étaient trop las pour jouer; et avec cela, il faisait orageux, des coups de vent chauds balayaient les vallées et amenaient des bribes d'averses qui ne rafraîchissaient pas. On croyait toujours que l'orage éclaterait le lendemain; mais le lendemain arrivait, et le surlendemain, et c'était toujours le même temps absurde, accablant les hommes et le bétail. De tous les habitants du pays, aucun ne souffrait comme M. Soulis; il ne pouvait plus dormir ni manger, disait-il; et lorsqu'il n'était pas à écrire son sempiternel bouquin, il errait par les routes comme un possédé, aux heures où tout le monde était trop heureux de se tenir au frais dans les maisons.

Entre la Femme-Pendue et la Colline-Noire, il y a un bout de terrain, enclos par une grille de fer; il paraît que ce fut jadis le cimetière de Balweary, consacré par les papistes avant que la vraie lumière brillât sur le royaume. M. Soulis aimait beaucoup cet endroit, pour s'y asseoir et méditer ses sermons. Eh bien, un jour, en arrivant à l'extrémité ouest de la Colline-Noire, il vit d'abord deux, puis trois, puis sept corneilles qui s'élevaient en tournoyant au-dessus de l'ancien cimetière. Elles volaient lourdement et croassaient dans le ciel. M. Soulis comprit que quelque chose d'insolite les avait effrayées. Il n'était pas poltron et il alla droit son chemin; et que trouva-t-il? un homme, ou la semblance d'un homme, assis à l'intérieur sur une tombe. Cet homme était de haute stature et noir comme l'enfer, avec des yeux étranges [3]. M. Soulis avait entendu parler d'hommes noirs, bien souvent; mais cet homme noir-ci avait quelque chose de louche qui le troublait. Malgré la chaleur, il sentit comme un frisson le glacer jusqu'aux moelles. Néanmoins, il parla, et dit :

— Mon ami, êtes-vous un étranger au pays?

L'homme noir ne répondit pas; il se leva et s'en alla vers l'autre bout de l'enclos, mais en regardant toujours le ministre; et le ministre s'arrêta, le regardant aussi. Finalement, l'homme noir sortit du cimetière et prit sa course vers les bois. Alors M. Soulis, sans savoir pourquoi, courut après lui; mais il était éreinté par sa promenade et par le temps brûlant et malsain. Il eut beau courir, ce fut tout juste s'il entrevit l'homme noir derrière les hêtres, avant d'arriver au pied de la colline; et là il l'aperçut encore une fois qui bondissait et galopait le long de la Dule vers le presbytère.

M. Soulis était mécontent de voir ce redoutable individu prendre ces libertés avec le presbytère de Balweary; il courut plus fort et, tout trempé, longea la rivière et remonta la digue. Mais du diable s'il revit l'homme noir! Il s'avança jusque sur la route. — Personne. Il traversa le jardin : — pas d'homme noir. A la fin, et un peu effrayé comme il n'était que juste, il entra dans la maison; et il vit Janet Mac Clour, avec son cou tordu, qui l'accueillit avec joie. Mais en jetant les yeux sur elle, il éprouva le même frisson glacé.

— Janet, dit-il, avez-vous vu l'homme noir?

— L'homme noir? Dieu garde! Vous n'êtes

pas dans votre bon sens, ministre. Il n'y a pas d'homme noir à Balweary.

Mais elle ne parlait pas distinctement, rappelez-vous; elle mâchonnait comme un cheval qui a le mors dans la bouche.

— Eh bien, dit-il, s'il n'y a pas d'homme noir à Balweary, je viens de parler à l'Accusateur-des-Frères.

Et il s'assit, comme en proie à la fièvre, et ses dents claquaient.

— Fi! dit-elle, vous n'avez pas honte, ministre!

Et elle lui donna à boire une goutte de l'eau-de-vie qu'elle tenait en réserve.

Ensuite, M. Soulis alla dans son cabinet retrouver ses bouquins. C'est une pièce allongée, sombre, d'un froid mortel en hiver, et qui n'est pas bien sèche même au cœur de l'été, car le presbytère est voisin de la rivière. Il s'assit et réfléchit à tout ce qui s'était passé depuis son arrivée à Balweary; il se rappela son pays, le temps de son enfance, alors qu'il allait jouer sur la bruyère; et cet homme noir aussi lui revenait à l'esprit comme le refrain d'une chanson. Et plus il songeait, plus il songeait à l'homme noir. Il voulut prier, mais les paroles ne lui venaient pas. Il essaya de travailler à son livre, mais il ne le put pas non plus. Par moments, il se figurait que l'homme noir était à son côté, et la sueur l'inondait, froide comme eau de puits. A d'autres moments, il se rappelait son enfance chrétienne et ne pensait à rien d'autre.

Pour finir, il se mit à la fenêtre et considéra la Dule. Les arbres sont très touffus et l'eau est profonde et noire devant le presbytère; et il vit Janet, les jupes relevées, qui lessivait du linge. Elle tournait le dos au ministre, et lui, de son côté, ne faisait pas attention à ce qu'il voyait. Mais elle fit volte-face et lui montra son visage. M. Soulis ressentit le même frisson glacé que la veille, et il comprit ce que disaient les gens, que la vraie Janet était morte depuis longtemps, et que celle-ci n'était qu'un fantôme revêtu de sa froide argile. Il se recula un peu et l'examina attentivement. Elle clopinait autour de sa lessive, en ronronnant tout bas; mais, Dieu nous éclaire, son visage était bien singulier. Parfois, elle chantait à voix haute, mais nul vivant, homme ou femme, n'aurait pu dire quelles paroles elle chantait; et parfois elle regardait à côté d'elle, mais il n'y avait là rien qu'elle pût regarder. Il sentit sa chair se recroqueviller sur ses os; — ce qui était un avertissement du ciel. Mais M. Soulis se reprocha de mal penser d'une pauvre infirme qui n'avait d'autre ami que lui; et il dit une petite prière pour lui et pour elle, et but un peu d'eau froide — car il n'avait pas le cœur à manger — et il s'alla coucher dans le crépuscule.

C'est une nuit qu'on n'a pas oubliée, à Balweary, la nuit du 17 août 1712. Il avait fait chaud auparavant, comme je l'ai dit, mais cette nuit-là il fit plus chaud que jamais. Le soleil s'était couché dans des nuages d'un aspect insolite : il faisait noir comme dans un four : pas une étoile, pas un souffle d'air; on ne voyait pas le bout de son nez, et même les vieux, tout haletants, rejetaient leurs couvertures. Avec toutes ses préoccupations, il y avait peu de chances pour que M. Soulis pût dormir. Il resta donc à se retourner dans son lit; les bons draps frais le brûlaient jusqu'aux os; par instants, il s'endormait, puis il se réveillait; parfois il écoutait la nuit, et parfois un chien hurlant à la mort, au loin; ou bien il croyait entendre des remuements dans son grenier; ou bien il voyait passer des ombres dans la chambre. Il se sentait, il se jugeait malade; et il était malade en effet, — d'une façon qu'il ne soupçonnait guère.

A la fin, il se fit une éclaircie dans son esprit et, s'asseyant au bord du lit dans l'obscurité, il repensa une fois de plus à l'homme noir et à Janet. Il n'aurait su bien dire comment — peut être fut-ce parce qu'il avait froid aux pieds, —

mais il entrevit soudain une relation entre les deux, et il comprit que l'un ou l'autre, sinon tous les deux, étaient des fantômes. Au même moment, dans la chambre de Janet, qui était voisine de la sienne, il se fit un remue-ménage, comme si des gens se battaient, puis un grand choc; et puis un coup de vent assaillit les quatre coins de la maison; et puis tout fut à nouveau muet comme la tombe.

M. Soulis ne craignait ni homme ni diable. Il battit le briquet, alluma une chandelle et fut en trois pas à la porte de Janet. La porte était entr'ouverte : il la poussa et entra. La chambre était aussi vaste que celle du ministre et remplie de vieux meubles cossus, car il n'avait d'autre place où les mettre. Il y avait un lit à baldaquin de tapisserie, et un beau bahut de chêne rempli des livres de théologie du ministre, qui les avait mis là à l'abri de l'humidité. Quelques effets de Janet traînaient çà et là sur le plancher; mais de Janet, point! M. Soulis s'avança (peu de gens l'auraient suivi), regarda tout autour de lui et prêta l'oreille. Mais on n'entendait aucun bruit, ni dans le presbytère, ni dans la paroisse de Balweary, et on ne voyait rien que les ombres mouvantes projetées par la chandelle. Tout à coup, le cœur du ministre battit violemment, puis s'arrêta; et un souffle glacé passa sur sa face. Quel affreux spectacle s'offrait aux regards de l'infortuné! Il avait devant lui Janet, pendue à un clou contre le vieux bahut de chêne : sa tête retombait sur son épaule, ses yeux faisaient saillie, la langue lui sortait de la bouche, et ses talons étaient à deux pieds au-dessus du plancher.

— Dieu nous pardonne à tous! songea M. Soulis. La pauvre Janet est morte.

Il fit un pas vers le cadavre; et alors son cœur lui martela les côtes. Car, par un tour de force qu'il n'appartient pas à l'homme de juger, elle était pendue à un simple clou, par un simple fil à raccommoder les bas.

C'est une terrible chose que de se trouver tout seul, de nuit, au milieu de tels prodiges des ténèbres. Mais M. Soulis était fort devant le Seigneur. Il quitta la chambre, fermant la porte à double tour, derrière lui; et, marche à marche, il descendit l'escalier. Il ne pouvait prier ni réfléchir; il ruisselait d'une sueur froide, et il n'entendait rien que les battements précipités de son cœur. Il était resté là, peut-être une heure, ou bien deux, sans le savoir, lorsque soudain il entendit un bruit singulier à l'étage : un pas arpentait la chambre où le cadavre était pendu; puis la porte, qu'il se rappelait fort bien avoir fermée à clef, s'ouvrit; et le pas s'avança sur le palier, et il crut voir le cadavre se pencher sur la rampe pour le regarder du haut en bas de la cage de l'escalier.

Il reprit la chandelle (car il n'aurait osé se passer de lumière) et, le plus doucement possible, sortit du presbytère et s'en alla, jusqu'à l'extrémité de la digue. Il faisait noir comme dans un four; la flamme de la chandelle, lorsqu'il la déposa par terre, montait aussi droite que dans une chambre; rien ne remuait, sauf les eaux murmurant et bondissant dans le lit de la Dule, et là-bas ce pas suspect et clopinant qui descendait l'escalier, à l'intérieur du presbytère. Il le reconnaissait bien, ce pas : c'était celui de Janet! A mesure qu'il se rapprochait, une marche après l'autre, le froid pénétrait plus profondément dans son corps. Il recommanda son âme à son Créateur :

— Ô mon Dieu, dit-il, donne-moi cette nuit la force de combattre les puissances du Mal!

Cependant, le pas enfila le couloir menant à la porte; M. Soulis entendit une main tâtonner tout du long, comme si l'effroyable créature cherchait son chemin. Les branches s'agitèrent et s'entrechoquèrent, un soupir prolongé passa sur les hauteurs, la flamme de la chandelle se rabattit; et M. Soulis eut devant lui, sur le seuil du presbytère, le corps de Janet-la-Revenante, avec sa robe de camelot et sa mante noire, la tête sur l'épaule, et le rictus sur son visage renversé — vivante, aurait-on dit, — morte, savait bien M. Soulis.

C'est une chose étrange comme l'âme de l'homme est chevillée à son corps périssable; car le ministre put voir cela sans que son cœur éclatât.

Elle s'arrêta peu de temps sur le seuil; elle se remit en marche et s'approcha de M. Soulis. Celui-ci avait rassemblé toutes les énergies de son corps, toute la vigueur de son esprit, dans ses yeux. On eût dit qu'elle allait parler, mais les mots lui firent défaut et elle fit un signe de la main gauche. Il survint un coup de vent, comme un chat qui feule; la chandelle s'éteignit; les branches crièrent comme des gens, — et M. Soulis comprit que, dût-il vivre ou mourir, le dénouement arrivait.

— Sorcière, enchanteuse, démone! s'écria-t-il. Je vous adjure, par la puissance divine, de vous en aller — si vous êtes défunte, à la tombe — si vous êtes damnée, en enfer!

Et, à ce moment, le doigt même de Dieu sortit des cieux et frappa l'Horreur sur place; le cadavre maudit de la vieille sorcière morte, depuis si longtemps tenu loin de la tombe et manœuvré par les diables, s'aplatit comme un paquet d'amadou et se réduisit en cendres sur le sol; le tonnerre éclata, à coups redoublés; puis une pluie torrentielle; et M. Soulis, passant par une brèche de la haie du jardin, se mit à courir à toutes jambes vers le village.

Le matin suivant, John Christie vit l'homme noir passer le Grand Cairn, comme sonnaient six heures; avant huit heures, il passa devant le cabaret de Knockdow; et peu après, Sandy Mac Lellan le vit sur la bruyère, qui descendait de Kilmackerlie. Il n'est guère douteux que ce fut lui qui demeura si longtemps dans le corps de Janet; mais il l'avait enfin quitté; et depuis, le diable ne nous a plus tourmentés, à Balweary.

Mais ce fut une cruelle épreuve pour le ministre; de longs jours il garda le lit, en proie au délire; et dorénavant, il est resté tel que vous l'avez vu.

NOTES

Janet la Revenante est extrait de *les Gais Lurons*, Éd. de la Sirène, 1920.

1. La suite du conte est en dialecte écossais. On n'a pu faire passer dans la traduction tous les effets de cet artifice de style.
2. Lord écossais : — le seigneur de l'endroit.
3. C'est une croyance répandue en Écosse, que le diable se montre sous la forme d'un homme noir. Ceci résulte de plusieurs procès de sorcellerie, et aussi des *Mémoires* de Law, ce trésor de contes bizarres et macabres. (R.-L. S.).

OLALLA

(Olalla)

A présent, dit le docteur, mon rôle est fini et, je puis le dire avec quelque vanité, bien fini. Il ne vous reste plus qu'à vous en aller loin de cette froide et funeste cité, passer deux mois à l'air pur et sans aucun souci. Ce dernier point vous regarde. Quant au premier, je crois avoir votre affaire. La rencontre, d'ailleurs, est assez curieuse; c'est d'hier seulement que le Padre est arrivé de la campagne; et, comme nous sommes de vieux amis, malgré nos professions opposées, il est venu me consulter sur les misères de quelqu'un de mes paroissiens.

« Cette famille était... mais vous ignorez l'Espagne et les noms mêmes de nos *grands* vous sont presque inconnus. Sachez donc seulement que cette famille, jadis considérable, est tombée aujourd'hui dans le dénuement le plus complet. Elle ne possède plus rien, en dehors de la residencia et de quelques lieues de collines pelées, où une chèvre même ne trouverait pas à se nourrir. Mais la maison est une belle demeure, ancienne, et très salubrement située dans la haute montagne.

« Mon ami ne m'eut pas plus tôt débité son histoire, que je pensai à vous. Je lui dis que j'avais un officier blessé, blessé pour la bonne cause, qui avait actuellement besoin de changer d'air, et lui proposai de vous faire prendre en pension par ses amis. Aussitôt le visage du Padre s'assombrit, comme je l'avais prévu non sans malice. C'était de toute impossibilité, me dit-il. Alors, qu'ils meurent de faim! dis-je, car je n'ai pas de sympathie pour une fierté de gueux.

« Là-dessus, nous nous séparâmes, peu satisfaits l'un de l'autre; mais hier, à mon étonnement, le Padre revint me faire sa soumission : la difficulté, me dit-il, se trouvait, renseignements pris, moindre qu'il ne l'avait craint; ou, en d'autres termes, ces orgueilleux avaient mis leur orgueil dans leur poche. Je conclus l'affaire et, sous réserve de votre acceptation, je vous ai retenu un appartement à la residencia. L'air de ces montagnes vous renouvellera le sang; et la vie tranquille que vous y mènerez vaut tous les médicaments de la terre.

— Docteur, dis-je, vous avez été mon bon

ange en tout et votre conseil est un ordre. Mais dites-moi, s'il vous plaît, quelque chose de cette famille dans laquelle je vais demeurer.

— J'y arrive, répondit mon ami; d'autant qu'il y a là une difficulté. Ces gueux sont, comme je vous l'ai dit, de très haute descendance et gonflés de la plus chimérique vanité : ils ont vécu depuis plusieurs générations dans un isolement croissant, évitant aussi bien les riches, devenus trop hauts pour eux, que les pauvres, qu'ils s'obstinaient à regarder comme trop bas; et même aujourd'hui que la pauvreté les force d'ouvrir leur porte à un hôte, ils ne peuvent s'empêcher d'y mettre une condition fort malgracieuse. Il vous faut, disent-ils, rester un étranger : ils seront à votre service, mais ils rejettent d'avance toute idée de la moindre intimité.

Je ne nierai pas que je fus piqué, et peut-être ce sentiment vint-il renforcer mon désir d'aller là-bas, car je me croyais capable de faire tomber cette barrière, si je le désirais.

— Une condition de ce genre, dis-je, n'a rien d'offensant; et même, je sympathise avec le sentiment qui l'inspira.

— Il est vrai qu'ils ne vous ont jamais vu, répliqua poliment le docteur; et s'ils savaient que vous êtes l'homme le plus digne et le plus aimable qui vint jamais d'Angleterre (où, dit-on, les hommes dignes abondent, à la différence des hommes aimables), ils vous accueilleraient sans doute de meilleure grâce. Mais puisque vous prenez la chose si bien, peu importe. A moi, en tout cas, cela me semble impoli. Mais c'est vous qui y gagnerez. La famille vous tentera peu. Une mère, un fils et une fille : une vieille femme que l'on dit à moitié folle, un rustaud, et une jeune fille de la campagne, très estimée de son confesseur et par conséquent (le médecin ricana) selon toute probabilité, simple. Il n'y a pas là grand chose pour monter l'imagination d'un brillant officier.

— Et pourtant, vous dites qu'ils sont de haute naissance, objectai-je.

— Quant à cela, il faut distinguer. La mère l'est, mais pas les enfants. La mère était le dernier représentant d'une race princière, dégénérée à la fois en esprit et en fortune. Son père était non seulement pauvre, mais fou; et, jusqu'à sa mort, sa fille courut la débauche aux environs de la residencia. Alors, comme la plus grande partie de la fortune avait disparu avec lui et que la famille était entièrement éteinte, la fille se dérangea plus que jamais, jusqu'à ce qu'enfin elle épousa, Dieu sait qui, un muletier disent les uns, un contrebandier selon d'autres; certains disent qu'il n'y eut pas de mariage du tout et que Felipe et Olalla sont bâtards. Cette union, quelle qu'elle soit, fut tragiquement rompue voici. quelques années; mais ils vivent dans un tel isolement, et il régnait à cette époque un tel désordre dans le pays, que la manière exacte dont mourut l'homme est connue du prêtre seul... et encore!

— Je commence à croire que je verrai des choses bizarres.

— A votre place, je ne me ferais pas de romans; vous ne trouverez, j'en ai peur, qu'une réalité fort vulgaire et laide. Ce Felipe, par exemple, je l'ai vu. Et qu'en puis-je dire? Il est très rustique, très rusé, très fruste, et je le qualifierais presque d'innocent. Les autres sont probablement assortis. Non non, senor commandante, c'est dans les grands spectacles de nos montagnes que vous devez chercher une société convenable; et celle-là, du moins, si vous êtes quelque peu amoureux des œuvres de la nature, je vous promets que vous n'en serez pas déçu.

Le lendemain, Felipe vint me chercher dans une grossière charrette traînée par une mule; et, un peu avant le coup de midi, après avoir dit adieu au docteur, à l'aubergiste et à quelques bonnes âmes qui m'avaient témoigné de l'amitié durant ma maladie, nous sortimes de la ville par la porte de l'est et commençâmes à nous élever dans la Sierra. J'étais resté longtemps prisonnier, après qu'on m'eut laissé pour mort lors de la perte du convoi, et la seule odeur de la terre me fit sourire. Le pays que nous traversions était sauvage et rocheux, en partie couvert de bois incultes, ici de chênes-lièges, là de grands châtaigniers d'Espagne, et fréquemment coupé par les lits de torrents de montagne. Le soleil brillait, le vent bruissait joyeusement; nous avions fait plusieurs milles, et la ville n'apparaissait plus derrière nous que comme un insignifiant monticule au milieu de la plaine, lorsque mon attention se fixa peu à peu sur mon compagnon de route.

Au premier coup d'œil, on ne voyait en lui qu'un garçon de la campagne, chétif, un peu lourdaud, tel que me l'avait dépeint le docteur, fort prompt et actif, mais dénué de toute culture; et cette première impression était définitive chez la plupart des observateurs. Ce qui me frappa bientôt fut sa causerie familière, dont le babil contrastait singulièrement avec les conditions auxquelles on me recevait; et sa prononciation défectueuse aussi bien que son incohérent sautillement d'un sujet à l'autre, le rendaient très difficile à suivre sans un effort d'esprit.

A la vérité, j'avais déjà causé avec des gens de la même constitution mentale, qui semblaient vivre, comme lui, par les sens, et que l'objet visuel du moment saisissait et accaparait, sans qu'ils fussent capables d'en libérer leur esprit. Sa conversation, à laquelle je prêtais une oreille distraite, m'apparut de l'espèce propre aux voituriers, qui passent le meilleur de leur existence dans un grand vide intellectuel, à voir défiler les aspects d'un pays familier. Mais ce n'était pas le cas de Felipe : il m'avoua spontanément qu'il était casanier :

— Je voudrais être arrivé, disait-il; puis, apercevant un arbre au long de la route, il s'interrompit pour me conter qu'il avait une fois vu un corbeau dans ses branches.

— Un corbeau? répétai-je, frappé par la niaiserie de la remarque, et croyant avoir mal entendu.

Mais il était déjà occupé d'une nouvelle idée; écoutant avec une attention profonde, la tête penchée, les traits plissés, il me frappa rudement pour me faire tenir tranquille. Puis il sourit et hocha la tête.

— Qu'est-ce que vous écoutiez? demandai-je.

— Oh, tout va bien, dit-il; et il se mit à encourager sa mule par des cris que répercutèrent sauvagement les parois de la montagne.

Je l'examinai avec plus d'attention. Il était supérieurement bâti, léger, agile et vigoureux. Il avait de beaux traits; ses yeux jaunes étaient très grands, quoique peut-être assez peu expressifs; à tout prendre, c'était un garçon d'aspect agréable et je ne lui voyais d'autre défaut que d'être de teint sombre, et trop velu : deux traits caractéristiques qui me déplaisaient.

Ce qui m'intriguait, tout en m'attirant, c'était son esprit. L'expression du docteur — un innocent — me revint; et je me demandais si c'était bien, après tout, le vrai qualificatif, lorsque le chemin se mit à dévaler le ravin encaissé et dénudé d'un torrent.

Les eaux grondaient tumultueusement au fond, et le bruit, le léger embrun, les bouffées de vent qui accompagnaient leur descente, emplissaient la gorge. Le spectacle était à coup sûr impressionnant; mais la route était sur ce parcours protégée par un parapet; la mule avançait d'un pas ferme; et je m'étonnais de voir le visage de mon compagnon blême de terreur.

La voix de ces eaux sauvages était inconstante, s'abaissant parfois comme prise de lassitude, parfois redoublant de brutalités; on eût dit que des crues passagères gonflaient leur volume et les emportaient au long des gorges, rugissant et tonnant contre les parois qui les encageaient; et je vis que c'étaient spécialement à chacun de ces paroxysmes de la clameur que mon cocher frissonnait et pâlissait. Il me revint à l'esprit quelque chose des superstitions écossaises et des « esprits » de rivière; je me demandai si par hasard cette contrée de l'Espagne en connaissait d'analogues; et, me tournant vers Felipe, je cherchai à le sonder.

— Qu'y a-t-il, demandai-je.

— Oh! j'ai peur.

— De quoi avez-vous peur? Cet endroit paraît le plus sûr de cette route si périlleuse.

— Cela fait du bruit! dit-il avec une ingénuité d'effroi qui dissipa mes doutes.

Le garçon n'était qu'un enfant, du côté de l'intelligence; son esprit était comme son corps, actif et prompt, mais arrêté dans son développement. Je le considérai dès lors avec une sorte de pitié et j'écoutai, d'abord avec indulgence, puis avec presque du plaisir, son babil incohérent.

Vers quatre heures de l'après-midi, nous avions franchi la crête des montagnes et, disant adieu au soleil déjà bas, nous commençâmes à descendre l'autre versant, côtoyant des précipices et cheminant à l'ombre de bois ténébreux De toutes parts s'élevait la voix des eaux ruisselantes, non plus rassemblées et farouches comme dans les gorges du torrent, mais dispersant de ravin en ravin leur joyeuse musique.

Les esprits de mon conducteur s'apaisèrent également et il se mit à chanter d'une haute voix de fausset, et avec un sens musical étrangement fruste, sans jamais s'attacher à une mélodie ni à un ton, mais s'en écartant à tout coup. L'effet produit, pourtant, était naturel et agréable, comme d'un chant d'oiseau. A mesure que l'obscurité s'accroissait, je tombais de plus en plus sous le charme de ce ramage naïf, qui décevait sans cesse mon attente d'un air articulé. Lorsqu'à la fin je lui demandai ce qu'il chantait.

— Oh, répondit-il, je chante, simplement.

J'étais surtout séduit par l'habitude qu'il avait de répéter invariablement la même note à de brefs intervalles; ce n'était pas aussi monotone qu'on pourrait le croire ou, du moins, pas aussi désagréable; et cela semblait respirer un merveilleux contentement de tout ce qui existe, tel qu'on aime à l'imaginer dans l'attitude des arbres, ou dans le recueillement d'un étang.

Il faisait nuit noire quand nous débouchâmes sur un plateau, pour nous arrêter peu après devant une masse de noirceur plus opaque où je devinai la residencia. Mon guide, sautant à bas de la carriole, héla et siffla longtemps en vain; à la fin, un vieux paysan surgit des ténèbres environnantes et s'avança vers nous, une chandelle à la main. A cette lumière, je distinguai un grand porche voûté, de caractère moresque : il était fermé par des portes à clous de fer; et, dans l'un de leurs battants, Felipe ouvrit un guichet.

Le paysan emmena la carriole vers des communs, tandis que mon guide et moi franchissions le guichet, qui fut refermé derrière nous; à la lueur de la chandelle, nous traversâmes une cour, montâmes un escalier de pierre, puis, par un bout de galerie couverte, et de nouveaux escaliers, nous arrivâmes enfin à la porte d'une grande pièce presque vide. Cette chambre, destinée à être la mienne, était percée de trois fenêtres et tendue de peaux d'animaux sauvages. Un grand feu brûlait dans la cheminée et répandait au loin sa lueur vacillante; tout près du foyer, on avait dressé une table pour le souper; et un lit m'attendait à l'autre extrémité. Je fus satisfait de ces préparatifs et le dis à Felipe; et lui, avec la même simplicité d'esprit que j'avais déjà constatée, fit chaudement écho à mes éloges.

— Une belle chambre, dit-il; une très belle chambre. Et du feu, aussi; le feu est bon; il fait couler le plaisir dans vos os. Et le lit — poursuivit-il, en levant la chandelle dans sa direction — voyez quels beaux draps, comme ils sont fins, comme ils sont doux, doux!

Il passa à plusieurs reprises sa main sur leur tissu, puis laissa tomber la tête et se frotta les joues dessus avec une joie grossière qui m'irrita un peu. Je lui pris la chandelle des mains (car je craignais qu'il ne mît le feu au lit) et retournai à la table où, avisant une mesure de vin, j'en versai un verre et l'appelai pour le lui faire boire. Il se releva aussitôt, et accourut vers moi avec une vive expression d'espoir; mais lorsqu'il vit le vin, il frissonna visiblement.

— Oh non, dit-il; pas cela : c'est pour vous. Je l'ai en horreur.

— Très bien, Senor, dis-je. Je vais donc boire à votre santé et à la prospérité de votre maison et de votre famille... A ce propos, ajoutai-je après avoir bu, n'aurai-je pas le plaisir de déposer en personne mes salutations aux pieds de la Senora votre mère?

Mais, à ces mots, toute puérilité disparut de son visage, et y fut remplacée par un air indescriptible de ruse et de discrétion. En même temps, il se recula de moi, comme si j'avais été une bête fauve prête à bondir, ou quelque dangereux individu armé, et, arrivé près de la porte, il me lança de ses pupilles contractées un long regard malveillant.

— Non, dit-il enfin; et, l'instant d'après, il s'était éclipsé sans bruit hors de la chambre. J'entendis le bruit de ses pas, aussi léger que celui de la pluie, descendre l'escalier et s'évanouir, et le silence à nouveau régna dans la maison.

Lorsque j'eus soupé, je tirai la table plus près du lit et me disposai à me coucher. Mais, grâce à cette nouvelle distribution de la lumière, la vue d'un tableau, au mur, me frappa. Il représentait une femme encore jeune. A en juger par son costume et par la patine uniformément répandue sur la toile, elle devait être morte depuis longtemps; il y avait une telle vie dans l'attitude, les yeux et les traits, que l'on pouvait s'imaginer voir dans un miroir l'image de la vie. Son visage était fin et volontaire et d'harmonieuses proportions; une chevelure rousse mettait sur son front comme une couronne; le regard de ses yeux, d'un brun très doré, captivait mon regard; mais le dessin de son visage, tout parfait qu'il fût, était gâté par une expression de sensualité cruelle et malveillante.

Quelque chose à la fois dans la physionomie et dans l'attitude, quelque chose d'excessivement subtil, comme l'écho d'un écho, rappelait les traits et les allures de mon guide; et je restai un moment surpris et péniblement attiré par l'étrangeté de cette ressemblance. Le fond charnel commun à cette race, originairement destiné à de belles dames comme celle qui me regardait à présent du haut de la toile, avait déchu à de plus vils emplois, jusqu'à porter des vêtements rustiques, s'asseoir sur un brancard et tenir les rênes d'une charrette à mule, pour amener un pensionnaire à la maison. Peut-être il subsistait un lien effectif, peut-être un grain de la chair délicate, vêtue jadis du satin et du brocart de la dame défunte, frissonnait à présent au rude contact de la bure de Felipe.

Les premiers rayons du jour tombèrent en plein sur le portrait, et, à mon éveil, mes yeux se reposèrent dessus avec une complaisance croissante. Sa beauté captivait mon cœur insidieusement, elle faisait taire mes scrupules les uns après les autres; et j'avais beau me dire qu'aimer une telle femme équivaudrait à signer un aveu formel de déchéance, je savais trop bien que, si elle eût été en vie, je l'aurais aimée.

De jour en jour, la conscience de sa perversité et de ma faiblesse devint plus claire. Elle en arrivait à être l'héroïne de maints rêves éveillés, où ses yeux me conseillaient, et récompensaient suffisamment, des crimes. Elle jetait une ombre noire sur mon imagination; et, lorsque j'étais dehors à l'air libre du ciel, prenant un vigoureux et salutaire exercice qui renouvelait le cours de mon sang, l'idée venait souvent me réjouir, que les sortilèges de sa beauté fussent brisés, ses lèvres à jamais muettes, son philtre détruit. Et pourtant, il me restait comme une vague terreur qu'elle ne fût pas morte en réalité, mais qu'elle revécût dans le corps de quelque descendant.

Felipe me servait mes repas dans ma chambre, et sa ressemblance avec le portrait m'obsédait. A certaines heures, elle n'existait pas; à d'autres, lors d'un changement d'attitude ou d'un éclair d'expression, elle surgissait devant moi comme un fantôme. C'était surtout dans ses accès d'humeur que l'analogie triomphait.

Il m'aimait certainement; il était fier de mon attention, qu'il cherchait à attirer par maint simple et puéril stratagème; il aimait s'asseoir tout près de mon feu, à dévider son incohérent babil, ou à chanter ses étranges et interminables chansons sans paroles; et quelquefois, il posait sa main sur mes vêtements d'une façon affectueuse et caressante, ce qui ne manquait pas de me causer un embarras dont je rougissais.

Malgré tout cela, il lui arrivait aussi d'avoir des éclats de colère sans cause et des accès de bouderie obstinée. Sur un mot de réprimande, je l'ai vu renverser le plat dont j'allais manger, et cela non pas subrepticement, mais par défi et comme pour m'éprouver. Je n'étais pas démesurément curieux, vu ma situation en un lieu étranger et parmi des gens étranges; mais à la moindre question, il se ramassait sur lui-même, l'air menaçant. C'était alors que, pour une fraction de seconde, ce fruste gars aurait pu être le frère de la dame au tableau. Mais ces foucades étaient promptes à passer et la ressemblance s'évanouissait avec elles.

Durant ces premiers jours, je ne vis personne autre que Felipe, à moins que l'on ne compte le portrait; et comme le garçon était évidemment faible d'esprit et avait des accès de colère, on s'étonnera peut-être que je supportasse avec équanimité son dangereux voisinage. Positivement , ce fut d'abord fastidieux; mais je ne fus pas longtemps à gagner sur lui une maîtrise assez complète pour apaiser mes inquiétudes.

Voici comment cela se produisit. Il était d'un naturel paresseux, et très vagabond, et malgré cela il restait à la maison, et non seulement veillait à mes besoins, mais travaillait chaque jour dans le jardin — une sorte de petite ferme — au sud de la residencia.

Il s'y retrouvait avec le paysan que j'avais vu le soir de mon arrivée et qui habitait à l'autre bout de l'enclos, à près d'un demi-mille, une mauvaise cahute; mais il est évident pour moi que, des deux, c'était Felipe qui en faisait le plus ; et bien que je le visse parfois jeter sa bêche et s'endormir au milieu des cultures qu'il venait de fouir, je trouvais sa constance et son énergie admirables par elles-mêmes, d'autant que j'avais pu me convaincre qu'elles étaient étrangères à son caractère et provenaient d'un effort ingrat. Mais, tout en l'admirant, je me demandais ce qui pouvait bien avoir éveillé chez un garçon d'esprit aussi obtus ce sens permanent du devoir.

Comment se soutenait-il? Et dans quelle mesure prévalait-il sur ses instincts? Le prêtre était possiblement son inspirateur? Mais le prêtre vint un jour à la residencia. Du monticule sur lequel j'étais en train de dessiner, je le vis arriver et repartir au bout d'environ une heure, et tout ce temps, Felipe ne cessa de travailler au jardin, sans se déranger.

A la fin, dans une intention peu louable, je résolus de le détourner de ses bonnes résolutions et, l'arrêtant au passage devant la porte, lui persuadai sans peine de venir avec moi faire un tour. C'était une belle journée et les bois où je l'emmenai étaient verts et délicieux, pleins de parfums et de bourdonnements d'insectes. Il se révéla sous un nouvel aspect, se haussant à des culminations de gaieté qui m'ébahissaient et déployant dans ses gestes une énergie et une grâce qui charmaient le regard. Il bondissait, il courait autour de moi, pour le plaisir; il restait à regarder et écouter, et semblait absorber le monde comme un cordial; et puis, il sautait, d'un bond, dans un arbre, se suspendait aux branches et s'y balançait, à l'aise vraiment comme chez lui.

Bien qu'il me dît peu de choses, et sans grand intérêt, j'ai rarement joui d'une société plus stimulante; le voir s'amuser m'était une fête continuelle; l'alacrité et la précision de ses mouvements me pénétraient de joie; et j'aurais peut-être été assez méchamment inconsidéré pour nous faire une habitude de ces promenades, si le hasard n'avait réservé à mon plaisir une fin très brutale.

Par son adresse et son agilité, le garçon avait attrapé un écureuil au haut d'un arbre. Il était alors un peu en avant de moi, mais je le vis glisser jusqu'à terre, où il se tapit en criant de plaisir comme un enfant. Son accent éveilla ma sympathie par sa fraîcheur et son innocence; mais, comme je me hâtais de le rejoindre, le cri de l'écureuil m'alla au cœur.

J'ai vu et entendu raconter maintes cruautés commises par des garçons, surtout de la campagne; mais ce que j'aperçus alors me mit dans une violente colère. Je repoussai le garçon, lui arrachai des mains la pauvre bête que je me hâtai de tuer, par pitié. Puis, me tournant vers le bourreau, j'épanchai longuement la chaleur de mon indignation et lui dis des injures qui semblèrent le toucher; et, à la fin, lui montrant la direction de la residencia, lui ordonnai de partir et de me laisser, car je ne voulais me promener qu'avec des hommes, et non avec de la vermine. Il se jeta à genoux et, en un langage plus clair que de coutume, déversa un flot de touchantes supplications, me demandant par pitié de lui pardonner, d'oublier ce qu'il avait fait, en considération de l'avenir.

— Oh, je ferai tous mes efforts, dit-il; oh, commandante, supportez cela de Felipe, pour cette seule fois; il ne sera plus jamais brutal!

Beaucoup plus touché que je ne voulais le paraître, je consentis à me laisser persuader et finalement une poignée de main termina l'affaire. Mais, en guise de pénitence, je lui fis enterrer l'écureuil; je parlai de la beauté de la pauvre bête, des souffrances qu'elle avait subies et de la vilenie que c'était d'abuser de sa force.

— Voyez, Felipe, dis-je vous êtes fort, c'est vrai, mais entre mes mains vous ne pouvez pas plus que cette pauvre créature des bois. Mettez votre main dans la mienne. Impossible de la retirer. Maintenant, supposez que je sois cruel comme vous et prenne plaisir à la souffrance. Je n'ai qu'à resserrer mon étreinte, et voyez combien vous souffrez.

Il poussa un grand cri, son visage devint couleur de cendre et se pointilla de sueur; et, lorsque je le libérai, il se laissa tomber à terre et se mit à dorloter sa main et à geindre dessus comme un bébé. Mais il prit la leçon en bonne part et, soit à cause de cela, soit à cause de ce que je lui avais dit ou de la plus haute idée qu'il avait à présent de ma force physique, son affection première se changea en une fidélité canine et adoratrice.

Cependant, ma santé s'améliorait rapidement. La residencia se trouvait au sommet d'un plateau pierreux; de tous côtés, les montagnes la cernaient; du toit seulement, où se trouvait une échauguette, on apercevait entre deux pics un petit segment de plaine, bleui par l'extrême lointain.

L'air de ces hauteurs grandioses se mouvait librement; de vastes nuages s'y rassemblaient, que le vent désagrégeait et dont les lambeaux restaient accrochés aux sommets; un rauque et pourtant faible murmure de torrents s'élevait des alentours; et l'on pouvait étudier là les rudes caractères de la nature d'autrefois, en un reste de leur force primordiale. Je fis mes délices, dès le premier jour, de ce puissant paysage et du temps capricieux, non moins que de la demeure antique et délabrée que j'habitais.

Elle consistait en un large parallélogramme flanqué aux deux coins opposés d'avancées en forme de bastions, dont l'une commandait la porte, toutes deux percées de meurtrières pour la mousqueterie. L'étage inférieur était en outre démuni de fenêtres, en sorte que le bâtiment, pourvu de sa garnison, n'eût pu être emporté sans artillerie. Il enfermait une cour plantée de grenadiers. De cette cour, un large escalier aux degrés de marbre, montait à une galerie ouverte courant tout autour et reposant sur de grêles piliers. Il en partait à nouveau plusieurs escaliers intérieurs menant aux autres étages de la maison, qui se trouvaient ainsi coupés en sections distinctes. Les fenêtres de l'intérieur comme celles de l'extérieur étaient munies de volets pleins; quelques pierres dans le haut de la maçonnerie étaient tombées; le toit, à un endroit, avait été saccagé par une des bourrasques de vent fréquentes dans ces montagnes; et toute la maison, sous le grand soleil, s'élevant au-dessus d'un bois de chênes-lièges rabougris chargés et blanchis d'une épaisse poussière, apparaissait comme le château de la Belle-au-Bois-dormant.

La cour, en particulier, semblait la vraie résidence du sommeil. Un rauque roucoulement de colombes hantait le bord du toit; elle était à l'abri du vent, mais lorsqu'il soufflait au dehors, la poussière de la montagne y tombait dru comme pluie et voilait les fleurs rouges des grenadiers; des volets clos, les portes fermées de nombreux celliers et les arcades vides de la galerie, l'enfermaient; et tout le long du jour, le soleil dessinait des profils rompus sur les quatre côtés, et projetait en procession les ombres des piliers sur le carreau de la galerie.

Au rez-de-chaussée, il y avait encore un retrait garni de piliers, où certains signes révélaient une habitation humaine. Bien qu'il fût ouvert par-devant sur la cour, il était pourvu d'une cheminée où un feu de bois flambait continuellement; et le sol carrelé était recouvert de peaux de bêtes.

Ce fut en ce lieu que je vis mon hôtesse pour la première fois. Elle avait tiré dehors une des peaux et s'y était assise au soleil, adossée contre un des piliers. Ce fut son costume qui me frappa d'abord, car il était riche et de couleurs vives qui brillaient dans cette cour poussiéreuse avec un éclat analogue à celui des grenadiers en fleurs. Au second coup d'œil, ce fut sa beauté personnelle qui me saisit. Nonchalamment assise, — à me regarder, pensai-je, bien que je ne pusse voir ses yeux, — avec un air de satisfaction béate et presque imbécile, elle offrait une perfection de traits et une calme noblesse d'attitude qui surpassaient celle d'une statue. Je lui tirai mon chapeau en passant, et sa face se rida d'un soupçon, aussi prompt et léger qu'un étang se froisse sous la brise; mais elle ne répondit point à ma politesse.

Je pousuivis sans goût ma promenade coutumière, car son impassibilité d'idole m'obsédait; et lorsque je revins, quoiqu'elle fût toujours dans la même position, je fus assez surpris de voir qu'elle s'était reculée jusqu'au pilier voisin, pour suivre le soleil. Cette fois cependant elle m'adressa une salutation banale, assez civile, mais prononcée de la même voix grave et néanmoins indistincte et zézayante qui avait déjà gâté tout mon plaisir d'entendre parler son fils.

Je répondis un peu au hasard; car non seulement je ne réussis pas à comprendre exactement ce qu'elle voulait dire, mais je fus troublé de la voir soudain ouvrir les yeux. Ils étaient extraordinairement grands, avec un iris doré comme celui de Felipe, mais leur pupille à ce moment était si dilatée qu'ils en paraissaient presque noirs; et ce qui me frappa, ce fut moins leur grandeur que la singulière insignifiance de leur regard, — qui en était peut-être la conséquence. Jamais je n'ai rencontré un regard plus stupidement vide. Mes yeux s'abaissèrent devant lui tandis que je parlais, et je montai à ma chambre à la fois troublé et embarrassé. Lorsque j'y fus, et que je vis le portrait, il me rappela encore une fois le miracle de la descendance familiale. Mon hôtesse était, en vérité, plus âgée et plus pleine de corps; ses yeux étaient d'une couleur différente; son visage, en outre, n'était pas seulement dénué de la signification mauvaise qui me choquait et m'attirait à la fois dans la peinture; il était dépourvu de toute signification, bonne ou mauvaise, — et son vide moral n'exprimait littéralement rien.

Et pourtant, il y avait une ressemblance, moins parlante que latente, moins située dans un trait déterminé que due à leur ensemble. On eût dit que, lorsque le maître apposa sa griffe sur cette toile funeste, il avait non seulement saisi l'image d'une femme souriante et à l'œil faux, mais exprimé la qualité essentielle d'une race.

A partir de ce jour, en passant ou repassant, je ne manquai plus de trouver la Senora assise au soleil contre un pilier ou étendue sur un tapis devant le feu; parfois, seulement, elle changeait de place et allait sur le palier rond au haut de l'escalier de pierre, où elle s'étendait avec la même nonchalance au beau milieu de mon chemin.

Durant tous ces jours, je ne la vis pas une seule fois manifester la moindre bribe d'énergie, en dehors de celle qu'elle mettait à lisser et relisser sa copieuse chevelure cuivrée, ou à me zézayer, de sa voix riche et rauque, son paresseux salut coutumier. C'étaient là, je pense, ses deux grands plaisirs, en dehors de celui du simple repos.

Elle semblait toujours fière de ses remarques, comme de véritables traits d'esprit : et, de fait, bien qu'elles fussent passablement vides, à l'instar de la conversation de maintes respectables personnes, et bornées à un cercle de sujets fort étroit, elles n'étaient jamais dénuées de sens ni incohérentes; même, elles avaient une certaine beauté à elles, qui provenait sans doute de son entière satisfaction. Elle parlait tantôt de la chaleur, qui lui faisait (comme à son fils) grand plaisir; tantôt des fleurs des grenadiers, et tantôt des blanches colombes et des hirondelles aux longues ailes qui éventaient l'air de la cour.

Les oiseaux la passionnaient. Lorsqu'ils effleuraient le bord du toit de leur vol léger ou la frôlaient d'un souffle de vent, elle se remuait parfois, se relevait un peu et semblait s'éveiller de sa béate somnolence. Mais le reste de ses journées, elle le passait voluptueusement repliée sur elle-même, enfoncée dans les plaisirs de la paresse.

Son indicible contentement m'agaçait au début, mais j'en vins par degrés à trouver ce spectacle reposant et je pris enfin l'habitude de m'asseoir à côté d'elle quatre fois par jour, à l'aller et au retour, et de parler avec elle d'une façon endormie, sans presque savoir de quoi.

J'en étais venu à aimer son voisinage inerte et quasi animal; sa beauté et sa stupidité m'apaisaient et m'étonnaient. Je découvrais dans ses remarques une espèce de bon sens supérieur, et son insondable bon naturel excitait mon admiration et mon envie.

Le goût était réciproque : semi-inconsciemment, elle aimait de m'avoir là, comme un homme plongé dans la méditation peut aimer le babillement d'un ruisseau. Je ne dirai pas qu'elle se réjouissait de mon arrivée, car une éternelle satisfaction était peinte sur son visage, comme sur la face niaise d'une statue; mais je prenais conscience de son plaisir par une voie plus intime que la vue. Et un jour que j'étais assis à sa portée sur le degré de marbre, elle étendit subitement une de ses mains pour tapoter la mienne.

Elle n'eut pas plus tôt fait, qu'elle avait repris

son attitude accoutumée, avant que je me fusse rendu compte de la caresse; et lorsque je me tournai pour regarder son visage, il me fut impossible d'y lire un sentiment correspondant. Il était clair qu'elle n'avait attaché à ce geste aucune importance et je me blâmai pour le malaise que j'en ressentais.

La vue, et (si je puis dire) la connaissance de la mère, confirmèrent l'idée que j'avais déjà prise du fils. Le sang de la famille s'était appauvri, peut-être par une longue suite d'unions consanguines, erreur commune, je le savais, dans les familles fières et exclusives. Nul déclin toutefois n'était perceptible au physique, dont le forme et la vigueur s'étaient transmises intactes; et les faces d'aujourd'hui étaient frappées d'un balancier aussi net que cette face d'il y avait deux siècles, qui me souriait dans le portrait.

Mais l'intelligence (ce patrimoine plus précieux) avait dégénéré; le trésor du souvenir ancestral s'épuisait; et il avait fallu l'énergique et plébéien croisement d'un muletier ou d'un contrebandier des montagnes pour éveiller à la bizarre activité du fils ce qui, chez la mère, approchait de l'hébétude.

Et pourtant, des deux, c'était encore la mère que je préférais. En Felipe, rancunier et facile à apaiser, plein d'élans et de foucades, inconstant comme un lièvre, je pouvais voir à la rigueur une créature possiblement nuisible. La mère ne m'inspirait que des pensées bienveillantes. Et même, comme les spectateurs sont portés, du fait de leur ignorance, à prendre parti, je me mettais en quelque sorte d'un côté dans l'inimitié que je sentais couver entre eux.

Au vrai, cette inimitié apparaissait surtout chez la mère. Il lui arrivait parfois de retenir son souffle lorsqu'il approchait d'elle et les pupilles de ses yeux vides se contractaient d'horreur ou de crainte. Ses émotions, quelles qu'elles fussent, étaient très superficielles et aisément partagées; et cette répulsion latente m'occupait l'esprit, et je me demandais sur quoi elle était fondée et si vraiment le fils était en faute.

Il y avait dix jours que j'étais à la residencia, lorsqu'il s'éleva un grand vent âpre, entraînant des nuages de poussière. Il provenait du bas pays à malaria et avait passé sur les sierras neigeuses. Son souffle tendait les nerfs et les irritait; on avait les yeux cuisants de poussière; les jambes se dérobaient sous le fardeau du corps; et le contact d'une main sur l'autre en arrivait à être odieux.

Le vent, de plus en plus, s'abattait par les couloirs de la montagne sur la maison et l'assiégeait d'un vaste ronflement sourd et d'un sifflement qui fatiguaient les oreilles et accablaient horriblement l'esprit. Il soufflait, non par bourrasques, mais avec l'élan ininterrompu d'une chute d'eau, en sorte qu'il n'y avait nulle rémission de cet état pénible, tant qu'il soufflait. Mais plus haut dans la montagne, sa force, sans doute plus variable, avec des accès de furie : car il nous arrivait parfois une plainte éloignée, infiniment triste; et parfois, au plus haut des contreforts ou des terrasses, il jaillaissait une colonne de poussière qui se dispersait ensuite comme la fumée d'une explosion.

Sitôt éveillé dans mon lit, j'eus conscience de la tension nerveuse et de la dépression atmosphérique dont l'effet s'accrut à mesure que la journée s'avançait. Ce fut en vain que je résistai; en vain que je me mis en route ce matin-là pour ma promenade coutumière; l'absurde et immuable furie de la tempête eut vite fait d'abattre mes forces et d'irriter mon humeur; et je m'en revins à la residencia tout brûlant d'aride chaleur et affolé par la grinçante poussière.

La cour avait un aspect abandonné; de temps à autre un rayon de soleil la parcourait; de temps à autre le vent s'abattait sur les grenadiers, en dispersait les fleurs et faisait battre les volets des fenêtres contre le mur. Dans son réduit, la

Senora se promenait de long en large, la mine excitée et les yeux brillants; il me sembla aussi qu'elle se parlait à elle-même, comme si elle était en colère. Mais, lorsque je la saluai selon ma coutume, elle ne me répondit que par un signe bref, sans cesser de marcher. Le temps avait désemparé jusqu'à cette impassible créature; et en remontant chez moi je fus moins honteux de mon agitation.

Le vent dura toute la journée; et je restai dans ma chambre à faire semblant de lire ou à me promener de long en large en écoutant le tumulte au-dessus de ma tête. La nuit vint, et je n'avais pas même de chandelle. Je commençai à désirer de la compagnie et m'en allai rôder par la cour. Elle était à cette heure plongée dans le bleu de la première obscurité; mais le réduit était éclairé en rouge par le feu. Dans la cheminée s'empilait un haut tas de bois couronné d'une gerbe de flammes que le tirage faisait vaciller.

Dans cette vive et mobile clarté, la Senora se promenait toujours d'un mur à l'autre avec des gestes incohérents, se tordant les mains, s'étirant les bras, rejetant la tête en arrière comme pour en appeler au ciel. Dans ces mouvements désordonnés, la grâce et la beauté de cette femme se révélaient plus nettement; mais il y avait dans son regard une lueur déplaisante qui me frappa; et, après l'avoir observée en silence durant quelques minutes, et d'apparence sans qu'elle m'eût remarqué, je m'en allai comme j'étais venu et regagnai ma chambre à tâtons.

Bientôt, Felipe m'apporta mon souper et de la lumière. J'avais les nerfs entièrement affolés; et, si le garçon eût été comme j'avais l'habitude de le voir, je l'aurais fait rester (de force, au besoin) pour atténuer l'excès de ma déplaisante solitude. Mais sur Felipe aussi le vent avait exercé son influence. Il avait été fiévreux tout le jour; depuis la venue de la nuit, il était tombé dans un affaissement inquiet qui réagit sur mes dispositions. La vue de son visage bouleversé, ses sursauts, ses pâleurs et ses soudaines tensions d'oreille, me démoralisèrent; et quand il laissa tomber un plat qui se cassa, je faillis m'élancer de mon siège.

— Je pense que nous sommes tous fous aujourd'hui, dis-je, affectant de rire.

— C'est le vent noir, répondit-il plaintivement. On se sent comme si l'on devait faire quelque chose, et on ne sait pas quoi.

Je remarquai l'exactitude de sa description; mais, en fait, Felipe avait parfois des termes singulièrement heureux pour exprimer les sensations physiques.

— Et votre mère aussi, dis-je, elle paraît fort éprouvée par ce temps. Ne craignez-vous pas qu'elle ne soit souffrante?

Il me lança un regard fixe, puis répliqua :

— Non, presque avec défi; et l'instant d'après, portant sa main à son front, il cria lamentablement que le vent et le bruit lui faisaient tourner la tête comme une roue de moulin. — Qui serait bien? reprit-il; et, en vérité, je ne pus que faire écho à sa question, car j'étais moi-même assez troublé.

Je me couchai tôt, fatigué par cette longue journée d'agitation; mais le caractère funeste du vent et son rugissement diabolique et ininterrompu ne me permirent pas de dormir. Je restai à me retourner, tous les nerfs et les sens hérissés.Parfois je sommeillais, faisant des rêves affreux, puis m'éveillais de nouveau; et ces moments d'oubli me faisaient perdre la notion du temps. Mais il devait être tard dans la nuit, lorsque je fus soudain mis en émoi par une explosion lugubre de cris de détresse.

Je sautai à bas de mon lit, croyant que j'avais rêvé; mais les cris ne cessaient d'emplir la maison, cris de douleur, pensais-je, mais certainement de rage aussi, et sauvages et discordants à me révolter le cœur. Ce n'était pas une illusion; un être vivant, un fou ou une bête sauvage, était cruellement torturé. Le souvenir de Felipe avec son écureuil me revint à l'esprit, et je courus à la porte, mais on l'avait fermée à clef de l'extérieur; et j'eus beau la secouer, j'étais irrémédiablement prisonnier.

Les cris continuaient toujours. Parfois ils se réduisaient à un gémissement qui semblait articulé et alors j'étais assuré qu'ils provenaient d'un être humain; puis ils éclataient à nouveau et emplissaient la maison de hurlements dignes de l'enfer. Je restai devant la porte à les écouter, jusqu'à leur cessation. Ils s'étaient tus depuis longtemps que je prêtais encore l'oreille et continuais de les entendre, mêlés en imagination à la tourmente du vent; et ce fut avec un malaise mortel et le cœur plein d'une horreur noire que j'allai enfin me remettre au lit.

Rien d'étonnant à ce que je ne dormis plus. Pourquoi m'avait-on enfermé? Que s'était-il passé? Qui était l'auteur de ces cris indicibles et scandaleux? Un être humain? C'était inconcevable. Une bête? Les cris n'étaient pas tout à fait bestiaux; et quel animal, si ce n'est un lion ou un tigre, aurait pu ainsi ébranler les épaisses murailles de la residencia?

Mais, tandis que je retournais ainsi les éléments du mystère, l'idée me vint que je n'avais pas encore jeté les yeux sur la fille de la maison.

Quoi de plus probable que la fille de la Senora, et la sœur de Felipe, dût, elle aussi, être aliénée? Ou, quoi de plus probable que ces gens ignorants et à demi-imbéciles dussent traiter par la violence une parente malade?

C'était là une solution; et toutefois, lorsque je me rappelais les cris (ce que je ne pouvais faire sans un frisson glacé), elle me semblait tout à fait insuffisante : la cruauté même ne pouvait arracher de pareils cris à la folie. Mais j'étais sûr de ceci : je ne pouvais vivre dans une maison où de telles horreurs étaient seulement concevables, et où l'on ne pût sonder l'affaire et au besoin intervenir.

Le lendemain arriva; le vent était complètement tombé et il ne restait rien pour me faire souvenir des événements de la nuit. Felipe s'en vint à mon chevet avec une gaîté visible; quand je traversai la cour, la Senora se soleillait dans son immobilité coutumière; et lorsque je franchis la grand-porte, je vis toute la face de la nature souriant avec austérité, les cieux d'un bleu froid, parsemés de grandes îles de nuages, et les flancs des montagnes géographiés en provinces de lumière et d'ombre.

Une courte promenade me rendit à moi-même et renouvela en moi la résolution de sonder le mystère; et, lorsque, de mon poste habituel sur le monticule, j'eus vu Felipe se rendre à ses travaux dans le jardin, je retournai aussitôt à la residencia pour mettre mon dessein à exécution. La Senora semblait faire un somme; je restai un moment à l'observer, mais elle ne broncha pas; même si mon projet était indiscret, j'avais peu à craindre d'un tel surveillant; je la laissai donc et, montant à la galerie, commençai mon exploration de la maison.

Toute la matinée, j'allai d'une porte à l'autre et pénétrai dans de vastes pièces désuètes, les unes aux volets hermétiquement clos, les autres recevant à plein la lumière du jour, toutes vides et inhabitables. C'était une riche demeure, sur laquelle le souffle flétrisseur du Temps avait répandu sa poussière et sa désillusion. L'araignée s'y balançait; l'obèse tarentule s'enfuyait le long des corniches; les fourmis avaient établi leurs grand-routes populeuses sur le parquet des salles d'audience; la grosse et mauvaise mouche qui vit de charognes et qui est souvent une messagère de mort avait établi son nid dans les boiseries vermoulues, et son bourdonnement sourd emplissait les chambres. Çà et là, un ou deux tabourets, un canapé, un lit ou un grand fauteuil sculpté, restaient à l'abandon, comme des îlots sur les dalles nues, pour témoigner que l'homme avait jadis habité ces lieux; et partout sur les murs s'étalaient les portraits des défunts.

Je pouvais juger, par ces images délabrées, quelle grande et noble race avait été celle dont je parcourais la demeure. La plupart des hommes portaient des ordres sur leurs poitrines et avaient des maintiens de grands dignitaires; les femmes étaient toutes richement parées; le plus grand nombre des toiles étaient signées d'artistes fameux. Mais ce n'étaient pas surtout ces témoignages de grandeur qui subjuguaient ma pensée, même par contraste avec l'abandon et la décadence actuels de cette grande maison. C'était plutôt le symbole de vie familiale que je lisais dans cette série de beaux visages et de corps harmonieux.

Jamais auparavent je n'avais aussi bien compris le miracle d'une race continue, la création et la re-création, les vacillations, le changement et la transmission des éléments charnels. Qu'un enfant puisse naître de sa mère, qu'il puisse grandir et revêtir (nous ignorons comment) l'humanité, et assumer l'hérédité des traits, tourner la tête à la manière d'un de ses aïeux et tendre la main avec le geste d'un autre, sont des merveilles que leur répétition a émoussées pour nous. Mais dans l'unité originale de physionomie, dans les traits communs et le port commun de toutes ces générations peintes sur les murs de la residencia, le miracle devenait évident et me regardait en face. Et, un miroir ancien se trouvant opportunément sur mon chemin, je demeurai longtemps à déchiffrer mes traits, suivant de chaque côté le fil de la descendance, et les linéaments qui m'unissaient à ma famille.

Enfin, au cours de mes investigations, j'ouvris la porte d'une chambre évidemment habitée. Elle était de proportions considérables et orientée vers le nord, là où les montagnes avaient l'aspect de plus sauvage. Les tisons d'un feu se consumaient et fumaient dans l'âtre auprès duquel on avait tiré une chaise. Mais l'aspect de la chambre était d'une sévérité ascétique : la chaise n'avait pas de coussin; le carreau et les murs étaient nus; et à part les livres jetés çà et là en désordre il n'y avait nul instrument de travail ni de plaisir.

Voir des livres dans la maison d'une telle famille m'étonna extrêmement; et ce fut en grande hâte, et avec la crainte d'être interrompu à tout moment, que j'allai de l'un à l'autre et les inspectai rapidement. Il y en avait de toutes sortes, dévotion, histoire et science, mais surtout des vieux et en latin. J'en remarquai un certain nombre qui portaient les traces d'une étude assidue; d'autres avaient été déchirés et rejetés comme dans un accès de pétulante désapprobation Enfin, tout en rôdant à travers cette chambre vide, sur une table auprès de la fenêtre, j'aperçus quelques feuillets écrits au crayon. Une curiosité irréfléchie m'en fit prendre un. Il portait un brouillon de vers très grossièrement rythmés dans l'original espagnol et dont voici à peu près le sens :

Le plaisir s'approchait avec douleur et honte,
La douleur avec une gerbe de lis s'en vint,
Le plaisir brillait comme l'aimable soleil;
Bien-aimé Jésus, quel doux éclat!
La douleur, elle, tendit sa main décharnée,
Bien-aimé Jésus, vers toi!

Aussitôt, la honte et la confusion m'envahirent; et, reposant le papier, je battis en retraite hors de l'appartement. Ni Felipe ni sa mère n'auraient pu lire les livres ni écrire ces vers informes mais sentis. Nul doute : je m'étais introduit d'un pied sacrilège dans la chambre de la fille de la maison. Dieu sait si ma conscience me punit amèrement de mon indiscrétion. L'idée de m'être insinué subrepticement dans l'intimité d'une jeune fille aussi singulièrement placée, et la crainte qu'elle pût venir à l'apprendre, m'accablèrent comme si j'avais commis un crime.

Je me reprochai aussi mes soupçons de la nuit

précédente; je m'étonnai d'avoir jamais pu attribuer ces cris odieux à celle que je me figurais à présent comme une sainte à la mine spectrale, épuisée de macérations, attachée aux pratiques d'une dévotion machinale, et cohabitant dans un grand isolement d'âme avec ses incongrus parents; et, comme j'étais penché sur la balustrade de la galerie à regarder dans la cour les éclatants grenadiers et la dormeuse aux habits clairs, qui s'étirait alors et se pourléchait délicatement les lèvres avec la vraie sensualité de la paresse, je comparai mentalement cette scène avec la chambre glaciale où habitait la fille et sa vue au nord sur les montagnes.

Ce même après-midi, j'étais installé sur le monticule lorsque je vis le Padre franchir le portail de la residencia. La révélation du caractère de la fille s'était emparée dc mon imagination et en effaçait presque les abominations de la nuit précédente; mais, à la vue de ce digne homme, leur souvenir se raviva. Je descendis alors du monticule et, faisant un détour parmi les bois, allai me poster au bord du chemin pour l'attendre au passage.

Dès qu'il fut en vue, je m'avançai vers lui et me présentai comme le pensionnaire de la residencia. Il avait l'air très sain et honnête, et il était aisé de suivre sur son visage les sentiments divers avec lesquels il me considérait, moi l'étranger, moi l'hérétique, mais aussi moi qui avais été blessé pour la bonne cause. Quant à la famille de la residencia, il en parla avec beaucoup de réserve, mais néanmoins avec respect. Je fis allusion à ce que je n'avais pas encore vu la jeune fille; et il répondit que cela devait être ainsi, en me regardant un peu de travers. A la fin, je rassemblai mon courage pour l'entretenir des cris qui m'avaient réveillé dans la nuit. Il me laissa dire en silence, puis s'arrêta, se détournant à demi, comme pour marquer sans équivoque qu'il me congédiait.

— Prisez-vous? demanda-t-il, m'offrant sa tabatière; puis, lorsque j'eus refusé : — Je suis un vieillard, ajouta-t-il, et vous me permettrez de vous rappeler que vous êtes un hôte.

— J'ai donc votre autorisation, répliquai-je avec assez de fermeté, mais rougissant du reproche implicite, — pour laisser les choses suivre leur cours et ne pas intervenir?

Il me répondit : « Oui », et avec un salut embarrassé, fit volte-face et me laissa là. Mais ses paroles avaient eu deux résultats : de mettre ma conscience en repos et d'éveiller ma délicatesse. Je fis un grand effort, rejetai une fois de plus les souvenirs de la nuit et repris ma méditation sur ma sainte poétesse. Néanmoins, je ne pouvais tout à fait oublier mon incarcération, et le soir, quand Felipe m'apporta mon souper, je l'entrepris discrètement sur ces deux points intéressants.

— On ne voit jamais votre sœur, dis-je, d'un air indifférent.

— Oh non, répondit-il, c'est une bonne, bonne fille.

Et sa pensée prit aussitôt une autre direction.

— Votre sœur est pieuse, j'imagine? demandai-je durant la pause qui suivit.

— Oh! s'écria-t-il, en joignant les mains avec un élan de ferveur, une sainte! c'est elle qui m'élève.

— Vous êtes bien heureux, dis-je, car la plupart de nous tous, j'en ai peur, et moi-même entre autres, s'abaissent plutôt.

— Senor, dit Felipe vivement, je ne voulais pas dire cela. Il ne faut pas tenter votre bon ange. Si l'on s'abaisse, où s'arrêtera-t-on?

— Vraiment, Felipe, dis-je, je ne soupçonnais pas que vous étiez un prédicateur, et je puis dire un bon; mais je suppose que c'est l'œuvre de votre sœur?

Il me fit signe que oui, avec des yeux ronds.

— Eh bien alors, continuai-je, elle vous a sans doute repris pour votre péché de cruauté?

— Douze fois! s'écria-t-il; car c'était au

moyen de cette expression que la bizarre créature désignait la fréquence. — Et je lui ai dit que vous l'aviez fait aussi — je me rappelle, ajouta-t-il fièrement — et elle en fut contente.

— Alors, Felipe, dis-je quels étaient ces cris que j'ai entendus la nuit dernière? car sûrement c'étaient les cris d'un être qui souffre.

— Le vent, répliqua Felipe en regardant le feu.

Je pris sa main dans la mienne et, croyant à une caresse, il sourit avec un plaisir si ingénu que ma résolution en fut presque désarmée.

— Le vent? répétai-je; je croirais plutôt que c'était cette main-ci — et je la levai — qui m'avait d'abord enfermé .

Je vis le garçon trembler, mais il ne répondit mot.

— Eh bien, repris-je, je suis un étranger et un hôte. Ce n'est pas à moi de me mêler de vos affaires ni d'en juger. Vous n'avez qu'à demander à votre sœur un conseil : il ne peut manquer d'être excellent. Mais en ce qui me regarde personnellement, je refuse d'être le prisonnier de quiconque : et je demande cette clef.

Une demi-heure plus tard, ma porte s'ouvrit tout à coup, et la clef rebondit sur le carreau.

Un jour ou deux après, je rentrais de promenade un peu avant midi. La Senora était allongée, tout engourdie, sur le seuil du réduit; les pigeons reposaient sous les auvents du toit, comme des boules de neige; la maison était sous le charme profond de la sieste méridienne; et, seul, un vent de la montagne, doux et intermittent, errait par les galeries, bruissait dans les grenadiers et remuait plaisamment les ombres.

Quelque chose dans cette paix m'incitait à suivre son exemple. Je traversai allègrement la cour et montai l'escalier de marbre. Je posais le pied sur la dernière marche, lorsqu'une porte s'ouvrit et je me trouvai face à face avec Olalla.

La surprise me transfixa; sa beauté m'alla au cœur; elle rayonnait dans l'ombre épaisse de la galerie comme une gemme de couleur; ses yeux prirent contact avec les miens et s'y attachèrent pour nous lier ensemble comme des mains qui s'unissent; et les instants où nous fûmes ainsi face à face, à nous boire l'un l'autre, furent sacramentels comme les épousailles de deux âmes.

Je ne sais combien ce temps il se passa avant mon réveil de cette extase profonde. Alors, avec un salut hâtif, je passai dans l'escalier supérieur. Sans faire un mouvement, elle me suivit de ses grands yeux ardents; et comme j'allais disparaître, je crus la voir pâlir et perdre connaissance.

Une fois dans ma chambre, j'ouvris la fenêtre et regardai au dehors, sans arriver à comprendre quelle métamorphose venait de se produire en cet austère panorama de montagnes, pour qu'il me semblât ainsi resplendir et s'élancer comme un chant au plus haut du ciel. Je l'avais vue, — Olalla ! Et les échos des précipices répétaient : Olalla ! et le muet et insondable azur répondait : Olalla !

La pâle sainte de mes rêves s'était évanouie pour toujours; et à sa place je voyais cette jeune fille sur qui Dieu avait répandu les plus riches couleurs et les forces les plus exubérantes de la vie, qu'Il avait fait agile comme une biche, svelte comme un roseau, et dans les grands yeux de laquelle il avait allumé les flambeaux de l'âme. La vibration de son être juvénile, véhémente comme celle d'un animal sauvage, avait pénétré en moi; la force d'âme qui émanait de ses regards avait captivé les miens, s'attardait en mon cœur et montait à mes lèvres comme un chant. Elle circulait dans mes veines : elle ne faisait plus qu'un avec moi.

Je ne dirai pas que cet enthousiasme s'affaiblit, mais plutôt que mon âme s'enferma dans son extase comme dans un château-fort et y fut assiégée par des considérations froides et mélancoliques. Impossible de douter que je l'avais aimée à première vue et, sur l'instant, avec une ferveur exaltée que j'ignorais jusque-là. Mais qu'arriverait-il, ensuite?

Elle était l'enfant d'une maison vouée au malheur, la fille de la Senora, la sœur de Felipe; sa beauté même en témoignait. Vive comme une flèche, légère comme la rosée, elle avait l'agilité de l'une; comme l'autre, elle resplendissait avec l'éclat des fleurs sur l'arrière-plan décoloré du monde. Je ne pouvais appeler mon frère ce garçon simple d'esprit, ni ma mère cette inerte et gracieuse créature de chair, dont les yeux stupides et le perpétuel sourire m'apparaissaient désormais odieux. Je ne pouvais l'épouser; — et alors?

La malheureuse était dépourvue de toute protection; ses yeux, dans cet unique et long regard qui avait été tout notre entretien, avaient avoué une faiblesse égale à la mienne; mais, dans le secret de mon cœur, je la connaissais pour l'étudiante de la froide chambre du nord, pour l'auteur de ces vers mélancoliques; et cela eût suffi à désarmer une bête brute. Fuir, je n'en aurais jamais le courage; mais je fis vœu de me conduire avec la plus vigilante réserve.

Comme je me détournais de la fenêtre, mes yeux se posèrent sur le portrait. Telle une bougie après le lever du soleil, il avait perdu toute vie : il me suivait avec des yeux en peinture. Je le savais ressemblant, et la persistance du type, malgré le déclin ce cette race, m'émerveillait; mais la similitude se résorbait dans la dissemblance. Je me rappelais combien il m'avait paru la vie même, et plutôt une création du génie pictural que de la modeste nature; et je m'étonnai de cette pensée, en exultant au souvenir d'Olalla. La beauté, je l'avais rencontrée auparavant, mais sans en être séduit, et j'avais été souvent attiré vers des femmes qui n'étaient belles que pour moi; mais dans Olalla, je trouvais réuni tout ce que je désirais et ce que je n'avais pas même osé rêver.

Je ne la vis pas le lendemain, et mon cœur se serra et mes yeux la désirèrent, comme on désire le matin. Mais le surlendemain, comme je rentrais vers mon heure habituelle, elle était de nouveau dans la galerie, de nouveau nos regards se rencontrèrent et s'étreignirent. J'aurais voulu parler, j'aurais voulu l'attirer contre moi; mais si fort qu'elle entraînât mon cœur, à l'instar d'un aimant, quelque chose de plus impérieux me retint; je me contentai de m'incliner en passant; et elle, sans répondre à mon salut, ne fit que me suivre de ses nobles yeux.

Je possédais à présent son image par cœur et il me semblait, en repassant ses traits dans ma mémoire, que je lisais au plus intime de sa pensée. Elle était vêtue avec quelque chose de la coquetterie de sa mère, et usait de couleurs voyantes. Sa robe, qu'elle avait sans nul doute confectionnée de ses mains, flottait autour d'elle avec une souple grâce. Son corsage, à la mode du pays, était longuement fendu par le milieu, et dans cette échancrure, en dépit de la pauvreté de la maison, un pièce d'or suspendue à un ruban reposait sur son sein brun. C'étaient là des preuves, s'il en était besoin, de son amour inné de la vie et de sa coquetterie.

Aux profondeurs de ses yeux qui s'attachaient sur les miens, je discernais comme des couches successives de passion et de tristesse, les lueurs de la poésie et celles de l'espoir, les ombres du désespoir, et des pensées supraterrestres. Son corps était charmant, mais l'hôte, son âme, était plus que digne de cette demeure. Laisserais-je cette fleur sans égale se flétrir, ignorée, dans ces farouches montagnes? Irais-je mépriser le don sublime que m'offrait le silence éloquent de ces yeux? Il y avait là une âme emmurée; ne devais-je pas la tirer de sa prison?

Toute considération accessoire était négligeable; eût-elle été la fille d'Hérode, je jurai qu'elle serait à moi; et, le soir même, je me mis, tout en me reprochant ma duplicité, à séduire le frère. Peut-être le voyais-je d'un œil plus prévenu, ou bien si la pensée de sa sœur me faisait discerner surtout les qualités de cette âme rudimentaire; mais jamais il ne m'avait paru aussi aimable, et sa ressemblance même avec Olalla, tout en m'étant pénible, me le rendait cher.

Un troisième jour — un désert d'heures vides — se passa en vain. Je ne voulais perdre aucune occasion. Je rôdai tout l'après-midi dans la cour et (pour me donner une contenance) causait plus qu'à l'ordinaire avec la Senora. Dieu sait l'intérêt très tendre et sincère que je mettais désormais à l'étudier, et l'indulgence croissante que j'éprouvais aussi bien pour elle que pour Felipe. Mais elle m'étonnait toujours. Alors même que je lui parlais, elle se laissait aller à faire un petit somme dont elle se réveillait sans embarras; et ce sans-gêne m'ébahissait. Ou bien, de la voir modifier sa pose de façon infinitésimale et se délecter et s'enfoncer dans le plaisir physique de ce mouvement, forçait mon admiration pour une telle profondeur de sensualité passive.

Elle vivait dans son corps; et sa conscience, enlisée et dissoute en l'intimité de ses organes, jouissait de cette fusion délicieuse. Enfin, je ne pouvais m'habituer à ses yeux. Chaque fois qu'elle dirigeait sur moi leurs orbes magnifiques et inanes, grands ouverts au jour, mais fermés à tout intérêt humain, — chaque fois que j'avais occasion d'observer les modifications de ses prunelles qui se dilataient et se rétractaient en un clin d'œil, — j'ignore ce qui se passait en moi, je ne sais quel nom donner au sentiment confus de regret, de tristesse et de dégoût qui me parcourait les nerfs.

J'essayai avec elle une foule de sujets, tous en vain; et, pour finir, je mis la conversation sur sa fille. Mais cela non plus ne la touchait point. Sa fille, dit-elle, était jolie (et ce mot exprimait, pour elle, comme pour les enfants, le summum de l'éloge); mais elle fut absolument incapable d'exprimer un jugement plus précis. Lorsque je lui eus dit qu'Olalla me semblait taciturne, elle me bâilla au nez et répondit simplement qu'il n'était guère utile de parler quand on n'avait rien à dire. — « Les gens parlent beaucoup, beaucoup trop », ajouta-t-elle, en me regardant de ses pupilles dilatées; puis elle bâilla derechef, en me découvrant une bouche aussi nette qu'un joujou.

Cette fois, je compris et, la laissant à sa sieste, montai à ma chambre m'asseoir devant la fenêtre ouverte, regardant les montagnes sans les voir, perdu en des songes aux radieuses profondeurs où j'écoutais en imagination résonner une voix que je n'avais pas encore entendue.

Je m'éveillai le cinquième jour avec une acuité d'attente qui semblait provoquer le destin. J'étais sûr de moi, le cœur et le pied légers et résolu à mettre mon amour à l'épreuve immédiate de la réalité. Il n'avait que trop longtemps été le prisonnier du silence, muet, n'existant que par l'œil, comme l'amour des bêtes; il allait à présent devenir spirituel et se hausser aux joies totales de l'intimité humaine. J'y songeais avec des espoirs fous, comme un explorateur d'El Dorado; en ce pays inconnu et merveilleux de son âme, je ne tremblais plus de m'aventurer.

Néanmoins, lorsque je la rencontrai en effet, la même véhémence de passion s'abattit sur moi et submergea aussitôt mon âme; la parole m'abandonna comme une habitude puérile; et je m'avançai vers elle comme l'homme pris de vertige s'avance vers le bord d'un précipice. Elle recula un peu à mon approche; mais ses yeux ne quittaient pas les miens et m'attiraient en avant. Lorsque je fus proche d'elle à la toucher, je m'arrêtai.

La parole m'était refusée; un pas de plus, et je ne pouvais plus que la serrer muettement sur mon cœur; et ce qu'il y avait encore en moi de raison intacte se révoltait à la pensée d'un tel accueil. Nous restâmes ainsi une seconde, toute notre vie dans nos regards échangeant des salves d'attirance auxquelles nous résistions cependant l'un et l'autre; puis, par un suprême effort de volonté, et conscient néanmoins d'une soudaine amertume désespérée, je me détournai d'elle et m'éloignai dans le même silence.

Quelle force me dominait, qui m'empêcha de parler? Et elle, pourquoi resta-t-elle également silencieuse? Pourquoi se retira-t-elle muettement devant moi, malgré ses yeux fascinés? Était-ce de l'amour? Était-ce une attraction purement physique, sans âme et inéluctable, comme celle qu'exerce l'aimant sur l'acier? Jamais nous ne nous étions parlé, nous étions de parfaits étrangers; mais une influence, puissante comme la poigne d'un géant, nous balayait silencieusement l'un vers l'autre.

L'action sur moi de cette fatalité me fut insupportable; et cependant, je le savais, elle était digne de mon amour : j'avais vu ses livres, lu ses vers, et donc, en un sens, pénétré l'âme de ma maîtresse. Mais cette même action, sur elle, me glaça presque d'effroi. De moi, elle ne connaissait rien que les attraits physiques; elle était attirée vers moi comme les pierres tombent vers la terre; les lois qui régissent la terre l'entraînaient, malgré elle, dans mes bras; et la pensée de telles fiançailles m'effraya et je devins jaloux de moi-même. Ce n'était pas ainsi que je voulais être aimé.

Je fus pris ensuite d'une grande pitié pour la jeune fille elle-même. Je songeais à l'âpreté de la mortification qu'elle devait ressentir, elle, la studieuse, la recluse, la sainte monitrice de Felipe, d'avoir pu avouer ainsi une présomptueuse faiblesse envers un homme avec qui elle n'avait pas échangé une parole. Et cette onde de pitié balaya toutes autres considérations; je n'eus plus qu'un désir : aller la consoler et la rassurer; lui dire que je répondais pleinement à son amour et que son choix, tout aveugle qu'il fût, n'était pas déshonorant.

Le lendemain, il fit un temps radieux : des profondeurs superposées d'azur dominaient les montagnes; le soleil resplendissait; et le vent dans les arbres avec les multiples torrents des ravins emplissaient l'air d'une musique exquise et obsédante. Mais j'étais abattu de tristesse. Mon cœur sanglotait après la venue d'Olalla, comme un enfant pleure loin de sa mère. Je m'assis sur un rocher au bord des falaises basses qui limitent le plateau vers le nord. Ma vue plongeait de là dans la gorge boisée d'un torrent que nul pas ne foulait jamais. Dans mes dispositions, je trouvais une mélancolie nouvelle à posséder ces lieux sans partage; il y manquait Olalla; et je songeai au délice enchanteur d'une existence vécue tout entière avec elle dans cet air vif, parmi ces paysages farouches et bien-aimés, — d'abord avec tristesse, ensuite avec un telle véhémence de joie que je me parus croître en force et en stature, comme Samson.

Et alors, tout d'un coup, j'aperçus Olalla. Elle sortait d'un bois de chênes-lièges et s'en venait droit vers moi. Je l'attendis. Sa marche décelait une vivacité, un feu, une légèreté admirables; et néanmoins elle s'avançait avec une paisible lenteur. Elle s'appliquait à cette lenteur de toute son énergie : sinon, je le sentais, elle aurait couru, elle aurait volé vers moi. Mais elle ne cessait de tenir ses yeux abaissés vers le sol; et quand elle fut arrivée tout près de moi, ce fut sans un regard qu'elle m'adressa la parole.

Au premier son de sa voix, je tressaillis. C'était là que je l'attendais; c'étais la dernière épreuve de mon amour. Ô joie! son élocution était nette et claire, et non pas bégayante et frustre comme celle de sa famille; et sa voix même, quoique plus grave qu'il n'est habituel aux femmes, était à la fois juvénile et féminine. Elle parlait sur un ton vibrant; les cordes d'or de son contralto se mêlaient de raucité légère, comme les cheveux roux s'entremêlaient aux bruns sur sa tête. Et non seulement cette voix m'allait droit au cœur; c'était d'elle qu'elle parlait. Mais ce qu'elle dit me replongea immédiatement dans le désespoir.

— Vous allez partir, me dit-elle, aujourd'hui.

Son exemple rompit les liens de ma parole; je me sentis comme soulagé d'un poids, ou comme si un maléfice avait été conjuré. Je ne sais en quels termes je lui répondis; mais, debout devant elle au bord des falaises, je déversai toute l'ardeur de mon amour; je lui dis que je vivais de sa pensée, que je dormais uniquement pour rêver de sa beauté, que j'aurais volontiers renié mon pays, ma langue et mes amis, pour vivre toujours à ses côtés. Puis, d'un effort soudain me ressaisissant, je changeai de ton; je la rassurai, je la réconfortai; je lui dis que j'avais deviné en elle une âme pieuse et héroïque, avec qui j'étais digne de sympathiser et que j'aspirais à pénétrer et à éclairer.

— La nature, lui dis-je, est la voix de Dieu. On ne lui désobéit qu'à ses dépens. Si nous étions ainsi attirés muettement l'un vers l'autre, oui certes, ce prodige d'amour impliquait en nos âmes une conformité providentielle. Nous étions nécessairement faits l'un pour l'autre... Nous serions follement rebelles, follement rebelles contre Dieu, de ne pas obéir à cet instinct.

Elle secoua la tête.

— Vous allez partir aujourd'hui, répéta-t-elle. Puis, avec un geste, et d'un ton bref et déchirant : non, pas aujourd'hui, demain.

Mais à ce signe de faiblesse, la force me revint d'un coup. Je lui tendis les bras et l'appelai par son nom; et elle s'élança vers moi et m'enlaça. Les montagnes vacillèrent autour de nous, la terre trembla; une commotion soudain me traversa et je restai aveuglé et étourdi. L'instant d'après, elle m'avait brusquement repoussé de ses bras et s'enfuyait avec la rapidité d'un cerf parmi les chênes-lièges.

Je restai là, poussant des appels vers les montagnes; puis je regagnai la residencia. J'étais aux nues. Elles m'avait renvoyé et pourtant je n'avais eu qu'à l'appeler par son nom pour qu'elle vînt à moi. Ce n'était là que faiblesse féminine dont même elle, la plus singulière de son sexe, n'était pas exempte. M'en aller? Oh non! Olalla! — Ô pas moi, Olalla, mon Olalla!

Un oiseau chantait tout proche; et, dans cette saison, les oiseaux étaient rares. J'y vis un heureux présage. Et une fois de plus, toute la face du monde, depuis les massives et stables montagnes jusqu'à la plus légère feuille et aux plus minuscules êtres ailés traversant l'ombre des bois, se mit à vibrer devant moi, vivante, et à revêtir un aspect de joie formidable. Le soleil dardait sur les pentes, avec l'énergie du marteau sur l'enclume, et les pentes en tremblaient; la terre, sous cette véhémence solaire, émettait des senteurs entêtantes; les bois fumaient dans la flambaison. Je sentais le frémissement d'un travail voluptueux parcourir la terre. Quelque chose d'élémentaire, quelque chose de rude, de violent, de sauvage, dans l'amour qui chantait en mon cœur, me livrait la clef des secrets de la nature; et les pierres mêmes qui roulaient sous mes pieds me semblaient vivantes et familières.

Olalla! Son contact m'avait avivé et renouvelé, rendu au degré primitif de l'accord avec la rude terre, à un épanouissement d'âme que les hommes apprennent à oublier dans leurs sociétés policées. L'amour brûlait en moi, comme une fureur; la tendresse s'élargissait farouchement; je la haïssais, je l'adorais, j'avais pitié d'elle, je la révérais avec extase. Je voyais en elle comme le chaînon qui me reliait d'une part aux choses inanimées et, de l'autre, à notre Dieu pur et pitoyable : — un être animal et divin, possédant à la fois l'innocence et les forces déchaînées de la nature.

Ainsi délirant, j'arrivai dans la cour de la residencia et la vue de la mère me frappa comme une révélation. Elle était étendue, livrée à toute son indolence satisfaite, clignant des yeux sous l'ardeur du soleil, consumée de jouissance passive, comme une créature à part, devant qui ma ferveur tomba, frappée de honte. Je m'arrêtai une minute et, affermissant autant que possible ma voix tremblante, je lui adressai quelques mots. Elle me regarda du fond de son insondable bienveillance; elle me repliqua d'une voix vague, sortant du royaume de paix où elle sommeillait. Je conçus pour la première fois un certain respect envers une créature si uniment innocente et heureuse, et je m'éloignai, tout étonné de sentir qu'elle pût me troubler tellement.

Il y avait sur ma table une feuille du même papier jaune que j'avais vu dans la chambre du nord. Elle était écrite au crayon, de la même main, celle d'Olalla. Je la pris avec le soudain pressentiment d'un malheur, et lus : « Si vous avez quelque amitié pour Olalla, si vous avez quelque sentiment chevaleresque envers un être au cœur torturé, allez-vous-en d'ici aujourd'hui même. Par pitié, pour votre honneur, pour l'amour de Celui qui est mort en croix, je vous supplie de partir ».

Je considérai un moment ces lignes, comme frappé de stupeur, puis je m'éveillai peu à peu à la lassitude et à l'horreur de la vie; le soleil s'obscurcit au dehors sur les montagnes nues et je me pris à trembler comme un homme en proie à la terreur. Cette lacune ainsi soudainement béante dans ma vie me démoralisa comme un vide physique. Ce n'était pas mon cœur, ce n'était pas mon bonheur, c'était ma vie même dont il s'agissait. Je ne pouvais pas la perdre.

Je me le dis, et me le répétai. Et alors, comme en songe, je m'approchai de la fenêtre pour ouvrir la croisée, avançai la main et la passai au travers du carreau. Le sang jaillit de mon poignet; et, recouvrant aussitôt la tranquille possession de moi-même, j'appuyai mon pouce sur la minuscule fontaine jaillissante et réfléchis à ce que je devais faire. Dans cette chambre vide il n'y avait rien qui pût me servir; et néanmoins, je sentais que j'avais besoin d'assistance. Il me vint l'espoir qu'Olalla elle-même pourrait me secourir, et je descendis l'escalier tenant toujours mon pouce sur la blessure.

Il n'y avait pas trace d'Olalla ni de Felipe, et je me dirigeai vers le réduit où la Senora s'était maintenant étendue tout à fait et sommeillait tout contre le feu, car nul degré de chaleur ne lui semblait trop violent.

— Pardonnez-moi, dis-je, de vous déranger, mais j'ai besoin de votre aide.

Elle leva sur moi des yeux endormis et me demanda de quoi il s'agissait. Tandis qu'elle parlait, je crus la voir tirer son souffle en élargissant les narines; et elle me parut revenir soudain à la vie.

— Je me suis coupé, dis-je, et assez fort. Voyez.

Et je lui tendis mes deux mains d'où le sang coulait et dégouttait.

Ses grands yeux s'ouvrirent au large, ses pupilles se contractèrent jusqu'à n'être plus que des points; un voile parut tomber de son visage qui se découvrit plein d'une expression vive mais impénétrable. Et comme je m'étonnais un peu de son trouble, elle se leva, prit ma main sur laquelle elle se pencha, et l'instant d'après elle avait porté ma main à sa bouche et m'avait mordu jusqu'à l'os.

La douleur, le soudain jaillissement du sang et la prodigieuse horreur de cette action, me frappèrent à la fois, et je la repoussai. Alors, elle se jeta sur moi à plusieurs reprises avec des cris bestiaux, des cris que je reconnus, ces cris qui m'avaient réveillé, la nuit du grand vent. Sa force était décuplée par la folie; la mienne déclinait rapidement avec la perte du sang; j'étais en outre étourdi par la répugnante horreur de l'agression et j'étais déjà presque acculé au mur, lorsque Olalla se précipita entre nous, suivie de Felipe qui, d'un bond, cloua sa mère sur le sol.

Une faiblesse léthargique s'empara de moi; je voyais, j'entendais, je sentais, mais j'étais incapable de faire un mouvement. J'entendais les deux lutteurs se rouler çà et là sur le sol, les rugissements de ce cougouar femelle retentir jusqu'au ciel alors qu'elle s'efforçait de m'atteindre. Je sentis Olalla m'enlacer de ses bras, ses cheveux se répandre sur mon visage. Avec la force d'un homme, elle me souleva et, moitié me traînant, moitié me portant par l'escalier jusqu'à ma chambre, elle me déposa sur mon lit.

Alors je la vis courir à la porte, la fermer à clé, et rester une minute à écouter les cris sauvages qui faisaient retentir la residencia. Puis, vive et légère comme la pensée, elle fut de nouveau à mon côté, bandant ma main, la tenant sur son sein, gémissant et pleurant dessus avec des plaintes de colombe.

Ce n'étaient pas des mots qui lui venaient, c'étaient des sons plus beaux que la parole, infiniment touchants, infiniment tendres; mais, cependant, une pensée me frappa au cœur, une pensée me blessa comme un glaive, comme un ver dans la fleur, et profana la sainteté de mon amour. Oui, ces sons étaient beaux et inspirés par l'humaine tendresse; mais leur beauté était-elle humaine?

Je restai couché tout le jour. Longtemps les cris de cette innommable femelle, tandis qu'elle luttait avec son louveteau idiot, résonnèrent par la maison et me transpercèrent de chagrin désespéré et de dégoût. C'étaient les cris de mort de mon amour; mon amour était assassiné; non seulement il était mort, mais il se tournait en offense contre moi; et toutefois j'avais beau penser et souffrir, il se gonflait encore en moi comme une tempête de délices, et mon cœur se fondait à ses regards et à son contact. Cette horreur qui avait surgi, ce doute qui planait sur Olalla, ce courant de sauvagerie, de bestialité, qui non seulement traversait toute sa famille, mais pénétrait jusqu'aux fondements l'histoire même de notre amour, — bien que tout cela m'épouvantât, me choquât, me dégoûtât, — rien de tout cela n'avait cependant le pouvoir de briser les nœuds de ma passion.

Lorsque les cris eurent cessé, un grattement à la porte m'apprit que Felipe était là dehors; et Olalla s'en fut lui parler, — je ne sais de quoi. A part cet instant, elle ne quitta pas mon chevet, tantôt genouillée et priant avec ferveur, tantôt assise et ses yeux sur les miens. Ainsi donc, pendant ces six heures, j'absorbai sa beauté et lus muettement son histoire sur son visage. Je vis la pièce d'or onduler sur sa poitrine; je vis s'assombrir et s'éclairer ses yeux qui, cependant, ne me parlaient d'autre langage que celui d'une tendresse infinie; je vis son visage parfait et, à travers la robe, les lignes impeccables de son corps.

La nuit vint enfin, et dans l'obscurité croissante de la chambre ses formes s'évanouirent lentement; mais le doux contact de sa main ne cessa de s'attacher à la mienne et de me parler. Rester ainsi dans une faiblesse mortelle, à boire les traits de la bien-aimée, suffirait à réveiller l'amour après n'importe quel heurt de désillusion. Je me raisonnai; je fermai les yeux sur les abominations et je retrouvai toute ma hardiesse pour accepter le pire. Qu'importait, si cet impérieux sentiment survivait? si ses yeux rayonnaient toujours, attachés sur moi; si maintenant comme naguère chaque fibre de mon triste corps aspirait vers elle? Tard dans la nuit un peu de force me revint et je parlai :

— Olalla, rien n'importe; je ne demande rien; je suis heureux; je vous aime.

Elle s'agenouilla de nouveau pour prier et je respectai pieusement ses dévotions. La lune éclairait un côté de chacune ces trois fenêtres et mettait dans la chambre une lueur confuse qui me laissait apercevoir indistinctement la jeune fille. En se relevant, elle fit le signe de la croix.

— C'est à moi de parler, dit-elle, et à vous d'écouter. Je sais, moi, et vous ne pouvez faire que des suppositions. J'ai prié, oh! comme j'ai prié pour que vous quittiez ces lieux! Je vous l'ai demandé, et je sais que vous m'auriez accordé même cela... Ou du moins, oh laissez-moi le croire ainsi.

— Je vous aime, dis-je.

— Et pourtant vous avez vécu dans le monde, dit-elle après une pause; vous êtes un homme sérieux et je ne suis qu'une enfant. Pardonnez-moi si j'ai l'air de vous prêcher, moi qui suis aussi ignorante que les arbres des montagnes; mais ceux qui apprennent beaucoup ne font qu'effleurer la surface de la connaissance; ils saisissent les lois, ils conçoivent la grandeur du plan... l'horreur de la réalité s'efface de leur mémoire. C'est, je pense, à nous qui restons au foyer avec le malheur, de nous en souvenir, de prévoir et de compatir. Allez, je vous en prie, allez-vous-en, et ne m'oubliez pas. Ainsi je vivrai au plus cher ce votre mémoire, d'une vie aussi mienne que celle du corps qui m'appartient.

— Je vous aime, dis-je encore une fois; et, avançant ma main débile, je pris la sienne, que je portai à mes lèvres pour la baiser. Elle ne me résista point, mais tressaillit un peu et me regarda avec un froncement de sourcils moins rigoureux que triste et déçu. Puis, elle sembla faire appel à sa volonté; elle attira ma main à elle, en se penchant un peu, et la posa sur son cœur.

— Tenez, dit-elle, sentez la palpitation de ma vie. Elle n'existe que pour vous; elle est à vous. Est-elle encore à moi? Elle n'est plus à moi que pour vous l'offrir, comme je pourrais prendre cette pièce à mon cou, comme je pourrais casser un rameau d'un arbre, et vous le donner. Mais non! elle n'est même pas à moi! Je réside, ou je crois résider (si j'existe du tout) quelque part ailleurs, prisonnière impuissante, emportée et assourdie par un tourbillon que je désavoue. Ce viscère, tel celui qui bat sous les flancs des bêtes, reconnaît en vous son maître : — il vous aime! Mais mon âme, mon âme! est-ce qu'elle vous aime? Je ne crois pas; je ne sais pas; je redoute de l'interroger. Pourtant, lorsque vous me parliez, vos discours venaient de l'âme; c'est mon âme que vous désirez, — c'est par mon âme seulement que vous voulez me prendre.

— Olalla, dis-je, l'âme et le corps ne font qu'un, et surtout en amour. Ce que veut le corps, l'âme aussi le désire; où le corps s'attache, s'attache l'âme; corps pour corps, âme pour âme, tous deux vont ensemble où Dieu les appelle, et la portion la plus basse (si l'on peut qualifier quelque chose de bas) forme simplement le piédestal et comme les fondations de la plus haute.

— Avez-vous, dit-elle, vu les portraits dans

la maison de mes pères? Avez-vous regardé ma mère et Felipe? Avez-vous jeté les yeux sur ce tableau suspendu auprès de votre lit? Celle qu'il représente est morte depuis des générations, et elle fit le mal, de son vivant. Mais regardez-y encore : c'est ma main jusqu'au dernier trait, ce sont mes yeux et mes cheveux. Qu'est-ce qui est mien, alors, et que suis-je? S'il n'est pas une ligne de mon pauvre corps (que vous aimez et pour l'amour duquel vous rêvez éperdument que vous m'aimez), s'il n'est pas un des gestes que je puis ébaucher, pas une intonation de ma voix ni le moindre regard de mes yeux, non, pas même à présent que je parle à celui que j'aime — qui n'aient appartenu à d'autres?

« D'autres, morts depuis des âges, ont regardé d'autres hommes avec mes yeux; d'autres hommes ont ouï les aveux de cette voix qui résonne ici à vos oreilles. Les mains des morts sont dans mon sein : elles me meuvent, elles m'entraînent, elles me guident; je suis un fantoche à leur commandement; et je ne fais que ressusciter des traits et des appas qui ont depuis longtemps cessé de nuire, dans le calme du tombeau.

« Est-ce moi que vous aimez, ô mon ami? ou la race qui m'a faite? Est-ce la femme qui n'est consciente ni responsable de la moindre partie d'elle-même? ou bien cet influx dont elle est une onde transitoire, cet arbre dont elle est le fruit passager? La race existe; elle est vieille, et toujours jeune; elle emporte dans son sein sa destinée éternelle; sur elle, comme sur les flots de la mer, l'individu, que leurre une apparence de liberté, succède à l'individu; mais l'individu n'est rien. Nous parlons de l'âme. Mais l'âme est dans la race.

— Vous allez à l'encontre de la loi commune, dis-je. Vous vous rebellez contre la voix de Dieu, qu'il a faite si dominatrice pour convaincre, si impérieuse pour commander. Écoutez-la, écoutez comme elle parle en nous! Votre main s'attache à la mienne, votre cœur bondit à mon approche, les éléments inconnus dont nous sommes constitués s'éveillent et se précipitent l'un vers l'autre, sur un simple regard; l'argile de la terre se rappelle sa vie autonome et elle aspire à nous joindre; nous sommes entraînés par la même force qui fait graviter l'une vers l'autre les étoiles de l'espace, par la force qui fait monter et descendre la marée, par des puissances plus antiques et plus vastes que nous-mêmes.

— Hélas! reprit-elle, que vous dirai-je? Mes pères, il y a huit cents ans, possédaient toute la province; ils étaient sages, grands, astucieux, et cruels; mes pères étaient en Espagne une race d'élite; leurs pennons marchaient les premiers, à la guerre : le roi les appelait ses cousins; les gens du peuple, devant la potence apprêtée pour eux ou bien en retrouvant leurs logis en cendres, blasphémaient leur nom. Puis vint une transformation. L'homme s'est élevé; s'il descend des bêtes, il peut retourner à leur niveau. Un souffle de lassitude passa sur ma lignée, relâchant ses fibres : la décadence commença pour elle; les esprits s'obnubilèrent, les passions s'éveillèrent par accès, têtues et insensées comme le vent dans les gorges des montagnes; la beauté fut encore transmise, mais non plus la volonté directrice ni le sentiment humain; le germe se revêtait de chair, la chair couvrait les os, mais c'étaient des os et de la chair d'animaux, et leur âme était pareille à celle des insectes. Je vous parle à ma façon; mais vous-même avez vu comment la roue de la fortune a régressé pour ma race condamnée. Je me trouve, pour ainsi dire, sur un petit relèvement de terrain de ce déval sans espoir, et je vois en avant et en arrière, à la fois ce que nous avons perdu et jusqu'où il nous faut encore descendre.

« Or, dois-je, — moi qui habite à part dans cette maison des morts, mon corps, dont je sais les voies, — dois-je réitérer le maléfice?

Évoquerai-je un autre esprit, comme le mien reluctant, dans cette habitation maudite et battue de la tempête, où je souffre à présent? Transmettrai-je ce néfaste réceptacle d'humanité, pour le charger d'une vie nouvelle comme d'un nouveau poison, et le lancer, tel un flambeau, à la face de la postérité? Mais j'en ai formé le vœu : ma race disparaîtra de la terre. A cette heure, mon frère s'apprête; bientôt son pas montera l'escalier; et vous vous en irez avec lui, hors de ma vue à jamais. Pensez à moi quelquefois comme à celle qui apprit dans l'amertume la leçon de la vie, mais qui l'écouta bravement; comme à celle qui vous aima en effet, mais qui se haïssait si profondément que son amour lui était haïssable; comme à celle qui vous renvoya et aurait cependant aspiré à vous garder toujours; qui n'eut jamais de plus cher espoir que de vous oublier ni de plus grande crainte que d'être oubliée. »

Tout en parlant, elle s'était dirigée vers la porte; sa voix harmonieuse résonnait de plus en plus lointaine; et sur ses derniers mots, elle disparut et je restai seul dans la chambre éclairée par la lune. Qu'aurais-je fait, si je n'avais été retenu par mon extrême faiblesse, je ne sais; mais je demeurai accablé sous un énorme et vide désespoir. Peu après, la clarté rougeâtre d'une lanterne apparut à ma porte et Felipe entra. Sans un mot, il me chargea sur ses épaules, puis il me descendit jusqu'au portail où attendait la carriole. Au clair de lune, les montagnes se reliévaient en vigueur, comme si elles eussent été de carton-pâte; sur le plateau faiblement éclairé, entre les arbres bas qui s'entrechoquaient et bruissaient dans le vent, le vaste cube noir de la residencia se dressait massivement, percé par la vague lueur de trois seules fenêtres, sur la face nord, au-dessus de la porte. C'étaient les fenêtres d'Olalla, et lorsque la carriole démarra, je gardai mes yeux fixés sur elles jusqu'à ce que la route s'enfonça dans une vallée et qu'elles furent perdues à mes yeux, pour toujours.

Felipe marchait en silence à côté du brancard, mais de temps en temps il excitait la mule et se retournait pour me regarder. Enfin il s'approcha de moi tout à fait et posa sa main sur ma tête. Il y avait une telle douceur dans ce geste, et une telle ingénuité animale, que des larmes jaillirent de moi comme l'éclatement d'une artère.

— Felipe, dis-je, emmenez-moi où on ne me posera pas de questions.

Sans un mot, il fit faire volte-face à sa mule, remonta une partie du chemin par où nous étions venus et, s'engageant dans un autre sentier, me transporta au village qui était, comme on dit en Écosse, la paroisse de ce district montagnard à la population clairsemée. Il ne me reste que des souvenirs confus du jour tombant sur la plaine, de la charrette s'arrêtant, des bras qui m'aidèrent à descendre, de la chambre nue où je fus porté, et de l'évanouissement qui s'abattit sur moi comme le sommeil.

Le lendemain et les autres jours, le vieux prêtre fut souvent à mon côté avec sa tabatière et son livre de prières et, après quelque temps, lorsque je commençai à recouvrer mes forces, il me dit que j'étais en bonne voie de guérison et que je devais, aussitôt que possible, songer à mon départ; et puis, sans invoquer de raison, il prit une prise en me regardant de côté. Je n'affectai pas l'ignorance; il devait avoir vu Olalla.

— Monsieur, dis-je, vous savez que je ne vous questionne pas au hasard. Qu'en est-il de la famille?

Il me répondit qu'elle était très malheureuse, que la race semblait sur le déclin, et qu'ils étaient très pauvres et avaient été très négligés.

— Mais pas elle, dis-je. Grâce, sans doute, à vous, elle est instruite et sage plus qu'il n'est habituel aux femmes.

— Oui, dit-il; la Senorita est instruite. Mais la famille a été négligée.

— La mère, demandai-je.

— Oui, la mère aussi, dit le Padre, en prenant une prise. Mais Felipe est un garçon bien intentionné.

— La mère est bizarre, fis-je.

— Très bizarre.

— Je pense, monsieur, que nous battons le buisson. Vous devez savoir de mes affaires plus que vous ne le montrez. Vous devez connaître mon désir d'être mis au courant sur plusieurs points. Ne voulez-vous pas être franc avec moi?

— Mon fils, dit le vieillard, je serai très franc avec vous sur les matières de ma compétence; sur celles dont je ne sais rien il ne me faut pas grande discrétion pour me taire. Je ne feindrai pas avec vous, je comprends parfaitement ce que vous voulez dire; et ce que je puis affirmer est que vous êtes entre les mains de Dieu et que ses voies ne sont pas les nôtres. J'en ai même conféré avec mes supérieurs ecclésiastiques, mais eux aussi sont restés muets. C'est un vrai mystère.

— Est-elle folle? demandai-je.

— Je vous répondrai selon ma pensée. Elle ne l'est pas, — ou du moins, elle ne l'était pas. Durant sa jeunesse — Dieu me pardonne, je crains d'avoir négligé cette brebis sauvage — elle était sûrement saine d'esprit; et toutefois bien qu'elle n'en fût pas encore au point actuel, ses mêmes tendances étaient déjà visibles; il en avait été de même avant elle, chez son père... oui, et avant lui, ce qui me porta sans doute à en juger trop légèrement. Mais ces prédispositions se développent non seulement chez l'individu, mais dans la race.

— Lorsqu'elle était jeune, demandai-je (et la voix me manqua un instant et il me fallut faire un grand effort pour ajouter :) était-elle comme Olalla?

— Dieu me pardonne! s'écria le Padre. A Dieu ne plaise que personne pense aussi inconsidérément de ma pénitente préférée. Non, non : la Senorita (sinon par sa beauté, que je souhaite très sincèrement voir moindre) n'a pas un seul trait de ressemblance avec ce que sa mère était au même âge. Il me serait pénible que vous le croyiez, et cependant Dieu sait s'il ne vaudrait pas mieux que vous le croyiez.

Là-dessus, je me redressai dans mon lit et ouvris mon cœur au vieillard, lui disant mon amour et la décision d'Olalla, avouant mes répugnances, mes imaginations passagères, mais lui disant que celles-ci avaient pris fin; et j'en appelai à son jugement avec mieux qu'une soumission de pure forme.

Il m'écouta très patiemment et sans surprise.

Lorsque j'eus achevé, il resta un moment silencieux. Puis il commença :

— L'Église... et aussitôt s'interrompit pour s'excuser : — J'oubliais, mon enfant, que vous n'êtes pas chrétien... Et d'ailleurs, sur un point tellement insolite, on ne peut dire que l'Église même ait décidé. Mais voulez-vous mon opinion? La Senorita est, en la matière, le meilleur juge; à votre place, je m'en remettrais à son avis.

Là-dessus, il se retira et fut dorénavant moins assidu auprès de moi. En effet, lorsque je commençai à me lever, il évita ostensiblement ma société et parut me fuir, non par antipathie, mais comme il eût fui l'énigme du Sphinx. Les villageois aussi m'évitaient : ils mettaient de la mauvaise volonté à me servir de guides dans la montagne. Je croyais voir qu'ils me regardaient de travers et j'étais certain que les plus superstitieux se signaient à mon approche.

D'abord, j'attribuai le fait à mes croyances hérétiques; mais il m'apparut enfin que si j'étais ainsi redouté, c'était pour avoir habité à la residencia. Nous méprisons les lubies d'une pareille rusticité; et néanmoins, je sentais comme une ombre glacée s'abattre sur mon amour et l'opprimer. Elle ne le diminuait pas, mais je ne puis nier qu'elle restreignait ma ferveur.

Quelques milles à l'est du village, il y avait dans la Sierra une brèche d'où l'œil plongeait directement sur la residencia. Je pris l'habitude quotidienne de m'y rendre. Un bois couronnait le sommet; et juste à l'endroit où le sentier en débouchait, il était surplombé par une avancée de rocher qui portait à son tour un crucifix de grandeur nature et d'une exécution plus réaliste que de coutume. Ce fut là mon poste d'observation. De là, un jour après l'autre, je promenais mes regards sur le plateau, sur la grande vieille maison, et je voyais Felipe, moins gros qu'une mouche, aller de çà de là dans le jardin. Parfois, des brumes interceptaient la vue, qui se dissipaient ensuite chassées par les vents de la montagne; parfois la plaine s'endormait au-dessous de moi sous un soleil radieux; ou bien elle était cachée par un rideau de pluie.

Cette perspective lointaine, ces visions fugitives des lieux où mon existence avait subi une métamorphose aussi profonde, convenaient à mon humeur inquiète. Je passais là des jours entiers à débattre en moi-même les éléments divers de notre situation : tantôt cédant aux suggestions de l'amour, tantôt écoutant la voix de la sagesse et, à la fin, demeurant irrésolu entre les deux.

Un jour, comme j'étais assis sur mon rocher,

arriva par le chemin un paysan maigre, drapé dans une cape. C'était un étranger, qui évidemment ne me connaissait pas, même de réputation; car, au lieu de passer au large, il s'approcha, vint s'asseoir auprès de moi, et nous entrâmes en conversation. Entre autres choses, il me dit qu'il avait été muletier, et qu'il avait, dans son jeune temps, beaucoup fréquenté ces montagnes; plus tard, ayant suivi l'armée avec ses mules, il avait réalisé quelque bien et il vivait maintenant retiré dans sa famille.

— Connaissez-vous cette maison? demandai-je à la fin, en désignant la residencia, — car j'étais vite las de toute conversation qui m'empêchait de songer à Olalla.

Il me regarda d'un œil sombre et se signa.

— Trop bien, dit-il. C'est là qu'un de mes camarades se vendit à Satan. Que la Vierge nous préserve de la tentation! Il a payé pour son crime, et brûle à présent au plus rouge tréfond de l'enfer.

La crainte s'empara de moi et je ne trouvai rien à répondre. L'homme reprit, comme se parlant à lui-même :

— Oui, oh oui, je la connais. J'ai passé son seuil. La neige couvrait le sentier et le vent la chassait. Je le pris par le bras, Senor, et l'entraînai vers la grand-porte. Je le conjurai, au nom de tout ce qu'il aimait et vénérait, de partir avec moi. Je m'agenouillai devant lui dans la neige, et je vis que mes supplications l'émouvaient. Mais juste à ce moment, elle sortit de la galerie en l'appelant par son nom. Il se détourna, et elle restait là, une lampe à la main, l'attirant vers elle par son sourire. A haute voix j'appelai Dieu à mon aide et enlaçai étroitement mon ami. Mais il me repoussa et me laissa seul. Son choix était fait. — Que Dieu nous soit en aide! — J'aurais voulu prier pour lui; mais à quoi bon? Il y a des péchés que le Pape même ne peut remettre.

— Et votre ami, demandai-je, qu'en advint-il?

— Eh bien, Dieu le sait, dit le muletier. Si tout ce que l'on dit est vrai, sa fin fut, comme son péché, à faire dresser les cheveux.

— Voulez-vous dire qu'il fut tué?

— Oui certes, il fut tué. Mais comment, oui, comment! Ce sont là des choses dont c'est péché de parler.

— Les gens de cette maison... commençai-je.

Mais il m'interrompit avec un éclat sauvage.

— Les gens? s'écria-t-il. Quelles gens? Il n'y a ni hommes ni femmes dans cette maison de Satan. Comment? vous avez vécu si longtemps ici sans jamais avoir su?...

Et alors il approcha sa bouche de mon oreille et chuchota comme si ses paroles risquaient d'être entendues des oiseaux de la montagne et de les frapper d'horreur.

Ce qu'il me conta était faux, et pas même original. Ce n'était, en effet, qu'une version nouvelle (accommodée par l'ignorance villageoise et la superstition), d'histoires presque aussi vieilles que le monde. Ce fut plutôt son application qui me fit pâlir. Jadis, dit-il, l'Église aurait brûlé ce nid de basilics, mais le bras de l'Église était à présent trop court; Miguel, son ami, avait été impuni chez les hommes et laissé au jugement redoutable d'un Dieu offensé. Mais cette injustice ne durerait pas toujours. Le Père se faisait vieux, le Père lui-même était ensorcelé. Mais les yeux de ses ouailles étaient maintenant dessillés au danger; et quelque jour, oui, avant peu, la fumée de cette maison s'élèverait vers le ciel.

Il me laissa béant d'horreur et de crainte. Je ne savais de quel côté me tourner; devais-je d'abord avertir le Père, ou porter mes mauvaises nouvelles tout droit aux habitants menacés de la residencia? Le sort allait décider pour moi, car, pendant que j'hésitais toujours, j'aperçus dans le sentier une silhouette voilée de femme qui s'approchait de moi. Nul voile ne pouvait tromper ma perspicacité : chaque ligne et chaque mouvement me firent reconnaître Olalla; et, restant dissimulé derrière un angle du rocher, je la laissai atteindre le sommet. Puis je m'avançai. Elle me vit, s'arrêta sans rien dire; moi aussi je restai silencieux, et nous continuâmes à nous contempler l'un l'autre avec une tristesse passionnée.

— Je vous croyais parti, dit-elle enfin. C'est la seule chose que vous puissiez faire pour moi : — partir. C'est tout ce que je vous ai jamais demandé. Et vous êtes encore là. Mais savez-vous que chaque jour accumule un péril de mort, non seulement sur votre tête, mais sur les nôtres? Un bruit court dans la montagne, on soupçonne que vous m'aimez, et les gens ne peuvent le supporter.

Je vis qu'elle était déjà informée du danger qu'elle courait, et je m'en réjouis.

— Olalla, lui dis-je, je suis prêt à partir aujourd'hui, à cette heure même, mais pas seul.

Elle fit un pas de côté, s'agenouilla pour prier, devant le crucifix, et je demeurai tout à tour à la regarder et à contempler l'objet de son adoration; mes yeux allaient du visage vivant de la pénitente, à la figure sinistre et barbouillée, aux plaies peintes, et aux côtes saillantes de l'idole. Le silence n'était interrompu que par les cris plaintifs de quelques grands oiseaux qui volaient en cercle, comme surpris ou alarmés, au sommet des collines. A ce moment, Olalla se releva, se tourna vers moi, écarta son voile et, toujours appuyée d'une main au bois du crucifix, me regarda, pâle et navrée.

— J'ai ma main sur le crucifix, dit-elle. Le Père dit que vous n'êtes pas chrétien; mais suivez un instant mon regard et contemplez le visage de l'Homme des douleurs. Nous sommes tous pareils à lui, — les héritiers du Péché; nous avons tous à supporter et à expier un passé qui ne fut pas le nôtre; en nous tous — oui, même en moi — il y a une étincelle du divin. Aimez-Le, nous devons souffrir pendant un temps, jusqu'à ce que demain revienne apporter la paix. Laissez-moi passer seule mon chemin : c'est ainsi que je serai le moins solitaire, comptant pour mon ami Celui qui est l'ami de tous ceux qui souffrent; c'est ainsi que je serai la plus heureuse, ayant dit adieu au bonheur terrestre et acceptant volontiers la souffrance pour mon lot.

Je considérai la face du crucifix et, bien que je n'aime pas les idoles et que je méprise cet art de grimaçante imitation dont j'avais là un exemple grossier, je perçus la signification du simulacre. La face me regardait d'en haut avec une contracture de mortelle angoisse; mais les rais de gloire qui l'environnaient me rappelaient que le sacrifice était volontaire. Il était là, dominant le roc, tel qu'il est encore planté au bord de tant de routes, offrant en vain aux passants l'emblème de tristes et nobles vérités : que le plaisir n'est pas une fin, mais un accident; que la douleur est le choix des magnanimes; qu'il vaut mieux souffrir toutes choses, et bien faire. Je m'éloignai sans rien dire et descendis la montagne; et lorsque je regardai en arrière pour la dernière fois avant de pénétrer dans la forêt, je vis Olalla toujours appuyée sur le crucifix.

Olalla est extrait de *les Gais Lurons,* Éd. de la Sirène, 1920.

MARKHEIM

(Markheim)

Oui, dit le marchand, nos aubaines sont de diverses sortes. Certains clients sont ignorants, et alors je touche un dividende sur mon savoir supérieur. D'autres sont malhonnêtes (et ici il haussa la bougie dont la lumière éclaira en plein son visiteur), et, dans ce cas, poursuivit-il, je bénéficie de ma vertu.

Markheim venait juste d'entrer, et ses yeux, après le jour de la rue, ne s'étaient pas familiarisés encore avec le mélange de ténèbres et de clarté régnant dans la boutique. A ces mots significatifs et avant que la flamme ne fût proche, il cligna des yeux avec gêne et détourna le regard.

Le marchand eut un petit rire.

— Vous venez chez moi le jour de Christmas, reprit-il, alors que vous me savez seul dans ma maison, volets fermés, et me faisant un devoir de refuser les affaires. Eh bien, il vous faudra payer pour cela; il vous faudra payer le temps que j'aurais employé à établir mon bilan et que vous me faites perdre; il vous faudra payer, en outre, pour certaines façons que je remarque fort nettement en vous aujourd'hui. Je suis la fleur de la discrétion et ne pose pas de questions fâcheuses; mais quand un client ne peut me regarder dans les yeux, il lui faut payer pour cela.

Le marchand ricana de nouveau; puis, reprenant sa voix commerciale habituelle où perçait encore une pointe d'ironie :

— Vous pouvez, comme à l'ordinaire, me rendre clairement compte de quelle manière vous êtes en possession de cet objet? Encore la galerie de votre oncle? C'est une collection remarquable, monsieur!

Et le petit marchand pâle aux épaules voûtées se dressa presque sur la pointe des pieds, en regardant par-dessus ses lunettes d'or et en hochant la tête avec tous les signes de l'incrédulité. Markheim répondit à ce regard par un autre, d'infinie pitié mêlée d'horreur.

— Cette fois, dit-il, vous vous trompez. Je ne suis pas venu vendre, mais acheter. Je n'ai pas de curiosités disponibles; la galerie de mon oncle est dépouillée jusqu'aux boiseries; si même elle était encore intacte, comme j'ai gagné à la

Bourse, j'y ajouterais des choses plutôt que d'en lâcher; et ma démarche d'aujourd'hui est la simplicité même. Je cherche un cadeau de Christmas pour une dame, — continua-t-il en s'exprimant avec plus de facilité comme il entamait ce discours qu'il avait préparé; — et je vous dois à coup sûr toutes mes excuses de vous déranger de la sorte pour une affaire si minime. Mais j'ai négligé la chose hier; je dois offrir mon petit présent au dîner; et, vous le savez fort bien, un riche mariage n'est pas chose à négliger.

Il y eut une pause durant laquelle le marchand parut soupeser cette explication avec incrédulité. Le tic-tac de nombreuses horloges disséminées parmi le singulier capharnaüm de la boutique, et le vague roulement des cabs dans la rue voisine, occupèrent l'intervallc de silence.

— Soit, monsieur, dit le marchand. Vous êtes un vieux client, après tout; et si, comme vous le dites, vous avez chance de faire un bon mariage, loin de moi l'idée d'y être un obstacle. Voici un joli objet pour une dame, ce miroir à main, XVe siècle, garanti; provient aussi d'une bonne collection; mais je tais le nom, dans l'intérêt de mon client qui était juste comme vous, mon cher monsieur, le neveu et unique héritier d'un remarquable collectionneur.

Tout en débitant ces mots de sa voix sèche et mordante, le marchand s'était penché pour prendre l'objet à sa place; et, cependant, une commotion avait traversé Markheim, ses mains et ses pieds avaient frémi, une foule de sensations tumultueuses lui avaient sauté au visage. Cela passa promptement comme c'était venu, sans laisser d'autres traces qu'un léger tremblement de la main qui recevait à présent le miroir.

— Un miroir, dit-il d'une voix rauque. Il fit une pause, et répéta plus distinctement : Un miroir? Pour Christmas? Sûrement non!

— Et pourquoi pas? dit le marchand. Pourquoi pas un miroir?

Markheim le regarda avec une expression indéfinissable.

— Vous me demandez pourquoi pas? Eh bien, regardez ici... regardez là-dedans... regardez-vous! Aimez-vous de voir cela? Non! pas moi, ni personne.

Le petit homme avait sauté en arrière lorsque Markheim l'avait si soudainement confronté avec le miroir; mais s'apercevant qu'il n'avait à la main rien de plus dangereux, il ricana.

— Votre future dame, monsieur, doit être bien peu favorisée.

— Je vous demande, dit Markheim, un présent de Christmas et vous me donnez ceci... ce memento d'années, de péchés et de folies, cette conscience à main! Songiez-vous à cela? Aviez-vous une arrière-pensée dans l'esprit? Dites-le-moi. Cela vaudra mieux pour vous. Allons, parlez-moi de vous. Je me hasarderais à parier que vous êtes en secret un homme très charitable.

Le marchand regarda son compagnon avec attention. Chose étrange, Markheim n'avait pas l'air de plaisanter; il avait sur le visage comme un vif éclat d'espoir, mais pas la moindre gaieté.

— Où voulez-vous en venir? demanda le marchand.

— Pas charitable? répliqua l'autre d'un air sombre. Ni charitable, ni pieux, ni scrupuleux, ni aimant, ni aimé; une main pour recevoir l'argent, un coffre-fort pour le garder. Est-ce tout? Bon Dieu, l'homme, est-ce tout?

— Je vais vous dire..., commença le marchand avec une certaine vivacité qui se termina par un nouveau ricanement. Mais je vois que votre mariage est d'inclination et que vous avez bu à la santé de votre dame.

— Ah! s'écria Markheim avec une bizarre curiosité. Avez-vous aimé? Parlez-moi de cela.

— Moi? Moi, aimer! Je n'ai jamais eu le temps, et je n'ai pas aujourd'hui de temps pour toutes vos absurdités. Prenez-vous le miroir?

— Qui vous presse? Il est très agréable d'être ici à causer; et la vie est si courte et si incertaine que je ne me hâterais de quitter aucun plaisir — non, pas même celui-ci. Nous devons plutôt nous cramponner à ce peu que nous pouvons saisir, comme un homme au bord d'un précipice. Chaque seconde est un précipice, si l'on y songe, — un précipice d'un mille de profondeur, — assez profond, si nous y tombons, pour abolir en nous tout aspect humain. Il vaut donc mieux causer gentiment. Causons l'un et l'autre : pourquoi garder le masque? Soyons confidentiels. Qui sait? Nous pourrions devenir amis.

— Je n'ai plus qu'un mot à vous dire : ou bien faites votre achat, ou bien sortez de ma boutique.

— Tout à fait juste. Assez de bêtises. A notre affaire. Montrez-moi quelque chose d'autre.

Le marchand se baissa de nouveau, cette fois pour replacer le miroir sur le rayon, et en ce faisant ses cheveux blonds lui tombèrent sur les yeux. Markheim se rapprocha, une main dans la poche de son pardessus; il se cambra et emplit ses poumons; à cette minute, des émotions diverses se peignirent sur son visage, l'effroi, le dégoût et la résolution; la fascination et une horreur physique; et on voyait ses dents sous le retroussis hagard de sa lèvre supérieure.

— Ceci vous conviendra peut-être, déclara le marchand.

Il allait se relever, lorsque Markheim bondit sur le dos de sa victime. Un long poignard, une sorte de lardoire, brilla et retomba. Le marchand se débattit comme une poule, sa tempe cogna l'étagère et il roula comme une masse sur le parquet.

Le Temps avait dans cette boutique plusieurs douzaines de petites voix, les unes graves et lentes comme il convenait à leur grand âge; les autres bavardes et pressées. Toutes comptaient les secondes en un chœur inextricable de tic-tac. Puis le pas d'un gamin courant sur la chaussée domina les voix les plus faibles et rappela Markheim à la conscience dc ce qui l'entourait. Il regarda autour de lui avec frayeur. La flamme de la bougie brûlant sur le comptoir vacillait solennellement dans le courant d'air, et ce mouvement insignifiant emplissait la salle d'un silencieux remue-ménage et la faisait onduler comme une mer : les hautes ombres hochaient la tête, les grosses masses de ténèbres se gonflaient et se contractaient comme par une respiration, les visages des portraits et des dieux de porcelaine se modifiaient et fluctuaient comme des images dans l'eau. La porte de l'arrière-boutique était entrouverte et projetait dans le camp des ombres une longue tranche de lumière pareille à un doigt tendu.

Après cette exploration qui l'emplit de peur, Markheim reporta les yeux sur le corps de sa victime qui gisait, à la fois bossu et étalé de son long, incroyablement réduit et singulièrement plus abject qu'en vie. Avec ses pauvres habits de misère, dans cette attitude disloquée, le marchand était comme un tas de sciure. Markheim avait craint de le regarder, et voilà que ce n'était rien. Et pourtant, comme il le contemplait, ce monceau de vieux habits et cette mare de sang trouvèrent des voix éloquentes. Il n'avait plus qu'à gésir là; personne n'était capable de remettre en action les subtils rouages, ou de réaliser le miracle de la locomotion, il resterait étendu là jusqu'à l'heure où il serait découvert. Découvert! oui, et alors? Alors cette chair morte susciterait un cri qui retentirait sur l'Angleterre et emplirait le monde des échos de la poursuite. Oui, mort ou non, c'était toujours l'ennemi. « Cet instant aussi me fut ennemi, où je lui cassai la tête, pensa-t-il. L'instant... le temps... » Le temps, maintenant que le crime était accompli, le temps, qui était révolu pour la victime, devenait pressant et précieux pour le meurtrier.

Il était encore occupé de cette pensée, lorsque, d'abord une, puis chacune à son tour, avec toutes les variétés d'allure et de voix, l'une grave comme une cloche de cathédrale, une autre modulant sur ses triples notes le prélude d'une valse, les horloges se mirent à sonner trois heures de l'après-midi.

La soudaine explosion de tous ces timbres dans cette chambre muette le fit sursauter. Il se mit à marcher, allant de-ci de-là avec la bougie, assiégé par les ombres mouvantes, ému jusqu'à l'âme par des reflets fortuits. Dans maints riches miroirs, les uns dus à l'art indigène, les autres de Venise ou d'Amsterdam, il vit se répéter et se répéter son visage, comme une armée d'espions; ses propres yeux le rencontraient et le guettaient; et le son de ses propres pas, si légers pourtant, troublait le calme environnant. Et puis, tandis qu'il continuait à remplir ses poches, il se reprochait avec de navrantes redites les mille défauts de son plan. Il aurait dû choisir une heure plus tranquille; il aurait dû se ménager un alibi; il n'aurait pas dû se servir d'un couteau; il aurait dû prendre plus de précautions et seulement lier ou bâillonner le marchand, non le tuer; il aurait dû être plus hardi et tuer aussi la servante; il aurait dû faire toutes choses autrement; poignants regrets, travail harassant et incessant de l'esprit pour changer ce qui était inchangeable, pour faire des plans à présent inutiles, pour être l'architecte de l'irrévocable passé. Néanmoins, et derrière toute cette activité, des terreurs animales, pareilles à un trottinement de rats dans un grenier abandonné, emplissaient de tumulte les recoins les plus secrets de son cerveau : la main du policier s'abattait lourdement sur son épaule, et ses nerfs sursautaient comme un poisson pris; ou bien il voyait défiler vertigineusement le banc des accusés, la prison, la potence et le cercueil noir.

La terreur des gens de la rue était installée devant son esprit comme une armée assiégeante. Il était impossible, croyait-il, qu'une rumeur de la lutte ne fût parvenue à leurs oreilles et n'eût éveillé leur curiosité; et maintenant, dans toutes les maisons du voisinage, il les devinait, assis sans bouger et l'oreille tendue — gens solitaires condamnés à passer leur Christmas seuls avec les souvenirs du passé, et réveillés en sursaut de cette attendrissante méditation; joyeuses parties de famille réduites au silence autour de la table, la mère tenant encore son doigt levé : gens de toute condition, de tout âge, de tout caractère, mais tous priant et aux écoutes, et filant au fond de leur cœur la corde qui devait le pendre. Parfois il lui semblait qu'il ne se mouvait pas assez doucement; le tintement des hauts gobelets de Bohême résonnait aussi fort qu'une cloche; et alarmé par le volume du tic-tac, il était tenté d'arrêter les horloges. Et puis, de nouveau, par une brusque volte de terreurs, le silence même de la pièce lui apparaissait comme une source de périls et capable de frapper d'horreur chaque passant; et il marchait plus hardiment et remuait bruyamment le contenu de la boutique, imitant, par une bravade délibérée, les mouvements d'un homme occupé sans nulle gêne dans sa propre maison.

Mais il était maintenant si tiraillé par ces diverses alarmes qu'une seule portion de son esprit demeurait vigilante et active, tandis que l'autre vacillait sur les limites de la folie. Une hallucination, en particulier, s'empara fortement de sa crédulité. Le voisin au visage livide guettant derrière sa fenêtre, le passant arrêté sur le trottoir par une horrible conjecture, — ceux-là pouvaient au pis-aller soupçonner, mais non savoir : à travers les murs de brique et les volets des fenêtres ne passaient que les sons. Mais ici, dans la maison, était-il seul? Oui, il le savait; il avait vu la servante sortir pour aller à un rendez-vous, dans ses pauvres habits des dimanches, et l'on pouvait lire sur chaque ruban et sur son sourire : « dehors pour la journée ».

Oui, il était seul, évidemment; et toutefois, quelque part au-dessus de lui dans la maison vide, il entendait à coup sûr, un frôlement de pas légers, — il avait la sensation, sûre, inexplicable, d'une présence. Oui, sûrement; dans chaque chambre, à chaque coin de la maison, il la suivait en imagination; et tantôt c'était une chose sans visage et qui avait néanmoins des yeux pour voir; ou bien c'était son propre fantôme; ou encore elle offrait l'image du marchand mort, ranimé par la ruse et la haine.

Parfois, avec un grand effort, il regardait la porte ouverte qui semblait toujours repousser ses yeux. La maison était haute, le lanterneau étroit et sale, le jour obscurci de brouillard; et la lumière qui filtrait jusqu'au rez-de-chaussée était excessivement faible et éclairait à peine le seuil de la boutique. Et pourtant, dans ce rai de clarté douteuse, n'entrevoyait-on pas remuer une ombre?

Soudain, dans la rue, à l'extérieur, un très jovial gentleman se mit à frapper avec sa canne sur la porte du magasin, entremêlant ses coups d'appels et de railleries où revenait sans cesse le nom du marchand. Markheim, pétrifié, regarda le mort. Mais non! il gisait tout à fait tranquille; il s'était évadé bien loin de la portée de ces coups et de ces cris; il avait sombré sous des mers de silence; et son nom, qui aurait naguère attiré son attention parmi les hurlements d'une tempête, était devenu un son vide. A la fin, le jovial gentleman cessa de frapper et partit.

C'était là un avis bien net de hâter ce qui restait à faire, de fuir ce voisinage accusateur, de plonger dans le bain des multitudes de Londres et d'atteindre, sur l'autre rive du jour, ce port de sûreté et d'apparente innocence : son lit. Un visiteur était venu; à tout moment un autre pouvait le suivre, qui serait plus obstiné. Avoir commis le crime et n'en pas retirer le profit, cet échec lui répugnerait trop. L'argent, c'était maintenant le souci de Markheim, et, pour y arriver, les clefs.

Il jeta par-dessus l'épaule un coup d'œil à la porte ouverte où l'ombre était encore à hésiter et à trembler; et, sans répugnance consciente de l'esprit, mais avec un frisson du ventre, il s'approcha du corps de sa victime. Toute apparence humaine l'avait entièrement abandonné. Les membres, comme ceux d'un mannequin bourré de son, s'étalaient sur le plancher, et son tronc se repliait; et néanmoins, cette chose le repoussait. Encore que si terne et insignifiante pour l'œil, il craignait de la trouver plus significative au toucher. Il prit le corps par les épaules et le retourna sur le dos. C'était étrangement léger et souple, et les membres, comme s'ils eussent été désossés, prenaient les poses les plus bizarres. Le visage était dépouillé de toute expression, mais il était pâle comme cire et dégoûtamment taché de sang sur une tempe. C'était pour Markheim le seul détail désagréable. Elle le reporta, sur l'instant, à un certain jour de fête, dans un village de pêcheurs : un jour gris, un vent âpre, une foule dans la rue, l'éclat des cuivres, le roulement des tambours, la voix nasillarde d'un chanteur de complainte; et un garçon allant çà et là, enseveli plus haut que la tête dans la foule, et partagé entre la curiosité et la crainte, jusqu'à ce que, débouchant sur la place principale, il aperçut une estrade et un grand panneau couvert de peintures au dessin maladroit, au coloris criard : Brownrigg avec son apprenti; les Manning avec leur hôte assassiné; Weare dans l'étreinte mortelle de Thurtell, et une douzaine d'autres crimes fameux. Ce souvenir avait la netteté d'une vision; il était redevenu ce petit garçon; il regardait de nouveau, avec la même sensation de révolte physique, ces sinistres tableaux; il était encore assourdi par les roulements de tambour. Une mesure de la musique de ce jour lui revint à la mémoire; et là-dessus, pour la première fois, un malaise le saisit, une velléité de nausée, une faiblesse soudaine aux articulations, qu'il lui fallait à l'instant combattre et surmonter.

Il jugea plus sage d'affronter des considérations que de les fuir : il regarda plus hardiment la face du mort, il appliqua son esprit à concevoir la nature et la grandeur de son crime. Il y avait si peu de temps que ce visage se mouvait au gré de sentiments variés, que cette bouche pâle avait parlé, que ce corps était ardent d'énergies maniables! Et maintenant, par son acte, cette vie avait été arrêtée, comme l'horloger, du bout du doigt, arrête le battement de l'horloge. Il raisonnait ainsi en vain; nul remords ne s'éveillait en sa conscience; le même cœur qui avait frissonné devant les images peintes du crime restait impassible devant sa réalité. Tout au plus s'il ressentit une ombre de pitié pour celui qui avait été doué en vain de toutes ces facultés qui peuvent faire du monde un jardin de délices, celui qui n'avait jamais vécu et qui maintenant était mort. Mais de repentir, nulle trace.

Là-dessus, rejetant ces considérations, il découvrit les clefs et s'avança vers la porte ouverte de la boutique. Dehors, une pluie serrée s'était mise à tomber et le bruit de l'averse sur le toit avait banni le silence. Comme une caverne ruisselante, les chambres de la maison étaient hantées d'un continuel murmure qui emplissait l'oreille et se mêlait au tic-tac des horloges. Et, lorsque Markheim approcha de la porte, il crut ouïr, répondant à sa marche précautionneuse, le bruit d'un autre pas qui gravissait l'escalier. L'ombre fluctuait encore vaguement sur le seuil. Il fit peser sur ses muscles une résolution lourde d'une tonne, et tira la porte.

Un jour pâle et brumeux éclairait faiblement le plancher et l'escalier nus, les pièces polies de l'armure postée, hallebarde en main, sur le palier, les sombres bois sculptés et les tableaux encadrés suspendus contre les panneaux jaunes de la boiserie. Le roulement de la pluie emplissait la maison au point que l'oreille de Markheim commençait à y discerner des bruits divers. Pas, soupirs, piétinements lointains de régiments en marche, tintement de pièces que l'on compte, craquement de portes entrouvertes à la dérobée, semblaient se mêler au crépitement des gouttes sur le lanterneau et au ruissellement de l'eau dans les conduites. La sensation de n'être pas seul s'accrut en lui jusqu'aux limites de la folie. De tous côtés il était envahi et assiégé de présences. Il les entendait remuer dans les chambres supérieures; de la boutique, il entendait le mort se dresser sur ses jambes; et lorsqu'il se mit, par un suprême effort, à monter l'escalier, des pas subtils fuyaient devant lui et le suivaient à la dérobée. Si au moins il eût pu être sourd, pensait-il, comme il aurait été en paisible possession de lui-même! Puis, de nouveau, et en écoutant avec une nouvelle attention, il bénissait ce sens inquiet qui veillait sur sa vie comme une fidèle sentinelle. Sa tête virait continuellement sur son cou; ses yeux, qui semblaient prêts à jaillir de leurs orbites, guettaient de tous côtés, et de tous côtés se trouvaient à demi-récompensés comme par l'entrevision de quelque présence innommable en train de disparaître. Les vingt-quatre marches du premier étage furent vingt-quatre agonies.

A ce premier étage, les portes étaient entrouvertes; toutes trois semblaient trois embuscades et crispaient les nerfs comme trois gueules de canon. Il ne pourrait plus jamais, semblait-il, être suffisamment muré et fortifié contre les yeux inquisiteurs des hommes; il aspirait à être chez lui, cuirassé de murs, enseveli dans ses draps et invisible à tous sauf à Dieu. Et, à cette pensée, il s'étonna un peu, se rappelant les histoires d'autres assassins, et la crainte dont les poursuivait, disait-on, la céleste vengeance. Il n'en était pas ainsi, en tout cas, pour lui. Il redoutait les lois de la nature et que, dans leur insensible et immuable enchaînement, elles gardassent quelque témoignage accablant de son crime. Il redoutait dix fois plus, avec une terreur abjectement superstitieuse, une lacune dans la continuité de l'expérience humaine, une illégalité volontaire de la nature. Il jouait un jeu d'adresse, observait les règles, calculait la cause de l'effet; mais que faire, si la nature, comme le tyran battu renverse l'échiquier, interrompait leur suite régulière? Cela était arrivé à Napoléon (disent les historiens) lorsque l'hiver changea l'époque de sa venue. Cela pouvait arriver à Markheim : les murs pouvaient, d'opaques, devenir transparents et révéler ses actions comme celles des abeilles dans une ruche de verre; les planches épaisses pouvaient céder sous ses pas comme des sables mouvants et le retenir dans leur étreinte; même des accidents plus simples pouvaient le perdre : si, par exemple, la maison s'écroulait et l'emprisonnait avec le corps de sa victime; ou bien la maison voisine pouvait prendre feu et les pompiers envahiraient tout. Ces choses-là, il les redoutait; et, dans un sens, ces choses pouvaient être appelées le doigt de Dieu dirigé contre le péché. Mais au sujet de Dieu lui-même, il était à l'aise; son acte sans doute était exceptionnel, mais ses raisons l'étaient aussi et Dieu les connaissait; c'était devant Lui, et non parmi les hommes, qu'il croyait à la justice.

Une fois en sûreté dans le salon, et la porte fermée derrière lui, ses angoisses firent trêve. La pièce était dans un complet désordre, dépourvue de tapis, encombrée de caisses d'emballage et de meubles hétéroclites : il y avait plusieurs grandes glaces où il se voyait sous divers angles, comme un acteur sur la scène; des tableaux encadrés et sans cadres, retournés contre le mur; un beau buffet Sheraton, un cabinet de marqueterie et un grand lit antique tendu de tapisseries. Les fenêtres s'ouvraient jusqu'au plancher; mais, fort heureusement, la partie inférieure des persiennes avait été fermée, ce qui le cachait aux voisins. Ce fut là que Markheim, poussant une caisse devant le cabinet, se mit à chercher parmi les clefs. Il y en avait beaucoup et la besogne fut longue, et fastidieuse en outre, car, après tout, il pouvait n'y rien avoir dans le cabinet, et le temps était précieux. Mais cette occupation l'apaisa. Du coin de l'œil, il voyait la porte — et même, de temps à autre, il la regardait directement, comme le gouverneur d'une place assiégée aime à vérifier le bon état de ses défenses. Mais au vrai il était en paix. La pluie tombant dans la rue faisait un bruit naturel et agréable. A cette heure, de l'autre côté, un piano jouait la musique d'un hymne et de nombreuses voix d'enfants entonnaient l'air et les paroles. Comme cette mélodie était paisible et réconfortante! Comme ces jeunes voix étaient fraîches! Markheim prêtait l'oreille en souriant, tandis qu'il triait les clefs; et son esprit s'emplissait d'idées et d'images correspondantes : enfants allant à l'église, et la grande voix des orgues; enfants aux champs, se baignant dans la rivière, gambadant sur la bruyère, lançant des cerfs-volants dans le ciel venteux et nuageux; puis, sur une autre cadence de l'hymne, de nouveau l'église et la somnolence des dimanches d'été, et la haute voix du curé, et les tombes jacobites, et les Dix Commandements inscrits dans le sanctuaire.

Et, tandis qu'il était ainsi à la fois affairé et absent, il sursauta et se dressa d'un bond. Un éclair de glace, un éclair de feu, une ruée de sang, le traversèrent, après quoi il demeura vibrant et médusé. Un pas montait l'escalier, lent et assuré, puis une main se posa sur la poignée, la serrure grinça, et la porte s'ouvrit.

La peur tint Markheim dans son étau. Il ne savait qu'attendre, si c'était la mort qui était en marche, ou les ministres de la justice humaine, ou quelque témoin survenu par hasard et aveuglément pour le mener au gibet. Mais un visage s'introduisit dans l'ouverture, examina la chambre à la ronde, le regarda, lui sourit avec un signe de tête amical, puis se retira; et, tandis que la porte se refermait, Markheim ne put plus contenir sa peur, et un cri sauvage lui échappa. Au bruit, le visiteur revint.

— Vous m'appelez? demanda-t-il d'un air aimable, en pénétrant dans la pièce et fermant la porte derrière lui.

Markheim le regardait de tous ses yeux. Peut-être avait-il une taie sur la vue, mais les contours du nouveau venu se modifiaient et ondulaient comme ceux des idoles de la boutique dans la lumière mouvante de la bougie. Tantôt il s'imaginait le reconnaître; tantôt il lui trouvait une ressemblance avec lui-même; et toujours, il gardait en son for, comme un bloc de vivante terreur, la conviction que cet être ne venait ni de la terre ni de Dieu.

Il avait cependant un singulier aspect de banalité; d'abord il regarda Markheim en souriant, puis il dit, sur un ton de simple politesse :

— Vous cherchez après l'argent, je suppose?

Markheim ne répondit pas.

— Je dois vous prévenir que la servante a quitté son amoureux plus tôt que d'habitude et qu'elle sera ici bientôt. Si Mr Markheim est découvert dans cette maison, je n'ai pas besoin de lui en décrire les conséquences.

— Vous me connaissez? s'écria le meurtrier.

Le visiteur sourit.

— Vous êtes depuis longtemps mon favori, et j'ai attendu longtemps l'occasion de vous venir en aide.

— Qui êtes-vous? le diable?

— Qui je puis être n'a rien à voir avec le service que je me propose de vous rendre.

— Mais si, s'écria Markheim, mais si! Être aidé par vous? Non, jamais; pas par vous! Vous ne me connaissez pas encore; grâce à Dieu, vous ne me connaissez pas!

— Je vous connais, répondit le visiteur, avec une sorte d'aimable sévérité, ou plutôt de fermeté. Je vous connais jusqu'au fond de l'âme.

— Me connaître! Qui le peut? Ma vie n'est qu'un travestissement et une dérision de moi-même. J'ai vécu pour mentir à ma nature. Tous les hommes en sont là; tous les hommes sont meilleurs que ce déguisement qui les étouffe. Vous les voyez tous emportés par l'existence, comme celui que des *bravi* ont saisi et bâillonné dans un manteau. S'ils avaient leur direction propre, — si vous pouviez voir leurs visages, ils seraient complètement différents, ils s'auréoleraient en héros et en saints! Je suis pire que beaucoup; mon moi est plus caché; ce qui m'excuse est connu de moi seul et de Dieu. Mais, si j'en avais l'occasion, je me dévoilerais.

— A moi?

— A vous avant tout. Je pensais que vous étiez intelligent. Je pensais — puisque vous existez — que vous vous montreriez un déchiffreur de cœurs. Et cependant vous vous proposez de me juger par mes actions! Pensez-y : mes actions! J'étais né et j'ai vécu sur une terre de géants; des géants m'ont tiré par les poignets depuis que je suis né de ma mère, — les géants des circonstances. Et vous me jugeriez par mes actions! Mais ne pouvez-vous pas regarder à l'intérieur? Ne pouvez-vous pas comprendre que le mal m'est haïssable? Ne pouvez-vous pas voir au fond de moi le texte de la conscience, jamais biffé par nul sophisme, bien que toujours négligé? Ne pouvez-vous pas me connaître pour cette chose qui doit être aussi commune que l'humanité : le pécheur involontaire?

— Tout ceci est exprimé avec beaucoup de sentiment, mais cela ne me regarde pas. Ces subtilités ne sont pas de mon ressort et peu m'importe quelle impulsion peut vous avoir mis en route, pourvu que vous soyez bien emporté dans la bonne direction. Mais le temps passe; la servante s'attarde à regarder les visages de la foule et les tableaux des baraques; mais cependant elle approche et, souvenez-vous-en, c'est comme si le gibet lui-même s'avançait vers vous à travers les rues de Christmas! Vous aiderai-je, moi qui sais tout? Vous dirai-je où trouver l'argent?

— A quel prix?

— Je vous offre ce service comme cadeau de Christmas.

Markheim ne put s'empêcher de sourire avec une espèce de triomphe amer.

— Non, dit-il, je n'accepte rien de vous : si je mourrais de soif et que votre main tendît la cruche à mes lèvres, je trouverais le courage de refuser. Je suis peut-être crédule, mais je ne ferai rien pour m'abandonner au mal.

— Je n'ai pas d'objection contre le repentir au lit de mort, remarqua le visiteur.

— Parce que vous ne croyez pas à son efficacité!

— Je ne dis pas cela, mais je vois ces choses sous un aspect différent, et lorsque la vie est achevée elle perd tout intérêt pour moi. L'homme a vécu pour me servir, pour lancer de sombres regards sous couleur de religion, ou pour semer de l'ivraie dans le champ de blé, comme vous faites, avec une faiblesse complaisante au désir. Puis, lorsqu'il arrive si près de sa délivrance, il ne peut rien faire d'autre que se repentir, mourir en souriant, et ainsi induire en confiance et en espoir les plus timorés de mes fidèles survivants. Je ne suis pas un si méchant maître. Essayez-moi. Acceptez mon secours. Complaisez-vous dans la vie comme vous avez fait jusqu'ici; amusez-vous plus largement, étalez vos coudes sur la table; et quand la nuit commencera à tomber et les rideaux à se tirer, je vous le dis pour votre plus grand réconfort, vous trouverez très facile de vous réconcilier avec votre conscience et de faire votre paix avec Dieu. J'arrive juste maintenant d'un tel lit de mort, et la chambre était pleine de gens sincèrement affligés, écoutant les derniers mots de l'homme; et lorsque je regardai son visage, qui avait été dur comme un caillou contre la pitié, je le trouvai souriant d'espoir.

— Alors donc, vous me supposez une créature de cette espèce? demanda Markheim. Pensez-vous que je n'aie pas de plus généreuses aspirations que pécher, pécher encore et toujours et, à la fin, me faufiler au ciel? Le cœur me lève à cette pensée. Est-ce donc là votre expérience de l'humanité, ou est-ce parce que vous me trouvez avec les mains rouges que vous présumez une telle bassesse? et ce crime de meurtre est-il en effet assez impie pour dessécher les sources mêmes du bien?

— Le meurtre ne forme pas pour moi une

catégorie spéciale, répondit l'autre. Tous les péchés sont des meurtres, de même que toute vie est guerre. Je conçois votre race comme des marins mourant de faim sur un radeau, qui arrachent les croûtes des mains de l'affamé et se nourrissent les uns des autres. Je suis les péchés depuis le moment de leur exécution; je trouve qu'en tout cela la dernière conséquence est la mort; et à mes yeux, la jolie fille qui contrarie sa mère sur une question de bal ne se souille pas moins de sang humain qu'un meurtrier tel que vous. J'ai dit que je suivais les péchés; je suis les vertus aussi; elles n'en diffèrent pas de l'épaisseur d'un ongle, ils sont l'un et l'autre des glaives pour l'ange ravisseur de la Mort. Le Mal, pour lequel je vis, ne consiste pas dans l'action, mais dans le caractère. L'homme mauvais m'est cher, non l'acte mauvais, dont les fruits, si nous pouvions les suivre assez loin au long de la cascade des âges, pourraient se trouver encore plus heureux que ceux des plus rares vertus. Et ce n'est pas parce que vous avez tué un marchand, mais parce que vous êtes Markheim, que je vous offre de favoriser votre évasion.

— Je vais vous ouvrir mon cœur, répondit Markheim. Ce crime devant lequel vous me surprenez est mon dernier. En l'accomplissant, j'ai appris plusieurs choses : lui-même est une leçon, une terrible leçon. Jusqu'ici, j'ai été conduit malgré ma révolte à faire ce que je ne voulais pas; j'étais un esclave mené sous le fouet de la pauvreté. Il y a des vertus robustes qui peuvent résister à ces tentations; la mienne n'était pas de ce genre : j'avais soif de plaisir. Mais aujourd'hui, et par ce crime, je récolte à la fois un avertissement et la richesse : à la fois le pouvoir et une nouvelle résolution d'être moi-même. Je deviens en toutes choses un acteur libre dans le monde; je me vois désormais entièrement changé, je vois dans ces mains les agents du bien, et ce cœur est en paix. Quelque chose revient en moi du passé; quelque chose de ce que j'ai rêvé les soirs de dimanche au son des orgues de l'église, de ce que je pressentais en versant des larmes sur de nobles livres, ou en causant avec ma mère alors que j'étais un enfant innocent. Là se trouve ma vie; j'ai erré des années, mais je revois maintenant la cité qui m'est destinée.

— Vous allez jouer cet argent à la Boursc, je crois? remarqua le visiteur; et c'est là, si je ne me trompe, que vous avez déjà perdu plusieurs milliers de livres?

— Oui, mais cette fois, l'opération est sûre.

— Cette fois encore vous perdrez, repartit le visiteur avec tranquillité.

— Oui, mais je mets de côté la moitié!

— Vous la perdrez aussi!

La sueur perla sur le front de Markheim.

— Eh bien alors, qu'importe? exclama-t-il. Mettons qu'elle soit perdue, mettons que je sois plongé de nouveau dans la pauvreté, est-ce qu'une portion de moi-même, et la pire, continuera jusqu'au bout à opprimer la meilleure? Le mal et le bien circulent violemment en moi et m'appellent chacun après soi. Je n'aime pas une chose, je les aime toutes. Je puis concevoir des hauts faits, des renoncements, des martyres; et j'ai beau être tombé jusqu'à un crime tel que ce meurtre, la pitié n'en est pas plus étrangère à mes pensées. J'ai pitié des pauvres; qui connaît mieux que moi leurs épreuves? J'ai pitié d'eux et je les secours; j'estime l'amour, j'aime les joies honnêtes; il n'est chose bonne ou vraie sur terre que je n'aime de tout mon cœur. Et mes vices doivent-ils seuls diriger ma vie, et mes vertus demeurer sans effet, comme un passif rebut de l'esprit? Non pas : le bien aussi est une source d'actions.

Mais le visiteur leva le doigt.

— Depuis trente-six ans que vous êtes au monde, à travers bien des changements de fortune et des variations d'humeur, j'ai observé votre chute graduelle. Il y a quinze ans, vous auriez reculé devant un vol. Il y a trois ans, vous auriez pâli à l'idée du meurtre. Est-il un crime, est-il une cruauté ou une bassesse devant quoi vous reculerez encore? Dans cinq ans d'ici, je vous prendrai sur le fait! Plus bas, toujours plus bas, voilà notre vie; rien que la mort ne peut vous arrêter.

— C'est vrai, dit âprement Markheim, j'ai à un certain degré consenti au mal. Mais il en est ainsi pour tous : les saints mêmes, par le simple fait de vivre, deviennent moins scrupuleux et prennent le ton de leur entourage.

— Je vous poserai une simple question, dit l'autre; et selon votre réponse je tirerai votre horoscope moral. Vous vous êtes relâché sur beaucoup de points; peut-être avez-vous bien fait; et, en somme, il en est ainsi pour chacun. Mais ceci admis, êtes-vous en quelque chose particulière, si minime qu'elle soit, plus difficile à contenter sur votre propre conduite, ou est-ce en tout que vous avez lâché les rênes?

— En quelque chose? répéta Markheim, avec une attention anxieuse. Non, ajouta-t-il avec désespoir, en aucune! Je me suis abaissé en tout!

— Alors, contentez-vous de ce que vous êtes, car vous ne changerez jamais, et votre destin est irrévocablement écrit.

Markheim demeura longtemps silencieux et ce fut le visiteur qui le premier rompit le silence.

— Puisqu'il en est ainsi, vous montrerai-je l'argent?

— Et la grâce?

— N'en avez-vous pas essayé? Il y a deux ou trois ans, ne vous ai-je pas vu sur la plate-forme des meetings religieux, et votre voix n'était-elle pas la plus forte à chanter les hymnes?

— C'est vrai, et je vois clairement ce qui me reste en fait de devoir. Je vous remercie du fond du cœur pour ces leçons; mes yeux sont ouverts et je me tiens enfin pour ce que je suis.

A ce moment, la note stridente de la sonnette de la porte résonna dans la maison; et le visiteur, comme si c'était là un signal concerté qu'il attendait, changea aussitôt d'allures.

— La servante! s'écria-t-il. Elle est de retour, comme je vous en avais prévenu, et vous êtes maintenant dans une passe plus difficile. Son maître, devrez-vous dire, est malade; vous la ferez entrer, avec une contenance assurée, mais un peu grave, — pas de sourires, pas d'empressement, et je vous promets le succès! Une fois la fille dedans, et la porte fermée, la même dextérité qui vous a déjà délivré du marchand débarrassera votre chemin de ce dernier danger. Ensuite, vous aurez la soirée entière — toute la nuit, s'il le faut — pour rafler les trésors de la maison et vous mettre en sûreté. C'est le secours qui vous arrive sous le masque du danger. Debout! debout, ami! votre vie ébranle l'escalier : debout, et agissez!

Markheim regarda fermement son conseiller.

— Si je dois être condamné pour de mauvaises actions, dit-il, il y a encore une porte ouverte sur la liberté : je puis abandonner l'action. Si ma vie est une mauvaise chose, je puis la quitter. Bien que je sois, comme vous le dites avec justesse, aux ordres de la moindre tentation, je puis encore, par un geste décisif, me mettre hors de toutes leurs atteintes. Mon amour du bien est condamné à la stérilité, c'est possible, et tant pis! Mais j'ai encore ma haine du mal; et d'elle, à votre mortification, vous verrez que je puis tirer à la fois énergie et courage.

Les traits du visiteur subirent un merveilleux changement : ils s'illuminèrent et s'adoucirent d'un tendre triomphe et, tout en s'illuminant, s'effacèrent et disparurent. Mais Markheim ne s'arrêta pas à suivre ou comprendre la transformation. Il ouvrit la porte et descendit très lentement, en réfléchissant. Son passé lui revint, lucide, il le comprit tel qu'il était, affreux et désordonné comme un songe, une mêlée de hasard, — une scène de défaite. La vie, qu'il revoyait ainsi, ne le tenta plus davantage; mais de l'autre côté il aperçut un havre tranquille pour sa barque. Il s'arrêta dans le corridor et regarda dans la boutique où la bougie brûlait encore auprès du cadavre. La scène était étrangement silencieuse. Les souvenirs ondoyaient dans son esprit tandis qu'il demeurait en contemplation. Puis la sonnette fit retentir de nouveau un appel impatient.

Il eut une sorte de sourire en recevant la servante sur le seuil.

— Vous ferez bien d'aller chercher la police, dit-il : j'ai tué votre maître.

Markheim est extrait de *les Gais Lurons,* Éd. de la Sirène, 1920.

HISTOIRE DE TOD LAPRAIK

(Tale of Tod Lapraik)

Mon père, Tam Dale, paix à ses os, fut dans son jeune temps un garçon bizarre et inquiet, avec peu de sagesse et moins encore de crainte de Dieu. Il raffolait des filles et raffolait de la bouteille et raffolait des aventures; mais je n'ai jamais ouï dire qu'il s'employât beaucoup à rien d'honnête. De fil en aiguille, il s'enrôla finalement comme soldat et fut mis en garnison dans ce fort, ce qui fit la première fois qu'un Dale posa le pied sur le Bass. Service de misère! Le gouverneur brassait son *ale* lui-même; que peut-on imaginer de pire? La Roche était ravitaillée de la terre ferme, la chose était mal organisée, et il y avait des fois où ils en étaient réduits à pêcher ou à tirer des oies afin d'avoir à manger. Pour comble, c'était l'époque de la Persécution. Les cellules où l'on crevait de froid étaient toutes remplies de saints et de martyrs, le sel de la terre, ce qui était une indignité. Et bien que Tam Dale fût là portant son fusil comme simple soldat, et qu'il aimât les filles et la bouteille, comme je l'ai dit, il n'avait pas l'esprit tranquille au sujet de son emploi. Il avait entrevu la gloire de l'Église; il y avait des fois où la colère lui montait de voir maltraiter les saints du Seigneur, et la honte le couvrait de ce qu'il dût tenir la chandelle (ou porter le fusil) à une si noire affaire. Certaines nuits, lorsqu'il était de faction, dans le silence du gel couvrant tout, l'un des prisonniers entonnait un psaume, et les autres se joignaient à lui, et le chant sacré montait des différentes cellules — ou cachots, je veux dire — si bien que ce vieux rocher isolé en mer semblait un morceau du ciel. La noire honte était sur mon âme; ses péchés se dressaient devant lui sur le Bass, et par-dessus tout, ce péché capital, qu'il dût mettre la main à persécuter l'Église du Christ. Mais la vérité est qu'il regimbait à l'Esprit. Le jour venu, il y avait ses compagnons pour l'étourdir, et ses bonnes résolutions le quittaient.

En ce temps-là, demeurait sur le Bass un homme de Dieu, nommé Peden le Prophète. Vous devez avoir entendu parler du Prophète Peden. Personne ne l'a jamais valu depuis, et beaucoup se demandent s'il avait eu son pareil avant lui. Il était hirsute comme une vieille sorcière, effrayant à entendre, avec une mine comme le jour du Jugement. Il avait une voix pareille à celle des oies, qui vous résonnait dans la poitrine, et des paroles comme des charbons ardents.

Or, il y avait une fille sur la Roche, et je crois qu'elle avait peu à y faire, car ce n'était pas un endroit pour une femme convenable; mais il paraît qu'elle était gentille et elle s'accordait fort bien avec Tam Dale. Il arriva que Peden était à se promener dans son jardin en priant, lorsque Tam et la fille passèrent par là, et la fille ne se mit-elle pas à rire aux éclats des dévotions du saint! Il se redressa et les regarda tous deux, et les genoux de Tam s'entrechoquèrent à son aspect. Mais quand il parla, ce fut avec plus de tristesse que de colère. — Pauvre! pauvre créature! dit-il, et c'était la fille qu'il regardait, je vous ai entendu crier et dire, dit-il, mais le Seigneur vous prépare un coup mortel, et ce châtiment soudain ne tirera de vous qu'un seul cri! — Peu de temps après elle alla se promener sur la falaise avec deux-trois soldats, et c'était un jour de bourrasque. Survint un coup de vent qui la souleva par ses jupes, et partez avec armes et bagages! Et il fut remarqué par les soldats qu'elle n'avait poussé qu'un seul cri.

Sans doute ce châtiment eut quelque poids

sur Tam Dale; mais ce fut bref, et il n'en devint pas meilleur. Un jour qu'il flânait avec un autre soldat : — Diable m'emporte! fit Tam, qui était un blasphémateur endurci. Et Peden était là, le regardant d'un air sombre et terrible; Peden avec ses yeux flamboyants, et qui tendait vers lui sa main aux ongles noirs — car il méprisait la chair. Fi! fi donc, pauvre homme, s'écria-t-il, ô le pauvre insensé! *Diable m'emporte,* dit-il, et moi je vois le diable à son côté. — La conscience de son crime et la grâce envahirent Tam comme la mer profonde; il jeta par terre la pique qu'il avait à la main. — Jamais plus je ne porterai les armes contre la cause du Christ, fit-il. Et il tint parole. Il eut à subir de dures punitions au début, mais le gouverneur, le voyant résolu, lui donna son congé, et il alla demeurer à North Berwick, et il eut depuis ce jour un bon renom parmi les honnêtes gens.

Ce fut dans l'année 1706 que le Bass tomba en la possession des Dalrymples, qui chargèrent deux hommes de le garder. Tous deux étaient bien qualifiés, car ils avaient tous deux été soldats de la garnison, et savaient la manière avec les oies, et leurs saisons et leur valeur. Outre cela ils étaient tous deux — ou tous deux semblaient être — des hommes sérieux et de bonne compagnie. Le premier était justement Tam

Dale, mon père. Le deuxième était un certain Lapraik, que les gens appelaient surtout Tod Lapraik, peut-être à cause de son caractère. Eh bien, Tam alla voir Lapraik pour ses affaires, et m'emmena par la main, car j'étais un tout petit garçon. Tod avait sa demeure dans l'ancien cloître, au-dessous du cimetière de l'église. C'est un cloître sombre et lugubre, outre que l'église a toujours eu mauvais renom depuis le temps de James VI; et quant à la demeure de Tod, elle était située dans le coin le plus sombre, et ne plaisait guère aux gens bien renseignés. La porte était au loquet ce jour-là, et mon père et moi entrâmes sans frapper. Tod était tisserand de profession, et nous le trouvâmes assis devant son métier; mais ce gros homme au teint blanc comme saindoux avait une espèce de sourire béat qui me donna le frisson. Sa main tenait la navette, mais il avait les yeux fermés. Nous l'appelâmes par son nom, nous le secouâmes par l'épaule. Rien n'y fit! Il restait là sur son banc, et tenait la navette, et souriait blanc comme saindoux.

— Dieu nous bénisse! dit Tam Dale, ceci n'est pas naturel.

Il avait à peine prononcé le mot, que Tod Lapraik revint à lui.

— C'est vous Tam? dit-il. Hé l'ami, je suis

heureux de vous voir. Il m'arrive parfois de tomber en pâmoison de la sorte, dit-il; cela provient de l'estomac.

Eh bien, ils se mirent à bavarder concernant le Bass et lequel des deux en aurait la garde, et peu à peu ils en vinrent aux gros mots, et se séparèrent fâchés. Je me rappelle bien qu'en retournant à la maison avec mon père, il répéta plusieurs fois dans les mêmes termes qu'il n'aimait pas du tout Tod et ses pâmoisons.

— Des pâmoisons, dit-il. Il me semble que des gens ont été brûlés pour des pâmoisons comme celle-là.

Eh bien, mon père eut le Bass, et Tod put se brosser le ventre. On s'est souvenu de quelle façon il avait pris la chose. — Tam, dit-il, vous avez eu le dessus avec moi cette fois-ci encore, et j'espère, dit-il, que vous trouverez au moins tout ce que vous attendez sur le Bass. Expression que depuis on a trouvée singulière. A la fin l'époque arriva pour Tam de dénicher les jeunes oisons. C'était une affaire dont il avait bien l'habitude, car il avait fréquenté les falaises depuis sa jeunesse, et il ne se fiait à personne d'autre qu'à lui-même. Il était donc là suspendu par une corde le long de la falaise, là où elle est le plus élevée et le plus abrupte. Au moins vingt gars étaient en haut, tenant la corde et attentifs à ses signaux. Mais à l'endroit où Tam était suspendu il n'y avait rien que la falaise et la mer en bas, et les oies criaient et volaient. C'était une belle matinée de printemps, et Tam sifflait en dénichant les jeunes oisons. Bien souvent je lui ai entendu raconter son aventure, et chaque fois la sueur lui découlait du front.

Il arriva, voyez-vous, que Tam regarda en l'air, et il aperçut un gros oiseau, et l'oiseau becquetait la corde. Il trouva cela pas ordinaire et en dehors des habitudes de l'animal. Il songea que les cordes sont singulièrement fragiles, et le bec des oies et les roches du Bass singulièrement acérés, et que deux cents pieds étaient un peu plus qu'il ne se souciait de tomber.

— Brrou! cria Tam. Va-t-en, oiseau! Brrou! va-t'en donc! dit-il.

L'oie regarda de son haut Tam dans la figure, et il y avait quelque chose de pas ordinaire dans les yeux de la bête. Elle ne lui jeta qu'un coup d'œil, et se retourna vers la corde. Mais à présent elle besognait et luttait comme une forcenée. Jamais oie n'a fait la besogne que celle-là besognait; et elle semblait connaître fort bien son métier, usant la corde entre son bec et une saillie de roche tranchante.

Le cœur de Tam se glaça de terreur. — Cet être n'est pas un oiseau, pensa-t-il. Les yeux lui tournèrent dans le crâne, et le jour s'obscurcit autour de lui. — S'il me prend une faiblesse, pensa-t-il, c'en est fait de Tam Dale. Et il fit au gars le signal de le remonter.

Et il semblait que l'oie comprenait les signaux. Car le signal ne fut pas plus tôt fait qu'elle lâcha la corde, déploya ses ailes, poussa un grand cri, fit un tour de vol, et se précipita droit sur les yeux de Tam Dale. Tam avait un couteau, et il fit briller le froid acier. Et il sembla que l'oie connaissait les couteaux, car l'acier n'eut pas plus tôt brillé au soleil qu'elle poussa un cri, mais plus aigu, comme de désappointement, et s'envola derrière la saillie de la falaise, et Tam ne la vit plus. Et aussitôt que cette bête fut partie, la tête de Tam lui retomba sur l'épaule, et on le hissa comme un cadavre, ballottant contre la falaise.

Un coup d'eau-de-vie (il n'allait jamais sans) lui rendit ses esprits, ou ce qu'il en restait. Il se mit sur son séant.

— Courez, Georgie, courez au bateau, et amarrez-le bien, mon ami — courez! s'écria-t-il, ou cette oie va l'emporter, dit-il.

Les garçons le regardèrent ahuris et voulurent lui persuader de se tenir tranquille. Mais rien ne put le calmer, tant que l'un d'eux ne fut parti en avant pour monter la garde sur le bateau. Les autres lui demandèrent s'il allait redescendre.

— Non, répondit-il, et ni vous ni moi, dit-il, et aussitôt que j'arriverai à me remettre sur mes deux jambes nous quitterons cette falaise de Satan.

En vérité, ils ne perdirent pas de temps, et cela n'était que trop nécessaire, car ils n'étaient pas arrivés à North Berwick que Tam était tombé dans le délire de la fièvre. Il y demeura tout l'été; et qui est-ce qui eut l'obligeance de venir le visiter? Notre Tod Lapraik! On s'est avisé par la suite qu'à chaque fois que Tod était venu chez lui la fièvre avait redoublé. Je n'en sais rien; mais ce que je sais bien c'est comment cela finit.

C'était à peu près la même saison de l'année qu'aujourd'hui : mon grand-père était allé pêcher; et comme un gosse je l'accompagnais. Notre prise fut superbe, je m'en souviens, et la manière dont se présentait le poisson nous conduisit tout près du Bass où nous rencontrâmes un autre bateau qui appartenait à un nommé Sandie Fletcher, de Castleton. Il est mort depuis, sans quoi vous auriez pu aller le voir. Or donc Sandie nous héla.

— Qu'est-ce qu'il y a là-bas sur le Bass? dit-il.

— Sur le Bass? dit grand-père.

— Oui, dit Sandie. Sur le côté vert du Bass.

— Qu'est-ce qu'il peut bien y avoir? dit grand-père. Il ne vient sur le Bass que des moutons.

— Ç'a tout l'air d'être un homme, fit Sandie, qui était plus proche que nous.

— Un homme! disons-nous, et cela ne nous plaisait guère à personne. Car il n'y avait pas de bateau qui eût pu amener quelqu'un, et la clef de la prison était suspendue au-dessus du chevet de mon père à la maison.

Les deux bateaux restèrent ensemble pour se tenir compagnie, et nous avançâmes plus près. Grand-père avait une longue-vue, car il avait été marin, et capitaine d'un lougre, et il l'avait perdu sur les sables de la Tay. Et quand nous eûmes regardé à la longue-vue, plus de doute, c'était un homme. Il était sur un bout de la lande verte, un peu plus bas que la chapelle du côté sous le vent, et il sautait et dansait comme un fou à une noce.

— C'est Tod, dit grand-père. Et il passa la lunette à Sandie.

— Oui, c'est lui, dit Sandie.

— Ou quelqu'un à sa ressemblance, dit grand-père.

— C'est tout pareil, fit Sandie. Diable ou

sorcier, je vais essayer mon fusil sur lui, fit-il.

Et il alla chercher une canardière qu'il avait apportée, car Sandie était connu dans tout le pays pour un tireur fameux.

— Attendez un peu, Sandie, fit grand-père; il nous faut d'abord y voir plus clair, dit-il, ou bien cela pourrait nous coûter cher à tous les deux.

— Allons donc! dit Sandie, c'est sans nul doute un jugement de Dieu, et damné soit l'individu!

— Peut-être que oui, peut-être que non, dit mon grand-père, le digne homme! mais songez-vous au procurateur fiscal, avec qui, je crois, vous avez déjà eu maille à partir? dit-il.

C'était trop vrai, et Sandie fut un peu décontenancé.

— Eh bien, Eddie, fit-il, et quel serait votre moyen?

— Le voici, dit grand-père. Moi qui ai le bateau le plus rapide, je vais retourner à North Berwick, et vous resterez ici et tiendrez l'œil sur ça. Si je ne trouve pas Lapraik, je vous rejoindrai et à nous deux nous irons lui causer. Mais si Lapraik est chez lui, je hisserai le pavillon du port, et vous pourrez y aller sur ça à coups de fusil.

Eh bien, ce fut arrangé ainsi entre eux deux. Je n'étais qu'un gosse et restai dans le bateau de

Sandie, où j'espérais mieux voir la suite. Mon grand-père donna à Sandie un teston d'argent pour glisser dans son fusil avec les balles de plomb, car c'est plus sûr contre les fantômes. Et puis l'un des bateaux cingla vers North Berwick, et l'autre resta sur place à surveiller l'être de mauvais augure sur le flanc du ravin.

Tout le temps que nous fûmes là il sauta et gambada et tourna comme un toton, et nous pensions par moments entendre ronfler son tournoiement. J'ai vu des filles, les folles princesses, sauter et danser un soir d'hiver, et être encore à sauter et danser quand le jour d'hiver était revenu. Mais il y avait autour d'elles des gens pour leur tenir compagnie, et des garçons pour les exciter; mais cet être-ci était tout seul. Et il y avait avec elles un violoneux se démanchant le coude au coin de la cheminée; mais cet être-ci n'avait d'autre musique que le concert des oies sauvages. Et les filles étaient des jeunesses avec le sang rouge et frémissant et courant dans leurs membres; mais celui-ci était un gros, gras homme suifeux, et avancé en âge. Dites ce que vous voudrez, je dois dire ce que je crois. Il y avait de la joie dans le cœur de la créature; la joie de l'enfer, soit, mais de la joie quand même. Bien souvent je me suis demandé pourquoi les sorciers et sorcières vendent leurs âmes (qui sont leur plus précieux bien) alors qu'elles sont des vieilles femmes ridées et ratatinées ou des vieux décatis; et alors je me rappelle Tod Lapraik dansant toutes ces heures tout seul dans le noir triomphe de son cœur, Sans doute ils brûlent pour cela au fin fond de l'enfer, mais ils ont eu d'abord du bon temps ici-bas! — et le Seigneur nous pardonne.

Eh bien, en définitive, nous vîmes le pavillon de marée monter à la tête du mât sur les rochers du port. Sandie n'attendait que cela. Il épaula son fusil, visa longuement, et pressa la détente. Le coup partit, et puis un grand hurlement s'éleva du Bass. Et nous étions là nous frottant les yeux, et nous regardant les uns les autres comme des hébétés. Car avec le coup et le hurlement l'être avait disparu soudain. Le soleil brillait, le vent soufflait, et il n'y avait plus rien que l'herbe nue là où le Phénomène avait sauté et dansé rien qu'une seconde plus tôt.

Tout le trajet de retour je poussai des cris de terreur au souvenir de cette disparition. Les hommes faits ne valaient pas beaucoup mieux; on n'entendit guère dans le bateau de Sandie qu'invoquer le nom de Dieu; et quand nous fûmes au môle, les rochers du port étaient noirs de gens qui nous attendaient. Il paraît qu'on avait trouvé Lapraik dans une de ces « pâmoisons », tenant la navette et souriant. Un garçon fut envoyé hisser le pavillon, et les autres restèrent dans la maison du tisserand. Vous pouvez être sûrs que cela ne leur plaisait guère; mais il en résulta la conversion de plusieurs qui étaient là priant tout bas (car personne n'eût osé prier haut) et contemplant cette effroyable créature qui tenait la navette. Puis, tout d'un coup, et avec un cri terrible, Tod sauta de son banc et tomba en avant sur le métier — cadavre sanglant.

Quand le cadavre fut examiné, les chevrotines n'avaient pas touché le corps du sorcier; impossible de retrouver un seul grain de plomb; mais il avait reçu le teston d'argent de mon grand-père en plein milieu du cœur.

Histoire de Tod Lapraik est extrait de *Catriona,* Éd. Albin-Michel.

THORGUNNA LA SOLITAIRE

Légende extraite des Sagas
(The Waif Woman)
Traduction de Charles-Albert REICHEN

Ce récit nous vient d'Islande, l'île aux légendes, et il traite d'événements qui se produisirent un peu après que le pays eut été converti au christianisme.

Au printemps de cette année-là, un navire quitta les Iles du Midi pour commercer et, surpris par le calme, il dut mouiller dans les eaux de Snowfellness. En ces lieux, les vents l'avaient amené et c'était le premier navire que l'on eût vu dans ces parages au cours de ce printemps. Les pêcheurs montèrent dans leurs canots et se rangèrent aux flancs du bâtiment afin qu'on leur contât des nouvelles du Sud. Mais ceux des insulaires qui avaient l'esprit plus pratique vinrent surtout pour voir la marchandise et discuter des prix. Des portes du château qui donne sur Frodis Water, les domestiques virent le bateau danser sur ses amarres, entouré d'embarcations qui allaient et venaient en tous sens. Du navire, les marchands regardaient la fumée s'élever des toits et les hommes et les femmes s'assembler pour le repas dans la grand salle.

Le maître du logis s'appelait Finnward le Marin et sa femme Aude à la Tête Folle; ils avaient un fils, Eyolf, un garçon bien planté, et une fille, Asdis, gracieuse et gracile comme un jonc. Finnward était dans l'abondance, tenait maison ouverte et possédait de nombreux amis. Mais Aude, sa femme, ne jouissait pas d'une égale considération; on la disait grande amatrice de futilités et de beaux atours, avide de l'admiration des hommes et recherchant l'envie des autres femmes. On pensait que, dans sa conduite, elle n'était pas toujours aussi circonspecte qu'elle aurait dû l'être mais, après tout, cela ne causait de tort à personne!

Au soir du second jour, certains hommes du bateau vinrent en visite à la maison. Ils parlèrent de leur cargaison, laquelle était intéressante tout autant qu'avantageuse, et, plus encore, d'une femme solitaire qui voyageait avec eux sans que nul n'eût pu dire pourquoi et qui possédait des coffres entièrement remplis de vêtements d'une valeur hors de pair, des étoffes aux couleurs admirables et d'un tissu d'une extrême finesse, ainsi que des bijoux dignes d'une reine.

A l'audition de ces merveilles, les yeux d'Aude commencèrent à briller. Elle alla se coucher de bonne heure et l'aube n'avait pas encore rougi le ciel qu'elle se trouvait déjà sur la plage, faisait mettre une embarcation à la mer et cinglait vers le navire. Sur son passage, elle regardait de près toutes les autres nacelles, mais il n'y avait de femme dans aucune, ce que voyant elle se sentit plus d'optimisme car ce n'était point des hommes qu'elle avait peur.

Lorsqu'elle arriva auprès du navire, les barques l'entouraient déjà et les marchands, ainsi que les badauds, réunis sur le gaillard d'arrière, discutaient et babillaient à qui mieux mieux. Sur le gaillard d'avant, toutefois, la femme était assise, solitaire, regardant la mer avec une expression quelque peu morose. Ellc s'appclait Thorgunna. Aussi grande et aussi râblée qu'un homme, elle avait un aspect qui n'inspirait pas la pitié. Ses cheveux étaient d'un roux sombre, sans un seul fil d'argent. Elle avait le teint mat, les joues rondes et le front bien lisse. Certains des marchands prétendaient qu'elle portait bien ses soixante ans, mais d'autres prenaient un air entendu et déclaraient qu'elle n'en avait pas quarante. Quoi qu'il en fût, ils ne parlaient d'elle qu'à voix basse, étant persuadés qu'elle n'était point facile à vivre et qu'au surplus, il y avait en elle quelque chose de peu ordinaire.

Aude alla s'asseoir près de la voyageuse et lui souhaita la bienvenue en terre d'Islande. Thorgunna fit à la visiteuse les honneurs du navire. Pendant quelque temps, elles continuèrent sur ce mode, se louant et s'observant entre elles, selon la manière des femmes. Mais Aude avait le cœur trop petit pour contenir un si grand désir et, bientôt, elle s'ouvrit de ses préoccupations à son hôtesse.

— Les gens prétendent, lui dit-elle, que vous possédez les plus belles parures de femme que l'on n'ait jamais vues en Islande? Et, comme elle parlait ainsi ses yeux s'ouvrirent tout grands.

— Le contraire m'étonnerait, répondit Thorgunna. Les reines n'ont rien de plus beau.

Alors, Aude demanda la faveur d'être admise à contempler ces trésors.

Thorgunna la toisa et lui dit :

— Par ma foi, ces choses-là n'ont pas grande utilité; elles ne sont faites que pour être montrées.

Ainsi se fit-elle chercher un coffre qu'elle ouvrit. Il y avait, là-dedans, un manteau de la pourpre la plus rare, brodé d'argent, plus beau que tout ce qu'on peut imaginer. A part cela, une broche en filigrane d'argent, aussi finement ouvragée qu'un coquillage marin et aussi large que la pleine lune. Aude contempla les vêtements soigneusement pliés dans le coffre, rayonnant de toutes les couleurs de l'arc-en-ciel, ainsi que les précieux bijoux; et le cœur lui brûla d'envie. Précisément parce qu'elle avait si grand désir d'acheter, elle commença par déprécier la marchandise.

— Oui, fit-elle, ce sont là d'assez jolies choses, encore que j'en aie de plus belles à la maison, dans mon coffre. Ce manteau, par exemple, me plairait assez, car, voyez-vous, j'ai justement besoin d'un manteau neuf.

Ce disant, elle palpait le tissu de pourpre et le contact de la fine étoffe lui réchauffait le cœur.

— Allons! conclut-elle, décompte fait de votre courtoisie à me montrer ces choses, combien voudriez-vous de ce manteau?

— Femme, répliqua Thorgunna, je n'en suis pas marchande.

Sur ce, elle ferma le coffre et le verrouilla comme si la proposition l'avait irritée.

Aude, alors, se répandit en protestations et en caresses. C'était, chez elle, une pratique courante car elle estimait qu'à force d'être étreinte et embrassée, toute personne finirait par lui céder. De la cajolerie, elle passa aux paroles flatteuses, déclarant ne point ignorer que toutes ces choses étaient bien trop magnifiques pour une femme de son rang. Non, elles ne pouvaient convenir qu'à une créature belle et majestueuse comme Thorgunna! Ce disant, elle la couvrait à nouveau de baisers et Thorgunna semblait se radoucir. Par la suite, Aude argua de sa pauvreté et demanda qu'on voulût bien lui faire don du manteau. Contradictoirement, elle vantait, l'instant d'après, la richesse de son mari et offrait once sur once du plus bel argent, le prix de trois vies humaines! Thorgunna eut un sourire, mais c'était là sourire amer car elle n'arrêtait pas de hocher la tête. Enfin, à bout d'énervement, Aude se mit à pleurer.

— Je donnerais mon âme pour ce manteau! s'écria-t-elle.

— Sotte! fit Thorgunna, mais il y a eu d'autres sottes avant toi.

Peu de temps après, elle ajoutait :

— Assez de supplications! Ces objets sont à moi et j'ai été stupide de te les montrer. Tout de même, à quoi serviraient-ils si on ne les montrait point? Miens ils sont et miens ils resteront jusqu'à ma mort. Je les ai payés assez cher!

Aude vit que ses efforts étaient inutiles. Aussi sécha-t-elle ses pleurs et demanda-t-elle à Thorgunna de lui raconter son voyage, feignant, tout ce temps, d'écouter alors qu'à vrai dire, elle tramait à part soi d'ingénieux complots.

— Thorgunna, demanda-t-elle bientôt, avez-vous de la parenté en Islande?

— Je n'ai ni parents ni amis, répartit Thorgunna. Je viens d'une très grande famille mais je n'ai pas eu de chance. Aussi mieux vaut que je n'en parle pas.

— Mais, s'écria Aude, vous n'avez pas de maison où vous puissiez passer votre temps jusqu'au retour de votre navire! Chère, chère Thorgunna, il vous faut absolument venir vivre avec nous. Mon époux est riche, généreux et sa maison est ouverte à chacun. Pour ma part, je vous aimerai et vous servirai comme si j'étais votre propre fille.

A ces paroles, Thorgunna eut un demi-sourire, tandis qu'au fond d'elle-même, son esprit se gaussait de la sotte prétention de son interlocutrice.

— Je lui revaudrai cette expression : votre propre fille, pensa-t-elle et son sourire s'épanouit davantage. Elle poursuivit :

— Je serai heureuse de vivre chez vous car ta maison a renom honorable et j'ai vu la fumée de ta cuisine du pont de mon navire. Mais il est une chose que tu dois comprendre. Je ne fais jamais de cadeau , je ne donne rien là où je vais, pas même une harde, pas même une once d'argent fin. Je travaille pour prix de ma pension et, comme je suis aussi forte qu'un bœuf et aussi dure à la tâche qu'un homme, ceux qui me prennent chez eux n'ont pas lieu de s'en repentir.

Aude eut grand mal à cacher son dépit, car elle était à la limite des larmes. Toutefois, elle sentait bien qu'il serait discourtois de revenir sur son invitation et, en femme inintelligente qu'elle était et en épouse capricieuse qui avait toujours conduit son mari par le bout du nez, elle se dit qu'elle trouverait bien enfin le moyen de cajoler Thorgunna et de réaliser ses desseins. Faisant contre mauvaise fortune bon cœur, elle pria sa compagne de descendre dans son canot, ordonna d'y charger les deux grands coffres de la voyageuse et la ramena chez elle à son château du bord de la mer.

Pendant tout le trajet, elle eut mille prévenances pour son invitée et, quand elles furent arrivées à la maison, elle lui donna la meilleure alcôve au fond de la grand salle. Thorgunna aurait un lit, une table, une chaise et suffisamment de place pour ses deux coffres.

— Voilà, dit-elle, l'endroit où vous coucherez pendant votre séjour. Sur ces mots, elle l'aida à ranger ses affaires.

Or, Thorgunna avait ouvert le second coffre

afin d'en sortir sa literie : des draps du plus beau lin anglais tels qu'on n'en avait jamais vu de pareils, une couverture de soie piquée et des rideaux de pourpre brodés d'argent. A la vue de ces merveilles, Aude se sentit devenir folle de convoitise, la cupidité lui aveugla l'esprit. Un cri s'éleva dans sa gorge qu'il lui fut impossible de contenir.

— Combien voudriez-vous de votre literie? s'exclama-telle, les joues toutes brûlantes.

Thorgunna la toisa avec une expression sévère.

— Par ma foi, dit-elle, tu es une hôtesse pleine de courtoisie, mais je ne veux pas coucher sur la paille pour te faire plaisir.

A ces paroles, Aude sentit le bout de ses oreilles devenir aussi chaud que ses joues; prenant Thorgunna au mot, elle la laissa désormais tranquille.

La voyageuse tint sa promesse. A l'intérieur comme au-dehors de la maison, elle travailla comme quatre et, à quoi que ce fût qu'elle mît la main, l'ouvrage était toujours impeccable. Trayait-elle? Les vaches donnaient plus de lait que de coutume; allait-elle faner, le temps se mettait immanquablement au beau. Faisait-elle la cuisine? Les invités s'en pourléchaient les doigts.

Elle était, quand elle le voulait, d'une courtoisie sans égale et l'on eût dit qu'elle avait mangé à la table des princes. Il semblait aussi qu'elle fût fort pieuse car elle allait prier à l'église tous les jours. Sur les autres points, son comportement laissait davantage à désirer. Taciturne, elle ne parlait jamais de sa famille et de ses richesses. Son front s'entourait souvent de nuages et il était dangereux de la contrarier.

Derrière son dos, les gens de la maison l'appelait la Solitaire ou la Femme du Vent quoique, en sa présence, on ne la nommât que Thorgunna et, si quelqu'un des jeunes, par manière de plaisanterie, la traitait de matrone, elle ne pipait mot de tout le jour mais s'asseyait à l'écart dans un coin en marmottant on ne sait quoi.

— Nous avons embarqué là une drôle de cargaison, disait Finnward le Marin. Je souhaite que nous n'ayons pas à nous en repentir mais ce que femme veut, Dieu le veut et puisque la mienne l'a voulu...

Il n'achevait pas. Lorsqu'elle était à son travail, Thorgunna portait les habits les plus simples et les plus grossiers bien que d'une propreté méticuleuse. En revanche, lors des banquets nocturnes dans la grand-salle, elle se mettait en frais de toilette car elle n'avait pas renoncé à la joie d'être admirée. Il n'y a pas de doute qu'elle fît encore belle impression et maints hommes l'estimaient fort présentable en somme. Devinant leur appréciation, elle leur adressait des sourires et d'obligeantes paroles. De bons observateurs auraient pu voir que plus on s'ingéniait à lui plaire, moins Aude en paraissait contente.

La mi-été passée, une troupe de jeunes gens en voyage vint demander asile au château. Aude n'était jamais si ravie que lorsqu'elle avait à sa table de beaux et vaillants hommes; et, pour rendre sa joie plus complète, sachez qu'Alf du Nid d'Aigle faisait partie de la société, ce même Alf qu'Aude estimait amoureux d'elle.

On peut tenir pour assuré qu'elle s'accoutra de son mieux mais lorsque Thorgunna sortit de son alcôve, elle était parée comme une reine et la grande broche de filigrane brillait sur sa poitrine. Pendant toute la nuit, les feux femmes rivalisèrent entre elles et Asdis, modeste comme toujours, éprouva une grande honte à ce spectacle, sans d'ailleurs savoir pourquoi. Mais Thorgunna ralliait tous les suffrages. Elle parla des étranges aventures qui lui étaient advenues, rit, comme elle le faisait lorsqu'elle était de bonne humeur, chanta d'une voix pleine et ronde des mélodies encore inconnues au pays. Où qu'elle se tournât, les regards la suivaient et la broche brillait de mille feux à son corsage. Tant et si bien que les jeunes gens en oubliaient la parole des marchands quant à l'âge de Thorgunna et que, de toute la nuit, ils ne purent détacher leurs regards de sa fascinante personne.

Aude en défaillait d'envie. Impossible de dormir après cet affront. Son mari était profondément assoupi auprès d'elle mais elle, assise sur son séant dans le lit, se rongeait les ongles de rage.

Maintenant, elle commençait à détester Thorgunna et la grande broche semblait scintiller devant elle contre le velours noir de la nuit.

— Pour sûr, pensait-elle, c'est la magie de cette broche qui a tourné la tête aux jeunes gens. Cette femme n'est pas aussi belle que moi; elle est aussi vieille que les morts au flanc de la colline et, pour ce qui est de son esprit et de ses chansons, il m'est avis que tout cela ne vaut pas grand chose.

Sur ce, elle se leva, prit un brandon dans l'âtre et se dirigea vers l'alcôve de sa rivale.

La porte en était fermée mais Aude possédait une deuxième clé et pouvait entrer aisément. A l'intérieur, les deux grands coffres étaient ouverts et, sur la pile d'effets, dans l'un de ceux-ci, la broche étincelait, multipliant les feux de la torche.

Aussi vite qu'un chien s'empare d'un morceau de viande, elle la déroba puis tourna ses regards vers le lit. Thorgunna était couchée sur le flanc et l'on aurait pu croire qu'elle dormait, n'eût été qu'on l'entendait se parler à elle-même et que ses lèvres s'agitaient. Il semblait que toute sa jeunesse l'avait abandonnée; son visage était d'un gris de cendre et des rides sillonnaient son front. Les yeux grands ouverts, elle dévisageait Aude sans pourtant la reconnaître. A ce spectacle, la pauvre sotte sentit le cœur lui manquer; mais la cupidité fut la plus forte et elle s'enfuit avec son larcin.

Quand elle eut réintégré sa couche, elle se souvint soudain de ce que Thorgunna lui avait dit, à savoir que ces objets n'étaient faits que pour être montrés. Certes, elle avait la broche, tout de même que la honte de son méfait, mais il lui était interdit de la porter. Aussi, toute la nuit durant, trembla-t-elle dans la crainte de voir son forfait découvert, pleurant des larmes de rage pour avoir ainsi péché en vain.

Le jour arriva et Aude dut se lever, mais elle vaqua à ses occupations ménagères comme une somnambule. Elle vit que sa fille Asdis la regardait curieusement et, furieuse, elle frappa la pauvre petite. Elle gronda toute sa domesticité car il apparaissait que rien n'était fait comme il se devait ce matin-là.

Quant à son mari, elle s'en vint d'abord le cajoler, pensant ainsi obtenir ses bonnes grâces lorsque les difficultés commenceraient. Ensuite, elle se ravisa, se prit de querelle avec lui et lui reprocha tant et tant de choses que les oreilles lui bourdonnaient et qu'il pensait vraiment avoir commis une faute.

La broche, elle s'en alla la cacher sous une meule de foin.

De tout ce temps, Thorgunna était restée dans son alcôve, ce qui contrastait fort avec ses habitudes matinales. Elle en sortit enfin et il y avait sur son visage quelque chose qui fit se regarder entre eux tous les habitants de la maison, tandis que le cœur d'Aude battait à se rompre. Thorgunna n'articula pas une parole, n'avala pas une bribe de nourriture et l'on pouvait voir que son corps était tout parcouru de frissons. Peu après, elle regagnait son alcôve sans desserrer les dents et en refermait la porte sur elle.

— Voici une femme bien malade, commenta Finnward. Sa magie s'est retournée contre elle.

Et, en entendant cela, Aude se sentit transportée d'espoir.

Tout le jour, Thorgunna reposa sur son lit; le lendemain, elle faisait appeler Finnward.

— Finnward le Marin, commença-t-elle, un malheur m'est arrivé. Je suis au terme de mes jours.

Il essaya de la rassurer par les banalités d'usage.

— J'ai eu de bonnes choses dans ma vie mais, à présent, l'heure du départ est venue. Il suffit, et ce n'est point pour entendre ton bavardage que je t'ai fait mander.

Finnward ne savait que répondre, car il voyait bien que la femme était en colère.

— J'ai d'ultimes recommandations à t'adresser, reprit-elle. Dire qu'il faut que je meure, ici, moi, Thorgunna, dans cette maison de noir basalte, sur cette île désolée, loin de tout ce qui fait la civilisation et les bonnes manières! Dire qu'il faut vous laisser mes trésors! Ah, ils m'ont rapporté bien peu de plaisir et je les quitte avec moins de plaisir encore.

— Femme, déclara Finnward, ce qui doit être, doit être. Nécessité fait loi.

A vrai dire, les discours de la malade l'avaient quelque peu offensé. Thorgunna continua :

— Ce qui doit être, doit être et c'est pourquoi je t'ai appelé. Il y a, dans ces deux coffres, de grandes richesses et des objets que convoiteraient bien des cœurs. Je désire être inhumée à Skalaholt, sous les dalles de la nouvelle église, afin d'entendre les prêtres psalmodier au-dessus de moi aussi longtemps que dureront les siècles. Je veux que tu donnes à cette église une somme d'argent suffisante et je laisse à ta conscience le soin de décider. Mon manteau d'écarlate brodé d'argent, je le lègue à la pauvre sotte, ton épouse. Elle en a eu si grande envie que je ne puis le lui refuser à présent. Donne-lui aussi la broche et promets-moi de bien la surveiller. J'étais comme elle, jadis, quoiqu'un peu moins étourdie. Je t'avertis qu'elle ressemble en tous points à l'homme qui marche sur de l'eau et que se fier à elle est comme si l'on s'appuyait sur une branche pourrie. Je la déteste, mais j'ai pitié d'elle et, quand elle sera venue me rejoindre sous terre... Mais peu importe! Je lègue tous mes autres biens à votre gentille petite Asdis aux yeux noirs parce qu'elle est gracieuse comme un faon et pure comme un ange. Il n'y a que ma literie que vous devrez entièrement brûler.

— C'est bien, déclara Finnward.

— Oui-dà, ce sera bien si tu m'obéis. Ma vie a été une énigme pour chacun et une terreur pour bien des gens. Tant que j'ai vécu, nul ne m'a contrarié et tous s'en sont bien trouvés. Veille à ce que nul ne me contrarie après ma mort. Votre sécurité en dépend.

— Ceci regarde mon honneur, affirma Finnward et je passe pour un homme de parole.

— Tu passes surtout pour un homme faible. Veille au grain, Finnward, ou c'est ta maison qui en souffrira.

— La maîtresse poutre de ma demeure est aussi solide que ma parole.

— Ainsi soit-il, Finnward! mais, encore une fois, ouvre l'œil. Thorgunna n'a plus rien à te dire.

Elle se tourna du côté du mur et Finnward se retira.

Cette même nuit, aux premières heures du matin, Thorgunna rendit l'âme. Le temps n'était pas de saison, car, bien qu'on fût en été, le vent sifflait aux quatre coins de la demeure et les nuages se pourchassaient dans le ciel. On les vit obscurcir la lune lorsque l'étrange créature passa de vie à trépas.

Depuis ce jour, nul n'a rien pu savoir de sa vie ni de son lignage mais, pour sûr, l'une avait dû être orageuse et l'autre d'un haut renom. Elle était venue sur cette île, en voyageuse solitaire et, maintenant, elle en repartait sans qu'il restât d'elle autre chose que ses coffres pesants et son vaste corps.

Au cours de la matinée, les femmes de la maison firent la toilette de la morte. Alors, on vit venir Finnward, portant dans ses bras la literie et les rideaux de la défunte. Il ordonna de construire un bûcher sur le sable, mais Aude avait l'œil sur son mari.

— Que prétends-tu donc faire? demanda-t-elle.

Finnward s'expliqua.

— Brûler ces beaux draps! s'exclama-t-elle alors. Est-ce ainsi que tu entends l'économie? Non, par ma foi, tu ne feras pas cette sottise, du moins tant que ta femme vivra!

— Épouse, répliqua Finnward, cette question ne te concerne pas. J'ai donné ma parole à la morte et je dois tenir ma promesse. Laisse-moi faire comme je l'entends, Aude.

— Bagatelles et fariboles que tout cela! Tu es un brave homme, expert à pêcher et à tondre les brebis, mais, pour autant que je sache, tu fais un piètre connaisseur en linge damassé et le mieux que je puisse te dire est tout justement ceci : (ainsi parlant, elle s'était emparée de l'autre bout des draps) si tu es vraiment décidé à détruire ce trésor, tu peux aussi bien brûler ta femme avec lui!

— J'espère ne pas devoir en arriver là. Pour

l'instant, crie un peu moins fort, je t'en prie, car nos domestiques pourraient entendre.

— C'est aux lâches de baisser la voix, s'écria Aude. Moi, je te tiens langage de raison.

— Considère pourtant que cette femme est morte dans notre demeure et que ce fut là sa dernière volonté. Par ma foi, Aude, si je devais manquer à ma parole, le repentir me saisirait au gosier et j'aurais triste renom auprès de nos voisins!

— Considère à ton tour que je suis ta femme. Ne penses-tu pas que je vaille mieux que toutes les sorcières qui furent jamais brûlées et n'ai-je pas toujours tendrement aimé mon vieux dadais de mari (ce disant, elle lui entourait le cou de son bras). Et puis, considère encore la sottise de détruire une si belle étoffe. Jamais nous n'aurions les moyens de la remplacer. Si Thorgunna t'a enjoint cet ordre, c'est tout simplement pour me faire dépit, car j'ai cherché à lui acheter cette literie de son vivant, en y mettant le prix, pour sûr, et elle me l'a toujours refusée parce que j'étais jeune et belle. Elle me détestait, rien que pour cela.

— Il est vrai qu'elle ne t'aimait guère, car elle me l'a dit avant de quitter ce monde.

— Alors tu vois bien! Cette vieille carcasse me détestait et, maintenant, elle est aussi morte qu'une souche, tandis que la jeune femme qui t'adore est bel et bien en vie (ici elle l'embrassa tendrement). Il ne reste plus qu'à décider si tu dois faire la volonté de l'une ou de l'autre.

L'homme sentit qu'il allait céder, aussi balbutia-t-il :

— C'est que, vois-tu, je crains que cela ne nous porte malheur.

Décidant par elle-même, Aude ordonna immédiatement aux jeunes gens d'éteindre le feu, tandis que les jeunes filles enroulaient la literie et la rapportaient à la maison.

— Chère épouse, protestait Finnward, il y va de mon honneur... Tout ceci est contraire à mon honneur.

Mais elle prit son bras sous le sien, lui caressa la main, déposa un baiser sur ses phalanges et le conduisit vers le bord de l'eau.

— Tatatata! fit-elle, affectant les balbutiements d'un bébé, encore qu'après tout, elle ne fût pas si jeune. Tatatata! grand-papa dit des bêtises! Nous enterrerons la vieille sorcière et nous pourrons dire qu'elle nous a causé assez de tracas. Ah, oui! bien assez. Les chevaux vont peiner pour la traîner jusqu'à Skalaholt! A mon avis, c'était un homme costumé en femme. Finissons-en, mon bon mari, et enterrons-la avec toutes les pompes de l'église. C'est plus qu'elle ne mérite et plus que ne valent ses vieilles hardes. Nous discuterons du reste lorsque tout sera terminé.

Finnward n'était que trop content de remettre la discussion.

Le lendemain, de bonne heure, on partit pour Skalaholt de l'autre côté des landes. Le temps était lourd, le ciel gris, les chevaux suaient et geignaient. Quant aux hommes, ils marchaient en silence car ils étaient tous persuadés que le cadavre dont ils avaient la charge n'était pas un cadavre ordinaire.

Seule, Aude bavardait le long de la route, telle une mouette sans cervelle pépiant en haut d'une falaise, et son verbiage contrastait avec leur mutisme.

Le soleil se coucha avant qu'ils eussent traversé Whitewater et la nuit noire s'abattit sur eux en deçà de Netherness. Ils ne pouvaient aller plus loin. Aussi se résolurent-ils à demander asile. L'homme à qui ils s'adressèrent n'était pas encore couché, pas plus qu'aucun de ses serviteurs. Ils étaient tous dans la grande salle, bavardant et discutant. Finnward s'ouvrit à eux de son affaire.

— A Dieu ne plaise que je vous refuse l'hospitalité, déclara le bourgeois de Netherness. Mais je n'ai plus rien dans mon garde-manger et, s'il vous est impossible de vous passer de nourriture, il vous faudra aller plus loin.

Les voyageurs déposèrent le cadavre sous un appentis, attachèrent leurs chevaux et entrèrent dans la maison dont la porte se referma sur eux. Ils prirent place à la lueur des chandelles et la conversation fut pauvre, car telle réception ne leur plaisait guère. Au bout d'un moment, on entendit, dans la pièce qui servait de cuisine, un bruit d'assiettes que l'on remue et le maître de céans résolut d'y aller voir afin d'éclaircir ce mystère. L'instant d'après, il était de retour et pour cause! Il avait vu une grande femme, forte en hanches et en poitrine, charnue à souhait et, au demeurant, nue comme un ver, garnissant de viande les assiettes du dressoir.

Finnward devint pâle comme la cendre. Il se leva, ainsi que toute la compagnie et, le cœur plein d'appréhension, ils se dirigèrent vers l'office. Thorgunna la morte était là qui, sans prendre garde à leur présence, continuait à garnir les assiettes, tout en murmurant des paroles mystérieuses. Elle était bel et bien nue comme un ver.

Un frisson de terreur glaça les assistants jusqu'aux moelles. Ils ne pipèrent mot ni en bien ni en mal, mais retournèrent dans la grande salle où ils s'agenouillèrent et se mirent à prier.

— Au nom de Dieu, mes hôtes, quel malheur

vous arrive-t-il? s'écria le bourgeois de Netherness.

Et, quand ils lui eurent conté l'histoire, l'homme se sentit tout honteux de sa ladrerie.

— La morte me fait reproche, déclara-t-il; sur quoi, il pria Dieu de le bénir ainsi que sa maison et fit mettre la table où ils mangèrent, tous, les nourritures que la morte leur avait préparées.

Telle fut la première résurrection de Thorgunna et les gens sages estiment qu'elle eût été la dernière, si la folie des hommes ne s'en était pas mêlée.

Le lendemain, on arriva à Skalaholt où la cérémonie de l'enterrement eut lieu et, le jour d'après, on repartit pour Frodis Water. Sur le chemin du retour, Finnward se sentit le cœur pesant et l'esprit irrésolu. Il craignait la morte autant que les vivants, le déshonneur autant que la discorde et sa volonté était comme un oiseau marin sur les ailes du vent. Une fois, il s'éclaircit le gosier et fit comme s'il voulait parler, ce à quoi, Aude lui décocha un clin d'œil moqueur, si bien qu'il réprima sa voix. A la longue, pourtant, la honte lui donna du courage.

— Aude, commença-t-il, il s'est passé une chose singulière à Netherness.

— A n'en point douter, répartit Aude.

— Je n'aurais jamais pensé que cette femme fût d'une espèce aussi étrange.

— Moi non plus, je n'aurais jamais pensé cela.

— Il est hors de question que c'est un être surnaturel, reprit Finnward en secouant la tête. Hors de question qu'elle possédait toute la sagesse des Anciens!

— Oui, certes, elle était assez vieille pour cela.

— Femme, écoute-moi. J'ai dans l'idée que Thorgunna n'est pas une créature à qui l'on doive désobéir, surtout quand je considère sa résurrection de l'autre nuit. Je crois, femme, que nous devons agir selon sa volonté.

A ces mots, Aude tira sur une des rênes de son cheval et le fit obliquer en direction de son mari. Elle mit la main sur son épaule.

— Allons, Finnward, fit-elle, tu te contredis tous les jours. N'as-tu point coutume d'affirmer : ce que femme veut, Dieu le veut, et ne suis-je pas ta femme?

— Le bon Dieu sait que je ne te refuse jamais rien mais cette affaire m'a donné la chair de poule. Il en résultera de plus grands malheurs, tu peux en être certaine.

— Qu'en sais-tu? Voilà une vieille sorcière digne de l'enfer, que l'on aurait dû lapider de son vivant et qui me vouait une haine mortelle. Vivante, elle a fait tout son possible pour me terroriser et elle n'y a pas réussi. Va-t-elle me terroriser maintenant qu'elle est morte et rongée par les vers? C'est peu probable. Fi donc, mon époux! Est-ce un homme dont je vois les jambes trembler dans ses bottes à mes côtés, tandis que je chevauche, moi simple femme, aussi hardie qu'un coq!

— Oui-dà, rétorqua Finnward, mais n'y a-t-il pas un proverbe qui dit : « Peu d'esprit, peu de crainte »!

Cette réflexion eut le don d'exaspérer la belle Aude, son mari étant généralement plus docile. Aussi changea-t-elle immédiatement de tactique.

— Est-ce ainsi que tu me parles, s'écria-t-elle d'une voix vibrante de colère. Je t'en sais mille grâces. Je n'ai point assez d'esprit pour toi? Fort bien. Nous pourrons nous séparer quand tu le voudras. Ah, c'est de l'esprit que tu cherches! La vieille sorcière que nous avons enterrée hier en avait peut-être assez pour toi?

Les lèvres blanches, elle prit les devants sans une seule fois détourner la tête.

Le pauvre Finnward chevauchait à sa suite mais le jour, pour lui, avait perdu toute sa lumière car il aimait sa femme à l'égal de sa vie. Il parcourut ainsi deux lieues et demie sans faiblir mais la troisième n'était pas encore commencée qu'il se rapprochait de sa compagne.

— Sera-ce comme d'habitude? lui demanda-t-elle. Ce que femme veut, Dieu le voudra-t-il?

— Aude, qu'il soit fait selon ta volonté et Dieu veuille que nul malheur n'en advienne!

Aussitôt, elle se mit à le cajoler et Finnward se sentit bien aise.

Quand ils furent arrivés chez eux, Aude fit transporter les deux coffres dans sa propre alcôve et passa la nuit entière à contempler ses trésors. Finnward la regardait faire et son âme s'assombrissait de soucis.

— Femme, dit-il enfin, n'oublie pas que toutes ces choses appartiennent à Asdis!

Sur quoi, elle lui répondit d'une voix hargneuse :

— Me crois-tu capable de vol? La gamine n'en sera pas privée lorsqu'elle sera grande. Pour l'instant, je n'ai pas l'intention de lui tourner la tête avec toutes ces richesses.

Ainsi, Finnward, l'homme sans volonté, sortit tristement de la demeure pour vaquer à ses affaires. Ceux qui travaillèrent avec lui ce jour-là remarquèrent que, tantôt il s'activait et peinait comme un furieux et tantôt s'arrêtait pour s'asseoir et regarder dans le vide à la manière des simples d'esprit. En vérité, il se rendait bien compte que l'affaire finirait mal.

Pendant quelque temps, rien de plus ne fut fait et rien de plus ne fut dit. Aude se claquemurait avec ses trésors et personne, Finnward excepté, n'y voyait du mal. Il n'y avait que le manteau qu'elle osait parfois porter car il était bel et bien à elle, selon les dernières volontés de la morte. Quand aux autres atours, elle n'y touchait point, n'ignorant pas qu'elle les avait acquis par des voies frauduleuses et par crainte un tantinet de son mari, mais surtout de Thorgunna.

Un soir enfin arriva où les deux époux allaient se coucher comme de coutume lorsque Finnward, qui s'était déshabillé le premier et se mettait présentement au lit, s'écria :

— Femme, quels sont ces draps?

Au moment, en effet, où ses jambes les touchaient, il avait constaté qu'ils étaient aussi lisses que de l'eau, alors que les draps d'Islande ont la rudesse de la toile de sac. Aude, qui attachait ses cheveux d'une main déjà tremblante, affecta le calme et répondit :

— Rien que des draps propres, je suppose.

— Femme hurla Finnward, ne sais-tu pas que ce sont les draps de Thorgunna, les draps mêmes dans lesquels elle est morte? Ne me mens pas, je t'en prie.

Sur quoi, Aude tourna la tête et le regarda.

— Et quand cela serait? répartit-elle. On les a lavés, tu sais!

Finnward se recoucha entre les deux draps de Thorgunna et gémit, mais n'ajouta pas un mot car il se savait à présent un lâche et un homme déshonoré. Bientôt, sa femme vint le rejoindre et ils reposèrent sans une parole, mais ni l'un ni l'autre ne dormit.

Il pouvait bien être minuit lorsqu'Aude s'aperçut que Finnward frissonnait et il frissonnait si fort que tout le lit en tremblait.

— Que t'arrive-t-il donc? fit-elle.

— Je ne sais, c'est un frisson comme celui de la mort. J'en ai mal à l'âme.

Sa voix se fit plus basse.

— C'est ainsi que j'ai vu Thorgunna dépérir.

Sur quoi il se leva et arpenta la grand-salle jusqu'au lever du jour.

De bonne heure ce matin-là, il partit en mer pour pêcher avec quatre compagnons. Aude en avait le cœur troublé et, du seuil de la porte, elle le regarda descendre vers la plage, tout secoué encore par la maladie de Thorgunna.

La journée était venteuse, la mer mauvaise et l'embarcation tanguait exagérément; au surplus, il se peut que Finnward n'eût pas l'esprit très clair en raison de ses frissons. Toujours est-il qu'ils s'échouèrent et que le bateau fut brisé sur un haut fond, un peu en dessous de Snowfellness.

Les quatre jeunes gens furent jetés à la mer qui se referma sur eux et les engloutit mais Finnward fut rejeté sur un îlot rocheux. Il escalada les rocs et y resta assis tout le jour.

Dieu seul connaît ses pensées, mais le soleil avait déjà accompli les trois quarts de sa course lorsqu'un berger s'en fut sur les falaises pour quelque affaire à lui et aperçut un homme assis sur un récif au milieu des lames déchaînées. Il le héla et l'homme, se retournant, répondit à son appel. Il y avait dans cette baie un tel tumulte des vagues, et de tels piaillements d'oiseaux marins que le pâtre entendait bien la voix mais ne pouvait distinguer un traître mot. Il lui sembla pourtant surprendre le nom de Thorgunna et il vit le visage de Finnward le Marin aussi flétri et ridé que celui d'un vieillard.

En toute hâte, le berger courut à la maison de Finnward et, quand il eut terminé son histoire, le jeune Eyolf était tout prêt à mettre un canot à la mer pour aller secourir l'auteur de ses jours. A la force du poignet, ils maintinrent l'esquif face aux vagues et l'adresse et le courage triomphèrent. Eyolf atteignit le récif et y grimpa mais il ne trouva qu'un cadavre. Son père n'était plus. Ainsi s'accomplit la vengeance de Thorgunna contre le parjure.

Ce fut un dur labeur de hisser le cadavre à bord et un plus rude encore de le ramener à la rive au milieu des lames déferlantes. Mais le jeune Eyolf était un garçon plein de promesses et ses compagnons, de rudes gaillards. Ainsi le corps de Finnward fut-il ramené chez lui et solennellement enterré au flanc de la colline. Aude se conduisit en veuve éplorée. Elle pleura même beaucoup car elle était fort attachée à Finnward. Cependant, une voix insidieuse semblait lui murmurer qu'elle pourrait, à présent, épouser un homme plus jeune. Elle n'aurait que l'embarras du choix, quand on pense à toutes ses belles choses que Thorgunna lui avait laissées et c'est ainsi que, facilement, son cœur se consolait.

Or, une fois que le défunt fut décemment inhumé au flanc de la colline, Asdis s'en vint vers sa mère, assise tout à l'écart dans un coin de la grand-salle, et se tint un moment à ses côtés sans mot dire.

— Eh bien, ma fille? questionna Aude. Et comme l'enfant ne répondait pas : Eh bien, Asdis? puis, devant ce silence obstiné : Miséricorde, si tu as quelque chose à me dire, ne me fais pas attendre!

La jeune fille se rapprocha.

— Maman, dit-elle, je voudrais bien ne pas vous voir porter ces affaires que nous a laissées Thorgunna.

— Ah, ah! s'écria Aude voilà où le bât te blesse. Tu commences bientôt, gamine! Et qui donc t'a empoisonné l'esprit? Ton nigaud de père, je présume!

Elle s'arrêta court et son visage s'empourpra.

— Qui t'as dit que ces choses étaient tiennes? ajouta-t-elle, le prenant d'autant plus haut qu'elle se sentait plus coupable. Quand tu seras grande, tu auras ta part, mais pas avant. Ce ne sont pas là hochets pour bébé.

La fillette regarda sa mère et, d'un ton surpris :

— Je n'en veux pas, dit-elle, je voudrais les voir brûler.

— Vraiment! Allons, dis-moi, à présent, pourquoi voudrais-tu les voir brûler?

— Je sais que père a essayé d'y mettre le feu et qu'avant de mourir, là-bas sur le récif, il a répété le nom de Thorgunna. Maman, maman! Je crains que ces objets ne portent malheur.

Mais plus Aude était terrifiée, plus elle entendait prendre les choses à la légère.

Asdis mit sa main sur celle de sa mère :

— J'ai peur que ce ne soit là du bien mal acquis.

Derechef, Aude sentit le rouge lui monter au front.

— Et qui t'as permis de juger la mère que te mit au monde? s'écria-t-elle.

— Source de ma vie, murmura Asdis en baissant les yeux, je vous ai vue avec la broche.

— Qu'entends-tu par là? Quand m'as-tu vue avec cette maudite broche?

— Ici, dans la grand-salle, répondit Asdis, les yeux attachés au parquet, la nuit même où vous l'avez volée.

En entendant cela, Aude laissa échapper un cri et leva la main comme pour frapper l'enfant.

— Petite espionne! jeta-t-elle.

Puis se couvrant la face, pleurant et se balançant à la fois sur son siège :

— Qu'en peux-tu savoir! Comment peux-tu comprendre, toi qui n'es qu'un bébé à peine sevré du sein maternel. Lui le pouvait, lui, ton père, le cher brave homme mort et enterré! Il pouvait me comprendre et me prendre en pitié, car il était si bon pour moi! Et à présent qu'il m'a laissée, je reste seule avec cette fille dénaturée. Asdis, Asdis, n'as-tu donc point de cœur? Ne reconnais-tu pas la voix du sang? Non, tu ne sais pas tout ce que j'ai fait et combien j'ai souffert pour ces maudites choses. J'ai fait... Oh, j'aurais pu faire n'importe quoi! Et maintenant ton père est mort et il faut que toi, ma fille, tu me demandes de ne pas revêtir ces parures? Il n'est de femme en Islande qui en possède les pareilles. Et tu voudrais me les voir détruire? Non, pas même si les morts se levaient de leurs sépulcres. Non, non, non! (Et, en parlant ainsi, elle se bouchait les oreilles.) Non, pas même si les morts sortaient du sépulcre. Finissons-en là.

Alors, elle courut à son alcôve et en claqua la porte derrière elle, laissant l'enfant stupéfaite.

Toutefois, quelle que fût la passion avec laquelle Aude avait parlé, on remarqua qu'elle laissa longtemps ses trésors tranquilles. Seulement, tous les jours, elle s'enfermait dans son alcôve afin de s'en repaître les yeux et de les porter dans le secret.

L'hiver approchait à grands pas; les jours raccourcirent, les nuits s'allongèrent et déjà, sous les rayons du soleil matinal, l'île tout entière scintillait de gelée blanche. Du bourg de Holyfell, à Frodis Water parvint la nouvelle qu'une compagnie de jeunes hommes s'était mise en voyage. Ils dînaient ce soir à Holyfell et, le lendemain, ce serait à Frodis Water. Alf du Nid d'Aigle était parmi eux, de même que

Thongbrand Ketilson et Hall le Bel Homme.

Très tôt cet après-midi-là, Aude se retira dans son alcôve où elle contempla ses beaux atours, tant et si bien que son cœur en fondait d'orgueil. Il y avait une jupe aux couleurs mêlées où l'on voyait le bleu se fondre dans le vert et le vert émerger du bleu, de même que des teintes mordorées châtoyent sur l'océan selon la profondeur des ondes. Aude pensa qu'elle ne pourrait plus vivre si elle ne la portait pas. De même il y avait un bracelet long d'une aune, ouvragé en forme de serpent et serti de rubis flamboyants à la place des yeux. Elle le voyait scintiller sur son bras blanc et un vertige de convoitise lui faisait tourner la tête.

— Ah, pensa-t-elle. Jamais si beaux atours n'auront décoré femme plus belle.

Et puis, elle fermait les yeux, se représentant toute la compagnie réunie autour d'elle et les regards des hommes la suivant en tous lieux. Sur quoi, il lui vint à l'esprit qu'elle devrait bientôt épouser l'un de ceux-ci et elle se demanda lequel. Alf était peut-être le meilleur parti, mais il y avait encore Hall le Bel Homme et, entre les deux... Sur ces entrefaites, elle se rappela Finnward le Marin gisant dans son sépulcre au flanc de la colline et elle se sentit tout émue.

— Pour sûr, réfléchit-elle, c'était un bon mari que j'avais là, mais n'ai-je point été une bonne épouse envers lui? Tout ceci, hélas, est déjà de l'histoire ancienne.

Alors, elle se remit à palper les étoffes et les bijoux. Enfin, elle s'en fut au lit, dans les beaux draps lisses, et s'étendit tout à son aise, s'imaginant déjà être à demain, s'admirant et voyant les autres l'admirer aussi. Ainsi se conta-t-elle des histoires tant et tant qu'elle en avait le cœur tout réjoui et qu'elle riait toute seule sous ses couvertures.

Elle était toute secouée de ce rire-là mais, peu à peu, la gaieté cessa sans que son corps arrêtat de frémir. Alors, elle prit peur et l'angoisse se répandit dans sa chair. Le froid de la mort s'infiltra dans ses entrailles et la terreur de la mort se glissa dans son âme.

Par surcroît, une voix mystérieuse lui murmurait à l'oreille : « C'est ainsi qu'a dépéri Thorgunna! »

Trois fois au cours de cette même nuit, les frissons et la terreur la secouèrent et, trois fois, la crise passa. Cependant, quand elle se leva, le matin suivant, un vent d'outre-tombe avait passé sur son visage.

Elle vit ses domestiques et ses enfants ouvrir de grands yeux sur elle. Elle savait bien pourquoi! Elle savait aussi que le jour était venu, le dernier de ses jours et que sa mort était toute proche. Chose étrange, son âme ne s'en souciait qu'à peine. Tout était-il perdu, perdu sans recours? Tant pis, elle ferait contre mauvaise fortune bon cœur et tiendrait bon jusqu'à son dernier souffle.

Comme d'habitude, elle mit de l'ordre dans la maison, houspillant ses domestiques qui préparaient le festin des voyageurs. Toutefois, elle chancelait de temps à autre et sa voix résonnait étrangement à ses propres oreilles, tandis que les regards de ses familiers se détournaient d'elle.

Par intervalles aussi, le frisson la reprenait, tout de même que la crainte qui l'accompagnait. Il lui fallait alors s'asseoir et ses dents s'entrechoquaient dans sa bouche et son siège vacillait sur le plancher. Lors de ces crises, elle croyait bien qu'elle allait rendre l'âme et, toujours, la voix de Thorgunna lui retentissait à l'oreille : « Ces choses, disait-elle, ne sont faites que pour être montrées, Aude, Aude, les as-tu jamais montrées à personne? Non, pas une seule fois. » Et, sous l'aiguillon de cette pensée, le courage et la force lui revenaient. Elle se relevait et reprenait le cours de ses occupations.

Comme l'heure approchait, Aude regagna

son alcôve et s'habilla le plus somptueusement possible, puis, solennellement, elle s'avança à la rencontre de ses hôtes. Jamais femme d'Islande n'avait été pareillement parée. Les paroles de bienvenue avaient pourtant à peine franchi ses lèvres qu'une nouvelle crise s'abattit sur elle. Et les douleurs en étaient aussi fortes que dans un enfantement et l'horreur en était aussi profonde que l'Enfer! Son visage s'altéra d'un coup et s'altérèrent en même temps les visages des hôtes qui la contemplaient; la peur leur fit plisser le front, la peur leur fit faire un pas en arrière. Quant à Aude, elle lut sa sentence sur leurs traits et, silencieusement, elle s'enfuit dans son alcôve. De tout son long, elle se jeta sur la courtepointe, le visage tourné contre le mur.

Dès lors, on ne lui entendit plus dire un mot et, dans les premières heures du matin, elle rendit l'âme. Asdis, de toute cette nuit-là, avait erré dans la maison, cherchant à porter secours alors qu'il n'était plus de secours possible d'homme ou de femme. Il faisait clair dans l'alcôve lorsque la jeune fille y retourna car un flambeau brûlait sur un des coffres.

Là, gisait Aude dans tous ses beaux atours et, à ses côtés, accroupie sur le lit... nulle autre que Thorgunna, la morte, au corps gigantesque.

Aucun bruit, sauf que, par le mouvement de ses lèvres, il semblait que Thorgunna chantât quelque chose et elle gesticulait comme en chantant.

— Dieu nous garde! s'écria Asdis, elle est morte.

— Morte, répéta l'apparition.

— Le sort est-il conjuré? s'exclama Asdis.

— Quand le péché est expié, le mauvais œil n'est plus, répondit Thorgunna, et, sur ces mots, le spectre s'évanouit.

Le lendemain, Eyolf et Asdis firent bâtir un bûcher sur la grève, entre les piquets de marée. On y brûla la literie, les vêtements, les joyaux et jusqu'aux planches des coffres de la Femme Solitaire; et, quand la marée revint, elle balaya toutes ces cendres. Ainsi fut conjuré le sort jeté par Thorgunna sur la maison de Frodis Water.

La nouvelle (posthume) *Thorgunna la Solitaire*. (The Waif Woman) a été traduite par Ch. Albert Reichen. Elle est extraite du recueil Docteur Jekyll et M. Hyde, paru en 1951 aux Éditions « Je Sers ».

POSTFACE

ROBERT-LOUIS STEVENSON
ou
le fantastique de l'expiation

Divagation morbide sécrétée par l'opium dont l'écrivain usait pour combattre ses insomnies? Dernier assaut livré par d'anciens phantasmes? Sublimation par le rêve de la menace de mort qui pesait sur son organisme de tuberculeux, affaibli par une hémorragie récente?

Par la porte du cauchemar, à l'aube d'un matin de l'été 1885 à Bournemouth, le Dr Jekyll et Mr Hyde faisaient irruption dans la littérature fantastique où leur « cas étrange » est devenu un classique.

« Pourquoi m'as-tu réveillé? » reproche R.-L. Stevenson à sa femme que son agitation et ses cris avaient inquiétée. « Je rêvais une merveilleuse histoire de croquemitaine. »

Une récente crise d'hémoptysie interdit à l'écrivain de se lever et de tenir des conversations prolongées. Bon prétexte pour maintenir le mystère tandis qu'il se met aussitôt à noircir des pages dont ses proches devinent qu'elles procèdent du cauchemar interrompu.

Quand ils sont enfin invités à entendre la lecture du *Cas étrange,* son beau fils Lloyd Osbourne ne ménage pas son admiration; son épouse, elle, ne retient pas ses critiques, mal reçues par l'auteur. Le ton monte. Une querelle éclate, terminée par la retraite de Fanny Stevenson.

Rappelée plus tard par un coup de sonnette, elle trouve son mari un thermomètre dans la bouche; sans mot dire, il lui désigne un tas de cendres dans le foyer de la cheminée.

Trois journées de rédaction fiévreuse et Mrs Stevenson peut prendre connaissance d'une seconde ébauche du *Cas étrange,* conforme à ses vues. Puis six semaines consacrées à ouvrager la forme. Et la sortie du petit volume est annoncée, par Longmans and Co., pour décembre. Puis reportée d'un mois, les étalages étant déjà accaparés par les livres de Noël.

Ou craignait-on, peut-être, de troubler la digestion de bien des puddings, en laissant les amateurs de littérature sirupeuse acheter par mégarde ce qui ressemblait à une provocation macabre.

Même offert à une date décente, *le Cas*

étrange du Dr Jekyll et de Mr Hyde ne soulevait ni curiosité ni sympathie. Et malgré un bon compte rendu dans le *Times*, il fallait les secours de la religion pour en conforter l'avenir. L'Église se méprend rarement sur le message d'une œuvre lorsqu'il peut concourir à ses vues. Ayant fourni le thème d'un sermon à la cathédrale Saint-Paul, le petit roman que le public boudait, voit ses ventes atteindre, en juin 1886, quarante mille exemplaires.

S'il est vain de se demander quel destin *le Cas étrange* aurait connu sans Fanny Stevenson, il n'est pas inintéressant de rechercher l'orientation qu'elle a pu donner à l'inspiration de son mari, dans ce cas précis et dans d'autres.

Fanny Van De Grift, divorcée en 1879 d'un sieur Osbourne, se remaria en 1880 avec Robert-Louis Stevenson. Après avoir régné sur la santé de son second mari, sur son inspiration, sur ses amitiés, elle terrorisa ses biographes. Ils attendirent avec prudence, et longtemps, sa disparition, en 1914, pour dire ce qu'ils pensaient d'elle.

Tous ont souligné son art de faire le vide autour de l'écrivain, sa responsabilité dans la rupture de vieilles amitiés, son habileté à user d'un nom célèbre pour placer ses propres écrits qui ne s'imposaient pas.

Mais tous reconnaissent qu'elle a prolongé de plusieurs années l'existence de ce grand malade, tuberculeux, en l'entourant avec ses deux enfants, d'une atmosphère familiale et surtout en lui imposant une hygiène de vie et une discipline de travail que, seul, il n'aurait jamais respectées.

La littérature anglaise doit donc à Mrs Stevenson quelques chefs-d'œuvre de plus.

Et quelques chefs-d'œuvre de moins, rétorquent tous ceux qui auraient aimé voir cette femme de caractère limiter sa tutelle maternaliste à la vie matérielle de l'écrivain.

Il semble que les graves dissentiments connus par le ménage Stevenson en 1883 à Hyères — Henry James les a transposés dans *l'Auteur de Beltraffio* — aient eu pour origine la destruction du manuscrit d'un roman intitulé *Clara*. Trop enclin à céder aux exigences d'une épouse possessive, Stevenson avait parfois tendance à le lui reprocher — au lieu de se le reprocher. L'histoire de Clara était inspirée par une prostituée que le romancier avait connue dans les bas-fonds d'Edimbourg, au cours d'une « jeunesse orageuse ». Pour Mrs Stevenson, il était inconcevable que l'auteur de *l'Ile au Trésor* pût choisir pour héroïne une prostitutée, et indécent qu'il l'accompagnât de détails autobiographiques que trop de témoins pouvaient identifier.

Autre exemple de la censure exercée par Fanny Stevenson, le recueil *Island Night's Entertainments (Veillées des Iles)* amputé, au dernier moment, d'une histoire fantastique : *Waif woman (Thorgunna la solitaire)*. Parce qu'on y voyait un mari soumis aux caprices d'une épouse possessive, disent les uns. Parce que l'histoire dissimulait un érotisme inopportun disent d'autres : hypothèse plus vraisemblable, et conforme au précédent de *Clara* et à l'analyse du *Cas Étrange du Dr Jekill*.

Selon le témoignage [1] de Lloyd Osbourne, sa mère reprochait à son beau-père d'avoir manqué l'allégorie en maintenant l'histoire à un niveau pittoresque et anecdotique. En clair : de s'être complu dans le détail précis et « cru » — peut être identifiable à des réminiscences personnelles — au lieu d'atteindre la parabole impersonnelle et générale, qui, pour s'imposer à tous et être comprise de tous, doit faire abstraction de tout sentiment personnel. Pour réussir, la parabole ne doit pas dépendre de la sensibilité et de l'affectivité de l'auteur. Ce qui importe est comment sera reçu le message, non la façon plus ou moins douloureuse dont l'auteur l'a ressenti.

La censure ou l'influence de Mrs Osbourne sur *le Cas étrange du Dr Jekyll et de M. Hyde* apparaît dans les silences et les absences de l'œuvre telle qu'elle nous est parvenue. Influence dissuasive plus favorable à la suppression qu'à l'addition.

D'abord, l'absence.

Comparé à *Olalla,* petit chef-d'œuvre méconnu et tout frémissant d'affectivité, *le Cas étrange* semble comme racorni par une impitoyable sécheresse. Pas d'amour : aucune présence féminine ni de sentiments généreux. L'amitié certes, mais assortie de tant d'intransigeance et d'incompréhension qu'elle évoque le devoir, non la sympathie. Le décor lui-même — le pourtant fabuleux décor du Londres victorien — se refuse à émerger de la grisaille d'une atmosphère que ne ravive aucune intention poétique.

Le combat du Dr Jekyll contre les ténèbres demeure tragiquement solitaire. Sa mort, recroquevillé dans la défroque hideuse qu'elles lui ont imposé, afflige moins que l'illusionniste ratant l'un de ses tours sur la scène d'un music-hall. Que ceux qui en doutent, lisent l'étonnante nouvelle de George Langelaan : *la Mouche*. Le héros, victime d'une expérience malheureuse, se voit à demi changé en mouche. Ce personnage, manifestement inspiré par le Dr Jekyll, attire une sympathie que celui-ci est incapable de mobiliser. Et la quête de la mouche à demi transformée en homme s'avère bien plus bouleversante que celle de la poudre nécessaire au Dr Jekyll pour redevenir lui-même.

Absence d'élan de solidarité, d'angoisse vraiment partagée par les autres personnages ou par le lecteur. A qui aurait-il pu s'identifier? Pas au docteur Jekyll, bourgeois insipide, ni au caricatural M. Hyde; ni aux « amis » bien trop rigides et naïfs.

Et pourtant, R.-L. Stevenson a le génie de faire partager les bonheurs et chagrins de ses héros au lecteur, jusqu'à le transformer lui-même en Jim Hawkins ou en David Balfour, de lui insufler jusqu'au malaise l'angoisse qui assombrit le manoir de Ballantrae. Alors, à considérer *le Cas étrange,* privé d'atmosphère et vécu par des personnages toujours en retrait d'eux-mêmes, une conclusion s'impose : R.-L. Stevenson s'est absenté de cette histoire. Il a renoncé à l'écrire à la manière de Stevenson.

Le Cas étrange du Dr Jekyll et de M. Hyde n'en demeure pas moins classique. Par l'audace du sujet. Par le mystère des deux principaux personnages. Par la métamorphose du héros ou plutôt par le fondement pseudo-scientifique qui lui est donné.

Stevenson a renouvelé en virtuose le vieux thème de l'homme fasciné puis vaincu par son double. En imaginant un personnage qui se projette en partie hors de lui-même, l'ancien secrétaire de la Société Spirite d'Edimbourg s'est-il souvenu du phénomène connu des parapsychologues sous le nom de *living phantasm?* Ou projection, à distance, de son image psychique par un homme endormi, en proie à une violente émotion, ou devant l'approche de la mort.

Ce phénomène, temporaire, Stevenson l'a rationalisé en permettant au sujet d'en contrôler la durée et la création, par l'usage d'un produit chimique. Enfin, il a dramatisé le phénomène en retirant peu à peu son contrôle au sujet, puis en interdisant au double de redevenir l'original.

De la sorte, il a renouvelé également l'ancien thème de la métamorphose ou le rêve de la mutation de la matière, qui hante les auteurs de tous les âges du fantastique, des légendes épiques à la science-fiction en passant par les romans de chevalerie, les *Mille et Une nuits* et les contes de fées. Peut-être pour la première fois, dans l'histoire de la littérature fantastique, la métamorphose est dépouillée du halo magique qui en affaiblissait la crédibilité; pour la première fois, l'enchanteur périt, victime de son propre piège.

Stevenson invente enfin, ce qui deviendra pendant longtemps un poncif de la littérature de science-fiction : l'événement fantastique n'est qu'un incident exceptionnel, isolé, générateur d'un trouble temporaire de l'ordre naturel. L'originalité de chaque auteur se manifestant pour expliquer l'impossibilité de répéter l'incident. Stevenson imagine, non sans ironie, que le Dr Jekyll n'a pu réussir sa métamorphose que par accident : grâce à la défectuosité de l'échantillon chimique dont il disposait. Accident impossible à reproduire lorsque, le premier échantillon épuisé, il est fait usage d'une drogue de qualité normale.

Le mystère des rapports Hyde-Jekyll et l'impossibilité de leur explication logique, leur étude en forme d'enquête policière — genre alors nouveau — le défi lancé à une conception compassée des structures de la matière — ou pour parler en termes victoriens : de « l'ordre des choses »... Tout cela a fait du *Cas étrange* une œuvre magnétique, provoquant chez le lecteur la secousse que procure un alcool fort dégusté pour la première fois. Une œuvre qui force l'admiration, en s'adressant à la raison, et non au cœur.

De cette histoire surprenante, mais où toute sensibilité tout frémissement personnel se sont évaporés, que reste-t-il, une fois la surprise passée? Un froid message et beaucoup de silences.

Un froid message qui aujourd'hui laisse froid (et qu'il serait aisé de contester si le propos était de mettre la morale victorienne en procès). Le plaisir, au sens freudien du terme, est inadmissible. L'instinct c'est le Mal. Pactiser avec lui, lui concéder un recoin de l'*ego*, c'est lui permettre d'en prendre bientôt la possession tout entière. Le Péché doit être châtié, miséricorde n'est plus.

Des silences. L'histoire n'est qu'un long exorde en faveur du refoulement et du secret. Sur la nécessité de ne rien faire qui ne doive être fait, de ne rien dire qui ne doive être dit, ou, en tout cas, de ne rien dire avant que le destin ne l'ait décidé par l'accomplissement d'événements fatidiques. Représentés par le trépas des principaux intéressés.

Même la plupart des écrans levés, le lecteur ignore tout de la véritable personnalité du Dr Jekyll. Il sait comment sa déchéance s'est produite : lorsqu'il a consenti à devenir M. Hyde. Il ne sait rien de ce qui l'a provoquée.

En un temps où l'acte sexuel n'était pas conçu comme un plaisir mais comme un devoir (conjugal...), de quelles horribles peccadilles le Dr Jekyll a-t-il pu se rendre coupable? De quels monstrueux appétits était-il agité pour ne pas oser les assumer lui-même, pour charger un phantasme de les assouvir à sa place? Des remords et des motifs qui l'ont conduit à un tel transfert psychanalytique, les amis du Dr Jekyll ne donnent qu'une explication vague. Selon son notaire, Utterson :

« Il a eu une jeunesse un peu orageuse, cela ne date pas d'hier, il est vrai, mais la justice de Dieu ne connaît pas de prescription. Eh oui, ce doit être cela : le revenant d'un vieux péché, le cancer d'une honte secrète, le châtiment qui vient, *pede claudo,* des années après que la faute est sortie de la mémoire et que l'amour-propre s'en est absous. » (Chap. 2.)

Le Dr Lanyon, ancien camarade d'études de Jekyll, est plus proche de la vérité — ou de notre vérité — en l'accusant de croire à des aberrations scientifiques. Au fond de sa pensée, il doit l'accuser de défier l'ordre établi par la divine Providence. Autrement dit : de remettre en cause les structures de la matière.

L'auteur n'est guère plus explicite quant aux reproches mérités par M. Hyde. Dans sa première conversation avec Utterson, il témoigne d'une politesse digne d'un gentleman, même lors que le notaire se montre indiscret, exige de voir son visage, le questionne... C'est seulement lorsque l'indiscrétion devient inquisitoriale que M. Hyde s'abandonne à une irritation que bien des gens jugeraient légitime.

C'est l'obstination du notaire — se voulant le dépositaire des consciences au lieu d'être celui des testaments — qui exaspère M. Hyde et l'enferme dans un comportement qui le conduira au crime. Jusque-là, on peut seulement lui reprocher d'inspirer une certaine répugnance à ses interlocuteurs (mais il ne leur impose pas son contact), un domicile fixé dans un quartier misérable de Londres (mais la misère est la victime du mal, non sa complice); une impulsion mal contrôlée nuancée d'un penchant au sadisme. Penchant libéré dès qu'on aura fait de lui une bête traquée.

Le silence, le mystère, le secret envelopperont Jekyll-Hyde jusque dans sa fin ignominieuse. Elle ne sera pas révélée. Dans l'intérêt des familles et pour respecter les convenances, sans doute... Mais il n'est pas interdit de se demander dans quel abîme de l'obscurité faubourienne, le médecin avili en M. Hyde, va perdre son âme : le jeu? la drogue? le chantage? le sexe? A coup sûr dans le dernier... Tout au long de cette histoire de célibataires confits, il n'est pas fait une seule fois la plus lointaine allusion à l'existence possible d'un deuxième sexe dans l'espèce humaine. A trop cacher, nous apprend Freud, on se révèle trop.

Et les silences deviennent éloquents. Comme on ne parle bien que de ce qu'on connaît bien, il n'est pas improbable que Stevenson ait voulu décrire « la jeunesse un peu orageuse » du Dr Jekyll avec les détails empruntés à la science et prêter à Mr Hyde ses propres fréquentations.

Mais Fanny veillait. Et il fallut que dans cette aventure même pourvue d'une moralité rigide : le plaisir conduit au crime — il ne restât rien de ce qui de près ou de loin pouvait concerner l'auteur. Il est si peu concerné en effet, par cette allégorie aussi rarement imprécise, qu'il semble avoir prêté sa plume à un autre.

Retrait, silence ne changent rien. Dans un cauchemar de l'été 1885, Robert-Louis Stevenson était poursuivi par le spectre d'anciens péchés qu'il aurait bien voulu transférer à un autre. Péchés dont il jugeait la punition nécessaire et imprescriptible. Vue à la lumière froide de la psychanalyse, la seconde version du *Cas étrange*, au lieu de réussir l'allégorie, comme Fanny Stevenson le croyait, l'a bel et bien manquée. Ou plutôt elle en propose une autre, blasphématoire. Le destin tragique du Dr Jekyll démontre la faillite du refoulement et du secret. Se défouler en secret est pire que de se refouler. L'homme doit s'accepter tel qu'il est et se voit, au grand jour.

La littérature fantastique est, par définition, vouée au tragique. Le surnaturel s'y manifeste rarement sans violence. Mais jamais cette violence ne prend autant le caractère d'une nécessaire expiation que dans *le Cas étrange du Dr Jekyll* et dans les histoires fantastiques de la même plume, qui l'ont précédé, et préparé, à partir de 1880.

Formulée de façon encore imprécise, la notion d'une faute ancienne, qu'il faut taire mais expier, apparaît dès septembre 1881 dans *Thrawn Janet (Janet la revenante)*.

Par ses traits marqués d'une expression hagarde, le révérend Murdoch Soulis inspire de la réserve, pour ne pas dire de la crainte, aux villageois de Balweary. Surtout aux plus âgés qui savent ce qui ne doit pas être dit. Cette disgrâce physique a frappé le prêtre un jour où l'intervention du surnaturel a mis fin à une situation scandaleuse : la présence sous le toit du presbytère d'une servante que la rumeur publique accusait de sorcellerie.

Le révérend n'a pas voulu tenir compte du sentiment populaire sous prétexte qu'il contredisait l'enseignement de ses nombreux livres de théologie. Aussi ses paroissiens trouvaient-ils que leur pasteur était « resté trop longtemps au collège ». En voyant brûler sa lampe la nuit, ils lui reprochaient de consacrer trop d'heures à demander à ses livres plus de choses qu'il est nécessaire d'en savoir. Et la Providence a fini par leur donner raison.

La situation du révérend Murdoch Soulis n'est pas sans parenté avec celle que connaîtra plus tard l'honnête Dr Jekyll. Au lieu de combattre énergiquement le Mal, il a cru pouvoir le tolérer dans son voisinage. Non sous la forme d'un double ectoplasmique mais en la personne d'une sorcière notoire. Peut-être voulait-il, comme le Dr Jekyll, se mettre à l'abri du mal en l'enfermant sous une apparence précise, extérieure à sa personnalité. S'il n'a pas, comme Jekyll, violé de façon explicite les seuils interdits de la Connaissance, il a cependant ignoré l'enseignement de la nature exprimé par ses paysans; il leur a préféré sa propre et orgueilleuse interprétation. Un peu comme Jekyll qui bousculera les structures de la matière définies par la divine Providence, Murdoch Soulis a défié « l'ordre des choses ».

Avec *Markheim* (1885), l'emprise du mal s'est affermie. Il ne rôde plus autour du pécheur, il a pénétré à l'intérieur de lui. Et pourtant, Markheim est l'homme qu'on a « vu sur la plateforme des meetings religieux et [sa] voix n'était-elle pas la plus forte à chanter les hymnes? » Première esquisse du dualisme décrit quelques mois plus tard chez le Dr Jekyll.

Mais au contraire de celui-ci, Markheim ne surmonte pas sa crise d'identité. C'est malgré lui qu'intervient un dédoublement de sa personnalité qu'il perçoit mal. Après l'assassinat du marchand, il hésite à s'avancer un peu plus sur la voie du crime; alors il dialogue avec son double maléfique sans d'abord le reconnaître. Aucun homme n'accepte facilement de se voir tel qu'il est vraiment.

« Tantôt il s'imaginait le reconnaître; tantôt il lui retrouvait une ressemblance avec lui-même; et toujours il gardait en son for, comme un bloc de vivante terreur, la conviction que cet être ne venait ni de la terre ni de Dieu. »

Markheim comprend enfin que la seule façon d'échapper à ce double encombrant est d'anéantir l'original. Il se livre à la police et au bourreau. Une sorte de suicide. A peine différent de celui choisi par le Dr Jekyll.

Le cas de Markheim n'est pas sans parenté avec le sien, bien que le thème du double soit encore abordé dans une optique traditionnelle.

L'interlocuteur étrange de Markheim est à la fois une partie (maléfique) de lui-même qui recopie son apparence, légèrement déformée — et il figure en même temps le Mal, au sens métaphysique du terme, que les chrétiens personnifient comme le diable. Simple phénomène de hantise ou « possession » compliquée d'un dédoublement de personnalité.

Quelques mois de plus et l'imagination de Stevenson s'affranchit de toute référence à la tradition mythique ou au folklore religieux. Hyde est une créature dont l'essence n'est pas métaphysique mais physique. Son existence n'est plus subjective ni limitée au champ clos d'une conscience, mais objective et autonome. Il est une création de l'homme et non le repoussoir de Dieu. Mais la finalité allégorique des deux histoires reste identique : le surnaturel n'est que l'instrument d'un châtiment nécessaire.

Au contraire Stevenson se réfère de façon explicite au folklore — écossais — lorsqu'il traite pour la dernière fois le thème du double dans *Tale of Tod Lapraik (Histoire de Tod Lapraik)*. Une histoire racontée en dialecte écossais, à la veillée, par l'un des personnages du roman *Catriona* (1893). Dans ce conte traditionnel, le phénomène du double se traduit par l'ubiquité et la métamorphose.

Lapraik est sujet à des absences psychiques. On le trouve parfois en léthargie, figé devant son métier à tisser, une navette en suspens. Pendant ce temps, ailleurs, il « commet la malice ». Sous sa propre apparence ou sous celle d'un volatile. La constatation de l'ubiquité de Lapraik entraîne sa condamnation. Une balle d'argent, tirée contre le double, le fait s'évanouir comme un mirage. On la retrouve, bien loin de là, dans le cœur du tisserand; au même moment, il s'était effondré en hurlant dans son échoppe.

Aucune intention allégorique dans ce legs folklorique, recueilli par l'auteur de *Catriona* pour le plaisir d'y retrouver un thème familier. Celui-ci est greffé sur l'une des nombreuses altérations et variations du mythe du loup-garou. Dans le mythe original, la balle d'argent se retrouve aussi dans le cœur du personnage, mais elle est tirée sur lui alors qu'il se manifeste sous la forme du loup.

Dans une avant-dernière [2] illustration, *The Waif Woman (Thorgunna la solitaire)*, le thème du double avait connu une variation beaucoup moins conventionnelle. Bien qu'il s'agît, selon l'auteur, de la simple transposition d'une saga islandaise.

Aude l'Islandaise a accueilli sous son toit. Thorgunna l'étrangère dans l'espoir de s'approprier les bijoux, vêtements, literie détenus par cette inconnue mystérieuse et sans âge. Pour son manteau et certains vêtements « rayonnant comme l'arc en ciel », Aude s'est dit prête « à donner son âme ». Mais Thorgunna a refusé de les lui céder sous prétexte que « ces choses-là ne sont pas d'une grande utilité; elles ne sont faites que pour être montrées ». Elle ne les porte qu'en de rares occasions. Alors tous les hommes, les jeunes surtout, subissent la fascination de l'étrangère. Bien qu'Aude, jalouse, l'accuse d'être « aussi vieille que les morts au flanc de la colline ».

L'étrangère finit par mourir à son tour, mais non sans avoir fait promettre à Finnward, le mari d'Aude, de brûler toutcs ses parures. Promesse qu'il viole sous la pression de sa femme. L'un et l'autre en mourront peu après; l'épouse, dans d'atroces souffrances que lc fantôme de Thorgunna vient contempler.

Aude a voulu doubler, reproduire la personnalité fascinante et suspecte de Thorgunna. Pour hériter de sa jeunesse éternelle et de son pouvoir de séduction, elle s'est approprié les parures qui en étaient le symbole. Encore un défi aux lois de la nature que seule la mort permet d'expier.

Même lorsque son inspiration, réchauffée par le soleil des mers du Sud, perd ses couleurs morbides; même lorsqu'il marie le fantastique et l'humour dans *le Diable de la Bouteille* (1891), Stevenson ne peut s'affranchir de l'obsession de la faute à expier. Grâce au diablotin qui l'habite, le possesseur de la bouteille peut obtenir tout ce qu'il désire. Mais le prix à payer pour le profit retiré de la violation de l'ordre naturel est la damnation éternelle. A moins que le propriétaire de la bouteille ne parvienne à la revendre moins cher qu'il ne l'a achetée. Une transaction de plus en plus difficile à opérer, au terme d'une longue chaîne de transmissions.

Les notions de souillure, de secret et de châtiment atteignent une intensité exceptionnelle dans *Olalla* (1885). La plus achevée peut-être des histoires fantastiques de Stevenson. En parfaite symbiose avec l'ambiguïté, la pesanteur et l'incertitude poétique requises par ce genre de littérature.

Une souillure ineffaçable pèse, comme une malédiction, sur la maison perdue dans les montagnes espagnoles où un officier anglais a obtenu l'hospitalité, le temps d'une convalescence. Une jeune fille belle et fuyante :

Olalla; un adolescent capricieux et séduisant : Felipe; une mère alanguie et lointaine, comme privée d'esprit : La Señora; un beau jardin silencieux, des chambres fraîches. Tout un ensemble qui incite à un abandon... démenti par les cris affreux qui troublent les nuits. Un univers qui recouvre une pourriture secrète. Sur laquelle l'auteur, pour une fois, est explicite.

Selon le médecin de l'officier-narrateur, la Señora est le « dernier représentant d'une race princière et dégénérée à la fois en esprit et en fortune ». Après la mort de son père, elle « courut la débauche aux environs de la résidencia » avant d'épouser « un muletier disent les uns, un contrebandier selon les autres; certains disent qu'il n'y a pas eu de mariage du tout et que Felipe et Olalla sont bâtards ». Depuis sa fin, tragique mais non précisée, les paysans pensent que la maison est habitée par des morts. Seul le padre catholique pense le contraire, mais il est aussi douteux et contesté que le pasteur protestant de *Janet la revenante*.

Comme tous les personnages offerts par Stevenson aux coups d'une obscure et sévère autorité métaphysique, la Senora présente un comportement dualiste. Sous une indifférence alanguie, elle dissimule des appétits vampiriques dont le jeune officier aurait souffert sans le secours de Felipe et Olalla. On devine de quelle façon leur père mourut.

L'officier s'éloigne sans avoir pu lever ni le mystère ni la malédiction pesant sur la demeure et ses habitants. La Senora est-elle morte ou vivante? Réincarne-t-elle ainsi que sa fille, la femme très ressemblante dont le portrait orne sa chambre?

« Celle qu'il représente, dit Olalla, est morte depuis des générations et elle fit le mal de son vivant. Mais regardez-y encore : c'est ma main jusqu'au dernier trait. Ce sont mes yeux et mes cheveux. Qu'est-ce qui est mien alors et que suis-je? [...]

« D'autres hommes morts depuis des âges, ont regardé d'autres hommes avec mes yeux. [...]. Les mains des morts sont dans mon sein, elles me meuvent, elles m'entraînent, elles me guident; je suis un fantoche à leur commandement; et je ne fais que ressusciter des traits et des appas qui ont depuis longtemps cessé de nuire, dans le calme du tombeau. »

Parce qu'elle se sent solidaire, et même dépositaire, de la malédiction familiale; parce qu'elle ne veut pas se soustraire à l'expiation qui l'accompagne, Olalla refuse de s'enfuir avec le jeune officier. Une sorte de suicide. En obéissance à un fatalisme dont la noirceur annonce *Le Cas étrange,* rédigé la même année.

Le dualisme de la personnalité n'est pas le dénominateur absolument commun à tous les contes fantastiques de Robert-Louis Stevenson. Mais tous sacrifient à la nécessité d'expier le viol de tabous qui, malgré leur diversité et leur degré de transposition, s'avèrent des tabous sexuels.

Une exception à ces critères : *Will du Moulin.* Le héros de cet analogue regarde s'écouler comme un long rêve poétique, l'existence dont il est à la fois l'acteur et le spectateur. Quand la réalité se dissout sans qu'on s'en aperçoive dans le songe, alors s'estompe aussi la différence entre le bien et le mal, entre le bonheur et la douleur. Il n'y a plus ni tabou ni sanction. La mort elle-même, n'est qu'un voyage aimable et lointain.

Son ancienneté (1878) préserve *Will du Moulin* du pessimisme répressif qui imprègne le fantastique de Stevenson à partir de 1880 : l'année dc son mariage.

De dix ans son aînée, Fanny se conduira autant en mère qu'en épouse. Situation ambiguë que compliqueront les ambitions de celle-ci. Pour faire oublier ses antécédents abominables de femme divorcée, pour vaincre les répugnances qu'ils avaient soulevées chez le père de son mari, pour assoir sa situation dans le monde, Mrs Stevenson s'acharnera à faire preuve d'une respectabilité intransigeante.

Sous sa direction, le joyeux bohême, le buveur, l'opiomane, le libertin disparaîtront au profit de l'écrivain à l'œuvre exemplaire. Une œuvre où le plaisir sera assimilé au mal, la liberté à la démission, le doute à l'orgueil; ou l'amour ne pourra être que chaste; où tout écart sera réprimé.

Chez le mari de Fanny, un tempérament porté vers le plaisir devra sacrifier aux devoirs de la respectabilité. Cohabitation difficile. Et confessée dans le dualisme de ses personnages, dans leurs tentatives de défoulement suivies d'une inéluctable répression.

Faire porter à Mrs Stevenson seule, la responsabilité d'une situation carcérale et de ses conséquences littéraires serait trop simple. Son délabrement physique et moral imposait à l'écrivain le mariage avec une femme dominatrice, comme un refuge contre lui-même et comme une expiation des erreurs passées. Fanny, par la soif de respectabilité qu'elle l'obligeait à partager, n'a fait que cultiver chez son mari un complexe de culpabilité préexistant à leur union.

Le vieil homme que Stevenson portait en lui ne pouvait s'adapter sans heurt à cette situation nouvelle et contraignante. Ainsi a pris naissance une crise qui culmine lors de la rédaction du *Cas étrange,* et s'apaise peu à peu avec l'installation dans les mers du Sud.

Crise dont on chercherait en vain la courbe ou seulement la trace dans les œuvres « réalistes » : *l'Ile au Trésor, David Balfour, Catriona, le Maître de Ballantrae.* Seul le fantastique avec ses ténèbres, ses ambiguïtés et ses écrans offre à l'Inconscient l'incognito qu'il exige pour s'exprimer. Avec son penchant pour l'apologue, Stevenson ne pouvait hésiter à mettre le fantastique au service de la morale ni à prendre le surnaturel pour instrument du châtiment.

Que gagnera ce genre littéraire à servir ainsi d'alibi?

Beaucoup.

Une véritable novation ou, si l'on préfère, une accélération de son évolution.

Certes tout n'est pas neuf dans la contribution de Robert-Louis Stevenson. Un moralisme rigide le maintient dans les ornières d'un manichéisme sommaire. Ainsi les maudits se reconnaissent-ils, chez lui, à leur disgrâce physique, à la répugnance qu'ils inspirent : il leur fait jouer le rôle du traître avec le visage du traître. Il voit dans leur laideur « le simple reflet d'une vilaine âme qui transparaît ainsi à travers son revêtement d'argile et le transfigure ». (*Le Cas étrange du Dr Jekyll,* II.)

Mais l'important est qu'il ait mis l'événement au service du sentiment ou de l'idée, et non le contraire; qu'il ait remplacé les coups de théâtre pour un envoûtement progressif et feutré; qu'il ait préféré le conflit des sentiments à l'avalanche des incidents; qu'il n'ait pas abusé de l'arsenal de la peur; réduisant l'épouvante à une couleur un peu forcée du châtiment; qu'il ait renoncé à multiplier les labyrinthes pour conduire le lecteur vers une issue simple sans l'embrouiller à plaisir.

Avec Stevenson, le fantastique cesse d'être un musée des figures de cire, un jeu d'ombres et de miroirs, un cabinet des mirages qui s'allument et s'éteignent au gré des caprices d'un auteur qui en réalité contemple son œuvre comme si elle lui était étrangère.

En mettant en scène ses propres phantasmes, en glissant ses propres pensées dans celles des personnages, Stevenson a contribué à donner une sensibilité, un accent de sincérité souvent absents d'un genre conçu pour la surprise du lecteur plutôt que pour sa participation.

Au lieu des ténèbres gothiques, R.-L. Stevenson préfère le clair-obscur des consciences. Au lieu d'un décor truqué, une architecture banale et sans mystère : de simples maisons cossues ou modestes, des rues sans recoins d'ombre, des campagnes où ne hurle pas le vent.

En dépouillant le fantastique de sa machinerie théâtrale, et de ses effets expressionnistes, il l'a réintroduit dans la réalité, le vouant à l'exploration de ses marges et — puisqu'il tient au critère moral — de ses zones mal famées. S'il a su abolir la barrière rigide séparant le surnaturel du naturel et faire du premier un incident de parcours du second, il a renouvelé aussi les acteurs.

Dans cet univers où le surnaturel cherche à se fondre avec le naturel, les messagers de l'effroi sont rares. L'au-delà n'entrouvre sa porte qu'à l'entrée, jamais à la sortie. A deux exceptions *(Janet la revenante, Thorgunna la solitaire)* on ne rencontre pas d'autres revenants que « le spectre d'un vieux péché, le cancer d'une honte secrète, le châtiment qui vient, d'un pas boiteux, des années après que la faute est sortie de la mémoire et que l'amour-propre s'en est absous [3] ».

Définition également applicable aux contes fantastiques de Henry James où les fantômes n'apparaissent qu'à travers l'écran de sensibilités meurtries, et par ouï-dire : dans le récit de témoins favorisés d'une vision subjective. La clé de l'œuvre de James est également le refoulement : le secret — honteux ou non — qu'il faut taire, la révélation qu'on n'a pas su faire, le geste qu'on a eu tort d'oser... ou de ne pas oser.

Affirmer que Henry James, admirateur et lecteur attentif de Stevenson, a subi son influence serait trop dire. Surtout si l'on considère l'angle sous lequel ils se placent. Tandis que James insiste sur la souillure, Stevenson s'attache à l'expiation. Mais l'œuvre de Stevenson, après 1885, ne ressemble en rien à celle écrite par James avant cette date. Par contre, des points de comparaison apparaissent, après la publication du *Cas étrange*. Il serait plus exact de dire que sa lecture a catalysé, chez le futur auteur du *Tour d'Écrou,* une évolution parallèle à celle de R.-L. Stevenson et que le destin lui a laissé le temps de conduire plus loin. Le transfert du fantastique, des ténèbres du cabinet des mirages à celles de l'espace intérieur.

Francis LACASSIN

NOTES

1. Reproduit dans la Tusitala Edition.
2. Bien que posthume, *The Waif Woman* a été composé avant *Tod Lapraik*.
3. *Le Cas étrange du Dr Jekyll*, chap. II.

BIBLIOGRAPHIE

LE CAS ÉTRANGE DU Dr. JEKYLL ET DE M. HYDE (THE STRANGE CASE OF Dr. JEKYLL AND Mr. HYDE)
Un vol. Londres, Longmans and Co., janvier 1886.

WILL DU MOULIN (WILL O' THE MILL)
Cornhill Magazine, janvier 1878. — Recueilli dans *The Merry men,* Londres, Chatto and Windus, 1887. *(Les Gais Lurons,* Paris, Éditions de la Sirène, 1920.)

JANET LA REVENANTE (THRAWN JANET)
Cornhill Magazine, septembre 1881. — Recueilli dans *The Merry Men,* 1887.

OLALLA (OLALLA)
D'abord paru dans un périodique en 1885. — Recueilli dans *The Merry Men,* 1887.

MARKHEIM (MARKHEIM)
Recueilli dans *The Merry Men,* 1887.

HISTOIRE DE TOD LAPRAIK (TALE OF TOD LAPRAIK)
Recueilli dans *Catriona*. Londres, Cassel and Co., septembre 1893.

THORGUNNA LA SOLITAIRE (THE WAIF WOMAN)
Posthume. Ajouté, selon le vœu de l'auteur, aux éditions de *The Strange Case of Dr Jekyll and Mr Hyde* postérieures à sa mort.

F. L.

TABLE

LA COMPOSITION, L'IMPRESSION ET LE BROCHAGE DE CE LIVRE
ONT ÉTÉ EFFECTUÉS PAR LA SOCIÉTÉ NOUVELLE FIRMIN-DIDOT
MESNIL-SUR-L'ESTRÉE
POUR LE COMPTE DES ÉDITIONS U.G.E.
ACHEVÉ D'IMPRIMER LE 27 JANVIER 1988

Imprimé en France
Dépôt légal : 2e trimestre 1976
No d'édition 857 – No d'impression : 8675
Nouveau tirage 1988